講談社文庫

ホームズの娘

横関 大

講談社

ホームズの娘

Daughter of Holmes

第一章　犯罪の分け前

「やっぱりこれ以上は絶対に無理。別れるしかないわね、私たち」

妻の育美《いくみ》がワイングラス片手に言った。それを聞き、金子隆志《かねこたかし》は内心溜《た》め息《いき》をついた。三月に入って二度目の話し合いだが、原因はすべてこちらにあるので何一つ反論できずにいる。

「荷物を整理して、今週中には出ていくから」

育美が素っ気なく言った。浮気がバレたのは先月のことだ。箱根《はこね》にある老舗《しにせ》温泉旅館から一枚のハガキが届いたのがきっかけだった。利用者に対する礼状だ。実は今年の一月にその温泉旅館に愛人と一緒に訪れていて、旅館のアンケートに記入したのだ。まさか礼状を送ってくるとは想像もしていなかった。

礼状を見た育美は不審に思い、電話をして旅館に尋ねたようだ。しかし今のご時世、電話で個人情報を教えてくれるはずがない。妻が頼ったのは興信所だった。

プロの手にかかれば一発でアウトだ。愛人と一緒に食事をしているところや、肩に手を回してホテルに入っていく姿を写真に撮られてしまっていた。動かぬ証拠というやつだ。

「離婚届ってネットでダウンロードできるんだっけ？」

育美がそう言ってスマートフォンを操り始めた。育美は大学の同級生であり、同じ年の三十五歳だ。大学時代はそれほど接点はなかったが、卒業後に開かれた同窓会で再会して意気投合し、二十八歳のときに結婚した。

「区役所にとりに行かないと駄目みたい。面倒臭いわね、まったく」

金子は都内に三軒の飲食店を経営している。大学卒業後に食品メーカーに就職したが、三十歳のときに一念発起して起業した。金子自身は調理師免許を持っていないが、腕のいい料理人を雇って品川《しながわ》にスペイン風のバルをオープンさせた。今では品川区内に二店舗、渋谷《しぶや》に一店舗を構えるまでに成長した。

「考え直してくれないか。彼女とは絶対に別れるから」

金子がそう言ったが、育美は笑ってとり合わなかった。

「無理ね。もう決めたの。子供がいなくてよかったと思う」

結婚して七年になるが、まだ二人の間に子供はいない。そろそろ不妊治療を開始しようかと話し合ったのは去年のクリスマスのことだった。

「ここを出ていくって、どこに行くんだよ。実家に帰るのか？」

「さあね。それをあなたに言う必要があるのかしら」

「離婚するって一言で言うけど、いろいろと面倒な手続きとかあるんじゃないか。慰謝料とか決めないといけないわけだし」

「慰謝料なんて要《い》らないわよ。それに子供もいないから親権で揉《も》めることもないしね」

　その言葉を聞いてほっとした。すべての責任は金子にあるので、慰謝料を請求されたらどうしようと思っていた。内心を悟られないように金子は言った。

「そうか。俺はやり直したいんだけどな」

　本気でやり直すつもりはない。妻から離婚を言い出してくれて助かったとさえ思っている。慰謝料も要らないというなら万々歳だ。

「でも、あのお金だけは返して」

「あのお金？」

「とぼけないで。開業資金よ」

　実は一号店をオープンするとき、その開業資金を育美の実家から借りていた。金額は二千万円だ。育美の実家は兵庫県神戸《こうべ》市にあり、いくつかの不動産を所有する実業家だった。育美を通じて彼女の父親に頼むと簡単に資金を融通してくれた。出世払いでいいと言われ、まだ一円も返済していない。

「待ってくれ、育美。慰謝料は要らないって言ったじゃないか」

「慰謝料じゃないわよ。貸したお金を返してくれって言ってるだけでしょうに。分割でもいいわよ。月に百万ずつだったら、二年で完済できるじゃないの」

都内で三店舗の飲食店を経営している。そう言うと聞こえはいいが、その内情はさほど儲《もう》かってはいない。勝負を賭けて三号店を渋谷に出店したのが二年前だが、その店の近くに巨大な複合商業施設がオープンし、そちらに客を根こそぎ奪われてしまったのが計算外だった。会社としてトータルで赤字の月もあるほどだ。それに二号店、三号店を開店させたときに銀行から融資も受けていて、その返済も残っている。

二千万円を一括で返す余裕など今の金子の会社にはない。分割で月五十万円でも難しいだろう。金子が普段乗っているアウディも育美名義の車だし、会社の株も三分の一は育美が所有している。問題は山積みだ。金子が頭を悩ませていると、育美の声が聞こえた。

「じゃあそういうことだからよろしく」

育美はリビングから出ていった。彼女も会社の内情を知らないわけではない。慰謝料は要らないと言っておきながら、とことん苦しめようという算段なのだろう。浮気したのは自分の非だが、これほどの仕打ちを受けるいわれはない。

金子はソファに腰を下ろし、スマートフォンのロックを解除した。ネットに接続してから、あるサイトに入る。暗証番号を入力しなければ入れない特別なサイトだ。最初に育美に離婚を切り出されたとき、このサイトに入会した。

入会金は二十万円だが、それで完全犯罪を手に入れられるなら安いものだった。あとはオファーを出すだけだ。それで妻を殺す犯罪計画が手に入るのだから。

自分でも妙に冷静なのが不思議だった。金子はオファーを出すボタンを指で押した。

※

現場は品川区大崎《おおさき》の住宅街の中にある白い壁の一軒家だった。桜庭和馬《さくらばかずま》が到着すると門の前でグレーのパンツスーツに身を包んだ女性が立っていた。女性というより、まだ女の子といった方がしっくりくる。今日は髪を後ろで一つに束《たば》ねているが、その顔はどこかのファッション誌から抜け出してきたかのように可愛らしい。

「先輩、遅いですよ」

「ごめんごめん」

そう言いながら和馬は後輩刑事、北条美雲《ほうじょうみくも》のもとに駆け寄った。彼女が警視庁捜査一課に配属され、約五ヵ月が経過した。美雲の実家は全国的にも有名な京都の北条探偵事務所であり、祖父は昭和のホームズと称《たた》えられた名探偵北条宗真《そうしん》、そして父は平成のホームズの異名を持つ名探偵北条宗太郎《そうたろう》だ。その血をきっちり受け継いだようで、彼女は捜査一課でも新人離れした活躍を見せている。

「桜庭です。遅くなりました」

「北条です。おはようございます」

美雲とともに部屋の中に入った。同じ班の捜査員、それと鑑識の職員が捜査を始めていた。見知らぬ顔がいくつかあるが、それは大崎署の刑事だろう。まずは遺体を確認しておこうと思い、現場となった二階の寝室に向かう。一番奥の部屋が寝室であり、覗《のぞ》き込むとベッドの上で三十代くらいの女性が仰向《あおむ》けに倒れていた。目を見開いており、絶命しているのは明らかだった。和馬は両手を合わせる。美雲も同じように拝んでいた。

「おーい、みんな。ちょっと集まってくれ」

下の方から声が聞こえたので、和馬は階段を下りて一階のリビングに戻った。班長の松永《まつなが》の周囲に班員たちが集まっている。和馬も手帳を開きながらその輪に加わった。

「集まったようだな。早速状況を説明するぞ。亡くなったのは金子育美、三十五歳。この家の奥さんだ。今朝亭主が帰ってきて、変わり果てた姿の妻を発見したらしい。

現時点では死因は不明だが、風呂場の窓が割られている。そこから侵入した何者かが被害者の死に関与している可能性が高いとして、我々の出番となったわけだ」

　事故死や病死といった案件であれば和馬たち捜査一課の出番はない。事件性ありと判断された場合のみ、捜査一課が事件を担当することになる。

「遺体の第一発見者は夫である金子隆志、三十五歳だ。都内で飲食店を経営しているようだ。昨夜は酒を飲んでいたみたいで、帰りが朝になってしまったというのが本人の弁だ。まあ朝帰りってやつだな。今、二階の別室で休んでいるので、このあと事情聴取を開始する」

　鑑識の邪魔にならぬように周辺の聞き込みから始めることになり、簡単な割り振りが決められた。和馬は美雲とともに現場北側の区域を担当することになった。和馬は美雲の世話係に任命されているので、必然的に彼女と組むことが多い。

「じゃあ頼むぞ。正午になったらここに集まってくれ」

　今は午前十時だ。二時間あればそれなりの数の聞き込みをこなせるだろう。捜査員たちが玄関に向かっていく中、美雲が和馬を見て言った。

「先輩、もう少し現場を見ていきませんか」

「構わないけど」

　再び二階の寝室に向かった。鑑識職員が写真を撮ったり微細物を採取している。和馬たちが部屋に入っていくと、一人の年配の鑑識職員が美雲に向かって言った。

「またお嬢ちゃんか。今回は現場を荒らさないでくれよ」

美雲は優秀な刑事だが、ドジだ。一緒にいるとよく転ぶし、おでこや膝をそこらへんにぶつけまくっている。つい先日も遺体の発見現場で転んでしまい、花瓶を割って怒られていた。そのときのことを言われているのだろうが、鑑識職員の口元には笑みが浮かんでいる。好意的な微笑《ほほえ》みだった。

「電気か何かのショック死かもしれませんよ、先輩」

遺体を観察しながら美雲が言った。あまり遺体を怖がらないのも刑事として必要な資質であり、その点でも彼女は基準をクリアしている。和馬も遺体を見下ろして美雲に訊《き》いた。

「どうしてそう思うんだ？」

「少し焦げてます、このあたり」

美雲が指でさしたのは遺体のちょうど鎖骨のあたりだった。ピンク色のパジャマがわずかに変色している。たしかに焦げているように見えなくもない。

「スタンガンじゃないですかね。もともと心臓が弱い人ならスタンガンでも亡くなることがあるみたいですし」

美雲がそう言うと、さきほどの鑑識職員が口を挟んできた。

「お嬢ちゃん、いい推理だ。俺たちも感電によるショック死の線を疑ってる。こればかりは監察医の先生の診断がないと断言できないけどね」

「やっぱり」

美雲が満足げにうなずいた。感電によるショック死か。金目当てで侵入した賊にスタンガンで襲われたということか。

「北条さん、聞き込みにいこう」

「はい、先輩」

和馬は寝室をあとにした。いずれにしても初動捜査が肝心だ。こういった事件では目撃証言が事件を解決に導くことが多いと和馬は経験上知っていた。

「北条さん、地図を……」

「きゃ」

美雲が転びそうになり、その寸前で和馬は手を伸ばして転倒を防いだ。何の段差もないところでどうして転びそうになるのか、そのメカニズムがまったく理解できない。

「そのうち現場に出入り禁止になっちゃうぞ」

「すみません。あ、地図ですね」

美雲の手から地図が表示されたタブレット端末を受けとり、和馬はそれを見て自分の担当区域を確認した。

「どうやら偽証しているみたいですね、あの旦那さん」

「そうみたいだね」

和馬は品川駅近くのダイニングバーにいた。時刻は午後六時前だった。被害者の夫であり、遺体の第一発見者でもある金子隆志の証言によると、昨日の夜――正確には今日だが、深夜一時くらいにこのダイニングバーに来店し、それから朝の五時くらいまでこの店で飲んでいたと証言していた。ところが店に来て話を聞いてみたところ、金子は来店していないと店員が証言したのだ。

「本当に来ていないんですか？　もっとちゃんと見てくださいよ」

美雲がそう言って若い男性店員に詰め寄ると、店員は手渡された写真をもう一度見てから首を傾《かし》げた。

「いや、見てないっすね」

「本当に？」

「本当ですって」

若い店員は少し嬉《うれ》しそうだ。さきほどから美雲の顔をうっとりした目で眺めている。美雲はそんなことには気づかずに、店員の手から写真をとって和馬の方を振り向いた。いったん店から出ることにした。美雲と肩を並べて品川駅の方に向かって歩き出す。

「なぜあの旦那さんは偽証したのか。後ろめたい何かを隠しているってことでしょうか」

「だろうね。もしくは酔って記憶が曖昧になっていて、別の店で飲んでいたとも考えられる」

「でも午前中に見た感じでは、二日酔いではなさそうでしたけど」

現在でも周辺住人への聞き込みは続いているが、現時点では決定的な目撃証言は得られていない。死因の特定は早くても明日になるだろうと言われている。死亡推定時刻だけは明らかになっており、午前一時から三時の間だと判明していた。

風呂場の窓が外側から割られているということもあり、強盗殺人というのが捜査本部の見立てだった。しかし夫の金子隆志によると金目のものが盗られた形跡はないようだ。

「旦那さん、怪しいですね」

「そうだね。アリバイが崩れてしまったしね」

「私、班長に連絡してみます」

そう言って美雲が立ち止まってスマートフォンを耳に当てた。品川駅に向かう人の群れに目をやりながら、和馬は事件について思いを巡らせた。

金子夫妻の夫婦仲があまりよろしくない。その話は関係者への聞き込みから明らかになっていた。亡くなった金子育美の妹の証言で、つい先日も離婚に関する相談――相談というより、もう離婚を決意したという意味にもとれる話を被害者の口から聞いたという。ただし離婚の原因までは妹も知らないようだった。

「先輩、旦那さんですが、この近くにある自分のお店に来ているみたいです。事情聴取をしてこいって班長から言われました」

「店の場所は？」

「すぐに調べます」

美雲がネットで調べたところ、金子隆志が経営するスペイン風バルはここから歩いて五分もかからない場所にあるとわかったので、徒歩で向かうことにした。

品川駅港南口を出て、そこから歩いてすぐの雑居ビルの二階にその店はあった。午後六時に開店したばかりのようで、店内にまだ客の姿は見えない。店員に来訪目的を話そうとすると、店の奥から金子隆志が姿を現した。

「捜査一課の刑事さんですね。こちらへどうぞ」

店の個室に案内された。美雲と並んで椅子に座ると、向かい側に座った金子が口を開いた。

「今、別の刑事さんから電話がありました。私に話があるそうで」

「お時間をとっていただきありがとうございます。お仕事忙しそうですね」

「妻が亡くなったばかりなのに仕事なんて。そう思っていらっしゃるんでしょうね。仕事が忙しいわけじゃないんです。あの家にいたくないだけです。妻の遺体を思い出すというか」

「お気持ちはわかります。ところで確認させていただきたいことがあります。金子さん、昨夜この近くのダイニングバーで朝まで飲んでいたと証言されていますが、本当でしょうか？　実は今、そのお店に行って話を聞いてきたんです。金子さんらしき人物は昨日は来店していないとのことでした」

「そうですか」金子は特に表情も変えずに言う。「変ですね。違う店だったのかな。もしかすると私の勘違いかもしれません。仕事柄、いろいろなお店に出入りしているので」

「よく思い出してください。重要なことですから」

「刑事さん、私が疑われているということですか？」

一瞬だけ答えに窮《きゅう》した。すると金子が笑みを浮かべて言った。

「やっぱりね。すでにお調べのことだと思いますが、実は妻とはうまくいってませんでした。離婚に向けた話し合いが進んでいたところです。でもだからといって殺害したりしませんよ。それだけの理由で夫が妻を殺害していたら、それこそ刑事さんたちは大忙しになってしまうでしょうから」

よく喋《しゃべ》る男だ。内心そう思っていると金子が続けて言った。

「昨夜は夜の十時くらいにこの店に来て、店の用事を済ませたあと、常連客と一緒に飲み始めました。閉店時刻は午後十一時なんですけど、そのままダラダラと店内で飲んでました。一時少し前だったかな。常連客を帰らせてから、飲み足りないなと思って一人で飲みに出たんです」

「今の話ですが、この店の従業員に確認させてもらってよろしいでしょうか？」

「構いませんよ。どこに飲みにいったか、思い出したら連絡するってことでいいですか。ちょっと電話をかけたいもので」

「わかりました」

金子が個室から出ていった。美雲と顔を見合わせると、彼女は小さくうなずいた。

心証は極めて悪い。アリバイが成立するかどうかも微妙なところだ。金子隆志の身辺調査を徹底すべき。捜査会議でそう提言してみてもよさそうだった。

※

「こんばんは。よろしくお願いします」

三雲華《みくもはな》はそう言いながら玄関ドアを開けた。すると娘の杏《あん》がするりとドアから中に入り、靴を脱いで家の中に上がっていった。本当にすばしっこい子だ。苦笑しながら中に入ると待合室には先客がいた。三十代くらいの男性がスマートフォンを見ながら座っている。

「こんばんは」と華が挨拶をすると、男性も「こんばんは」と言い、杏を見て笑みを浮かべた。男性が訊いてくる。

「可愛いお子さんですね。何歳ですか？」

「四歳です」

「じゃあうちと一緒だ」

杏は絵本をとり、それを眺めていた。ここは近所にあるピアノ教室だ。自宅を改装しただけなので見た目は普通の一軒家と変わらないが、玄関から入ったところが待合室になっているのだ。今も奥からピアノの音色が聞こえており、おそらくこの男性の子供が弾いていると思われた。それほど上手ではなく、杏といい勝負といった腕前だろう。

一月から通い始めたので、ちょうど二ヵ月になる。週に一度、三十分のレッスンだ。曜日を自由に決めることができるので有り難い。

華もソファに座り、ハンドバッグから文庫本を出した。三十分の待ち時間の間、ゆっくりと読書ができるのが嬉しい。華は元司書であり、今は上野《うえの》にある本屋に勤める書店員なのだが、杏が生まれてから読書をする時間がめっきり減ってしまっている。

「失礼ですが」隣に座る男性が訊いてきた。「娘さん、どちらの保育園に通っていらっしゃるんですか？　ちなみにうちの子は東向島《ひがしむこうじま》フラワー保育園です」

「一緒ですね。うちの子もフラワー保育園です。何組ですか？」

「たんぽぽだったかな」

杏はひまわり組なので、組は違うようだ。でも同学年だし、おそらく子供同士は知っているだろう。そんなことを思いながら華はそれとなく男性を観察した。ジーンズにジャケットという格好で、この時間に私服でここにいるということはサラリーマンではなさそうだ。それとも休日だろうか。共稼ぎをしている母親の代わりに子供をピアノ教室に連れてきたのかもしれない。

廊下の向こう側から足音が聞こえてきて、杏と同じくらいの背格好の女の子がやってきた。いったん父親のもとにやってきた女の子だったが、絵本を読む杏に気づき、杏のもとに近づいた。女の子に気づいた杏が「ほのかちゃん」と嬉しそうに言い、それから顔を近づけ合って何やら二人で話し始めた。

「娘同士もお友達みたいですね。私、こういう者です」

男性が名刺を差し出してきた。そこには『WEBデザイナー・木下彰《きのしたあきら》』と書かれている。木下が続けて言った。

「娘はほのかといいます。実は先月こちらに引っ越してきたばかりなんです」

納得した。普通、同じ保育園、しかも学年まで一緒であるなら、学芸会などの行事で顔を合わせたことがあるはずだ。先月から通い始めたのであれば、初対面であって何ら不思議ではない。

「では失礼します。ほのか、帰るよ」

木下が娘のほのかの手を引き、玄関ドアから出ていった。杏は手を振って友達を見送っている。

「三雲さん、こんばんは」

今度は廊下の向こうから一人の女性が歩いてくる。彼女がピアノの先生だ。音大を卒業後、自宅を改装してピアノを教えているという。年齢はおそらく華と同じくらいで、三十歳前後だと思われた。

「先生、よろしくお願いします」

「いえいえこちらこそ。杏ちゃん、だんだん上達してきましたよ。何て言うんだろう、凄《すご》く手の動きが速いんです。大きくなったら速い曲、超絶技巧と言ったりするんですけど、そういうのを弾けちゃうかもしれません」

「……そうですか」

あまり嬉しくはない。実は華も手を素早く動かすことにはそれなりの自信がある。杏も同じということは親譲り、いや三雲家の血を確実に継いでいる証拠だった。

三雲家は代々泥棒を家業にしてきた家系であり、華以外の家族は全員、盗むことを生業《なりわい》としている。そんな泥棒一家に生まれた華が選んだ相手というのが、家族全員警察官という警察一家の長男、桜庭和馬だったのだから運命とは皮肉なものだ。しかし紆余曲折《うよきよくせつ》の末、籍こそ入れていないものの和馬とは一緒になることができたのだった。

「どんどん上達してるので、そのうち発表会に出られると思います。じゃあ杏ちゃん、今日もレッスン頑張ろうね」

「うん、頑張る」

杏はそう言って先生と一緒に廊下の奥に歩いていった。華は手に持っていた文庫本を開く。これから三十分、ゆっくり読書を楽しむとしよう。


「杏、今日は何を食べたい？」

「ええとね、ええとね、ハンバーグ」

「昨日もハンバーグだったじゃないの。今日は違うのにしようよ」

ピアノ教室の帰り、杏と一緒に近所のスーパーマーケットに立ち寄った。今日は何も用意していないので、家に帰ってから夕飯の用意をしなければならない。カゴを持って店内を歩いていると、突然杏が声を上げた。

「ジジ！」

「杏ちゃん、元気そうだな」

いつの間にか一人の男が華たちの横に立っていた。父の尊《たける》だ。白い派手なジャケットにジーンズという、一見して職業不詳の怪しい外見だが、その本業は美術品専門の泥棒だ。尊は孫の杏を抱き上げて、顔をほころばせて言った。

「杏ちゃん、大きくなったな」

「ジジは変わらないね」

五ヵ月前、尊と母の悦子《えつこ》は孫の将来を危惧して、今後は華たち――正確に言えば桜庭家――とは一切関わらないと宣言、いわゆる絶縁宣言をしたのだが、こうしてたまにぶらりと顔を見せ、孫の顔を拝んでいくのだった。いい加減な男だ。

「おお、杏ちゃん。このステーキなんて旨《うま》そうじゃないか」そう言って尊は棚からステーキ用の牛肉を手にとった。「これは和牛でいい肉だ。絶対に旨いぞ」

尊が勝手にステーキを華の持つカゴに入れた。華はそれをとり、元の場所に戻しながら言った。

「これは買いません。だって三千円もするじゃないの」

「買うのか？　盗むんじゃないのか？」

尊が奇妙なものを見るような目を向けてくる。華は溜め息をついて尊に言う。

「買うに決まってるじゃない。お父さんと一緒にしないで」

「ところで華、変わりはないか？」

「特には」

五ヵ月前、華は衝撃的な事実を知った。三雲家の黒歴史とも言える秘密だった。尊には姉、つまり華にとって伯母《おば》にあたる女性がいて、彼女は殺人などの罪で無期懲役の刑で服役していたというのだ。しかし何と彼女は刑務官の心に巧みにとり入り、彼を操って事件を発生させ、仮釈放という形で刑務所から出所してしまったという。彼女の名前は三雲玲《れい》。

「用心に越したことはない。何か気づいたことがあったらすぐに俺に連絡するんだぞ」

「わかった」

出所後の伯母の行方は今もわからずにいる。三雲家の人間に接触してくる可能性も高いと尊は考えているようだが、現時点ではそうした兆候はみられない。海外に逃亡した可能性もあるらしい。

　ハンドバッグの中でスマートフォンのランプが光っているのが見えた。とり出して画面を見ると和馬からのメッセージを受信していた。少し遅くなるから夕飯は要らないという内容だった。何か事件が起こったのかもしれない。

「誰からだ？」

「和君から。遅くなるって」

「そうか。だったら俺と飯を食おう。杏ちゃん、ラーメンなんてどうだ？　ジジが作ったラーメンを食べたいだろ？」

「食べたい。ジジが作ったラーメン食べたいな」

「よし、決まりだ。華、貸せ」

　華からカゴを奪い、尊は杏を抱っこしたまま売り場を歩き始めた。父が泥棒であることは間違いのない事実だが、彼にとっては杏は可愛い孫なのだ。引き離すことは難しい。たまにご飯を食べるくらいの関係はいいだろう。そう自分を納得させ、華は二人のあとを追った。

※

　一夜明けたが捜査に大きな進展はなかった。ただし鑑識の結果が朝の捜査会議で発表され、やはり感電によるショック死との見解が示された。被害者である金子育美は心臓に持病はなく、凶器は特殊改造されて強度を上げられたスタンガンではないかというのが鑑識の考えだった。それが本当であるなら、強盗に見せかけた殺人ということになる。スタンガンを改造したというのは、すなわち殺意があったことを意味している。

捜査開始二日目、和馬は美雲とともに渋谷にあるスペイン風バルの店員に事情聴取をおこなうことになった。被害者の夫、金子隆志がオーナーを務める店だった。午前中、営業時間外だったが無理を言って従業員に集まってもらった。事情聴取を始めて一時間、まだ有力な証言は得られていない。

「先輩、次の人が最後です」

美雲がリストを見てそう言うと、一人の女性従業員が中に入ってきた。まだ若く、二十代前半だろうと思われた。割と派手な顔立ちをした女の子だ。

「こんにちは。ご協力ありがとうございます。お名前は?」

「田中《たなか》といいます。田中レナです」

「オーナーである金子さんをご存知ですね?」

「ええ。店で何度か話したことがありますので」

田中レナは劇団員で、この店ではバイトとして働いているらしい。バイトを始めてまだ三ヵ月と日も浅いため、それほど証言は期待はできないと思われた。しかし話を聞いていると彼女が思わぬことを言い出した。

「これ、私から聞いたって言わないでほしいんですけど、見ちゃったんです、私」

「見たって、何を？」

「その……オーナーが女の人と、いかがわしい場所っていうんですか、そういうところに入っていくところです」

二週間ほど前のことだったという。彼女の所属する劇団で打ち上げがあった。場所は新宿《しんじゅく》の歌舞伎町《かぶきちょう》だった。一次会の居酒屋から二次会のバーに移動する道すがら、彼女はバイト先のオーナーである金子隆志の姿を見つけた。彼は女性と腕を組んで歩いていた。

「好奇心っていうんですか、私、尾行してみたんです。そしたら……」

金子は女性とホテルに入っていった。彼の妻ではないことは田中レナもわかったという。オーナーの妻はたまに店を訪れることがあるので、何度か見かけたことがあったからだ。

「その女性ですが、見憶《みおぼ》えがありますか？」

和馬が訊くと、田中レナは首を傾げて答えた。

「一度だけお店で見たような気がするんです。オーナーと仕事の話をしてました。税金がどうとか、難しい話をしてたと思います」

税理士あたりか。美雲が早くも立ち上がり、スマートフォン片手に部屋から出ていった。金子と一緒にいたと思われる女性の正体を探るつもりだろう。和馬は田中レナに続けて質問してみたが、ほかに情報を引き出すことができなかった。礼を言って彼女を解放したところで美雲が戻ってきた。

「新宿にある大手税理事務所と契約を結んでいるみたいです。今、直接事務所に電話をしました。金子さんの会社の担当者は不在のようですが、午後六時だったら時間をとってもらえるとのことだったのでアポをとりました。先輩、それでよかったですよね？」

「いいとも。ありがとう。ところでその担当者の名前は？」

「仲村《なかむら》さんという方みたいです。仲村亜里沙《ありさ》という名前です。女優みたいな名前だと思いませんか？」

一瞬だけ思考が止まり、反応できなかった。その名前に心当たりがあったからだ。それほどありふれた名前ではないので、おそらく間違いないだろう。和馬の様子に気づいたのか、美雲が訊いてきた。

「先輩、どうしました？」

「その仲村亜里沙だけど、多分高校のときの同級生だと思う」

「へえ、奇遇ですね」

和馬は高校のときに剣道部に入っていて、三年生のときには主将を務めていた。女子の剣道部の主将が仲村亜里沙だったので、自然と話す機会も多かった。実は和馬はひそかに彼女に想いを寄せており、向こうも同じではないか、つまり両想いではないかと思ったことが何度かあった。しかし結局そういった恋愛関係には発展しないまま、卒業を迎えてしまった。あれからもう十五年近く経過している。

さっきの女性で店の従業員への事情聴取は終わりだ。和馬は気をとり直して椅子から立ち上がった。


「警視庁捜査一課の者です。仲村さんとお約束があるのですが」

和馬が受付で警察手帳を見せると、「少々お待ちください」と言って受付嬢が内線電話を手にとった。近代的なビルの中にあるオフィスだった。来る途中にホームページで確認したところ、十人以上の税理士が所属している大所帯の事務所だとわかった。

「お待たせいたしました。廊下を奥に進み、三番の部屋にお入りください」

言われるがままに廊下を奥に進み、三番の部屋のドアをノックした。中から「どうぞ」という声が聞こえたので、和馬は部屋の中に足を踏み入れた。正面にデスクがあり、その前に依頼人のための椅子が置いてある。デスクに座っている女性が和馬の顔を見て、目を見開いた。和馬は一礼した。

「お忙しいところすみません。私は警視庁捜査一課の桜庭といいます。こちらは北条です」

隣で美雲がぺこりと頭を下げた。仲村亜里沙が立ち上がり、やや上擦った声で言った。

「桜庭君、よね。警視庁に入ったことは聞いていたんだけど……」

「驚かせて申し訳ありません。ある事件の捜査で聞きたいことがあるんです」

刑事をやっていると捜査の過程で知り合いに遭遇することはたまにある。そういうときに和馬は馴《な》れ馴《な》れしい態度をとらないことを心がけている。仕事は仕事、プライベートはプライベートだ。特に事件捜査の場合、ともすると相手が犯行に関与している可能性も否定できないのだ。

「そうですか」彼女も敬語を使い始めた。和馬の対応を見て態度を変えたようだった。彼女が椅子を手でさした。「あ、どうぞおかけください」

「失礼します」

座りながらそれとなく彼女の様子を観察した。高校時代の面影は色濃く残っている。黒い髪は長く、鼻筋の通った美人だ。彼女が袴《はかま》を着けて正座している姿は凛々《りり》しかった。

「それで、事件というのは？」

亜里沙に訊かれ、和馬は答えた。できるだけ感情を挟まずに説明することを心がける。

「一昨日の深夜、品川区大崎で殺人事件が起きました。被害者は金子育美さんという女性です。先生が担当されている株式会社ゴールドキッドの社長夫人です」

株式会社ゴールドキッドというのは金子が経営する会社の名前だ。

「金子さんの経営する飲食店の従業員があなたを目撃しています。金子さんと親しくされているようですね」

「担当ですから。私のことを金子社長は何と？」

「税理士だとおっしゃっています」

さきほど電話で確認したところ、世話になっている税理士だと素っ気なく答えた。電話なので深く追及することもできないのが残念だった。

「社長がそうおっしゃるならそうじゃありませんか」

亜里沙が真《ま》っ直《す》ぐに和馬の目を見て言った。高校のときから気が強く、どちらかというと近寄り難《がた》い雰囲気さえあった。しかしいつだったか、練習後の道場で一人涙を流していたのを和馬は目撃したことがある。練習についていけない下級生が退部すると言い出し、それを引き留めることができなかった自分の不甲斐《ふがい》なさに悔し涙を流していたのだった。それを見たとき、とても真面目な子なんだなと感心したことを憶えている。

「あなたを目撃した従業員の証言ですが」心を鬼にして和馬は続けた。「あなたと金子さんを目撃したのは二週間ほど前のことで、場所は新宿の歌舞伎町だったそうです。二人は腕を組んでいたと話していました。その従業員はあなたたちがどこに行くか、興味を抱いたようでしてね、実は……」

「もう結構です」

強い口調で亜里沙が言った。険しい表情だった。その顔を見て和馬は内心溜め息をつく。刑事というのは因果な商売だ。

「わかりました」亜里沙が険しい顔のまま言った。「彼の奥さんが亡くなったことは知ってます。ニュースで知ったときは驚きました。それで警察は私に何を聞きたいのでしょうか？」

「事件が発生したのは一昨日の深夜、具体的には日付が変わった深夜一時から三時までの間が犯行時刻とされていますが、その時間帯に夫である金子隆志さんにはアリバイがありません。どこで何をしていたのか、それを我々は調べています。彼は外で飲んでいたと証言していますが、それを裏づける証言がとれません。あなたでしたら何かご存知かもしれない。そう思ってここを訪ねました」

ドアがノックされ、「失礼します」という声とともに秘書らしき女性が入ってきて、和馬たちの前にコーヒーカップを置いた。秘書が立ち去るのを待ってから亜里沙が訊いてきた。

「つまり金子社長にはアリバイがなく、彼が犯人かもしれないと疑われているわけですか？」

「疑っているわけではありませんが、彼と被害者がうまくいっていなかったという関係者の証言があるものですから」

そこで亜里沙は考え込むようにあごに手をやった。しばらくその姿勢で思案していたが、やがて和馬を見て言った。

「さきほど刑事さんがお話しした時間、つまり金子社長の奥さんが亡くなった時間帯ですが、彼は私と一緒にいました」

「間違いありませんか？」

「ええ。私のマンションにいました。間違いございません」

亜里沙は真っ直ぐに和馬の目を見ていた。嘘《うそ》を言っているようには見えなかったが、その目は微《かす》かに揺れていた。不倫していることを認めたも同然であり、わずかに恥じているような彼女の目つきに和馬は困惑した。

詳しい話を聞いた。一昨日の深夜零時少し前に亜里沙のもとに金子から連絡があり、今から行っていいかと言われたらしい。断る理由もなく、亜里沙は了承した。すると三十分ほどで部屋のインターホンが鳴った。亜里沙は彼を部屋の中に招き入れ、それから朝までずっと一緒だったという。

「酔っていたみたいで、彼はすぐに寝てしまいました。五時くらいだったと思うんですが、彼は帰っていきました」

金子には妻がいる。なぜ亜里沙は不倫などしたのだろう。それを質問したい気もしたが、ここは事情聴取の場であり、その質問をするのは完全にプライバシーの侵害だ。

亜里沙が偽証している可能性もなくはない。金子に依頼され、虚偽の証言をしているとも考えられる。マンションの防犯カメラを確認するため、彼女の住所を聞き出した。亜里沙は四谷《よつや》のマンションに住んでいるようだった。

「ご協力ありがとうございました」

和馬はそう言って立ち上がった。話したくもないことを彼女に証言させてしまい、どこか居心地が悪かった。亜里沙も立ち上がって言う。

「刑事さん、このことは……」

「ご心配なく。公にはいたしませんので」

彼女に見送られて部屋から出た。本来であれば同級生らしい会話の一つや二つするべきだと思ったが、美雲が一緒にいる手前それもできなかった。ビルから外に出たところで美雲が話しかけてくる。

「アリバイ、成立しましたね」

「多分ね」

「浮気していることを周囲に隠したかったんでしょうね。だから飲んでいたなんて嘘をついたってことか」

離婚の話が出ていたことは調べればわかることであり、その原因が旦那の浮気であることも想像の範囲内だった。金子が隠そうとしたのは浮気相手の素性だったのではないか。彼女のプライベートを守るために、彼は偽のアリバイを証言したのかもしれなかった。

「でも先輩の同級生、美人でしたね」

「まあね。一緒のクラスになったこともなかったけどね」

美雲がスマートフォンに目を落とした。何かを調べるのかと思って見ていたが、すぐに画面から目を離す。時刻を確認したかっただけかもしれない。

「北条さん、このあと約束が？」

「あ、いえ、そういうわけでは……」

わかり易《やす》い反応だ。抜群の推理力を持っているが、二十三歳の女の子であることに変わりはない。友達と食事の約束でもしているのか、それとも——。

「まさか北条さん、渉《わたる》……いや、ケビンさんと？」

「ど、ど、ど、どうしてわかるんですか？」

「わかるよ、その反応を見れば」

五ヵ月ほど前のことだった。美雲は一目惚《ぼ》れをして、その相手というのが和馬の妻である三雲華の兄、三雲渉だったのだ。渉は天才ハッカーで、当然ハッキングで得た情報を売って生計を立てている犯罪者なのだが、どこか憎めないところがある男だった。美雲に名前を訊かれた際、本名を教えるわけにはいかないと思い、渉が以前使っていた偽名、ケビン田中だと教えたのだ。

後日、どうしてもケビンの連絡先を教えてほしいと美雲から言われ、渉の了解を得たうえで彼のアドレスを教えた。ＳＮＳで連絡をとり合っていたのは知っていたが、会うほどまでに二人の仲が進展していたのは正直意外だ。

「ケビンさんとディナーの約束をしているんだね？」

「そうです。初めて会うんですよ」

そう言って美雲は顔を赤らめた。それを見て微笑ましい気分になった。先輩として彼女を快く送り出さなくてはならない。渉なら大丈夫だろう。彼ほどの草食系男子を和馬はほかに知らない。

「北条さん、今日はいいよ。あとは俺がやっておくから」

「いえ、でも……」

「あとは簡単な仕事だ。四谷のマンションに行って確認したら、そこで今日の仕事は終わる予定だしね」

仲村亜里沙のマンションに行き、マンションを管理する不動産会社を調べる。そして不動産会社に連絡して、防犯カメラの映像の提供依頼をかけるのだ。今の時刻は午後六時四十分で、時間が時間なだけに今日はここまでになるだろう。あとは本部に戻って報告するだけだ。

「北条さん、本当に大丈夫だから。ところで待ち合わせの場所はどこ？」

「恵比寿《えびす》で七時に待ち合わせです」

「だったら急がないと。早く行かないと間に合わないよ」

「わかりました」意を決したように美雲はうなずいた。「お言葉に甘えて今日は上がります。先輩、この事件は必ず私が解決しますんで、今日のところは失礼させていただきます」

自分で解決する。そう断言してしまうのが彼女らしいし、彼女が探偵の娘である証《あかし》だった。

ぺこりと頭を下げてから美雲が駅に向かって歩き出した。案の定、歩き出した途端に通行人にぶつかり、その場で頭を下げて謝っている。本当に大丈夫だろうか。少し心配しながら、立ち去っていく美雲の背中を見送った。

※

約束の時間は午後七時だった。初めて訪れる店だったということもあり、少し道に迷ってしまったため、十分遅れで北条美雲は待ち合わせの店に辿《たど》り着いた。恵比寿にあるイタリアンレストランだ。思った以上にカジュアルな感じの店で、仕事帰りと思われる若い男女が楽しそうに食事をしている。

案内されたテーブル席にはすでに彼が座っている。ケビン田中。私の運命の人だ。ベージュのスーツに白いシャツ。ネクタイはしていない。美雲は頭を下げた。

「すみません。お待たせしました」

「こんばんは。ええと、ケビンです。ケビン田中です」

「北条美雲です。よろしくお願いします」

四ヵ月ほど前に和馬からメールアドレスを教えてもらい、それから主にネットでやりとりをした。よくやったのがオンラインゲームだ。同じ時間に同じゲームにアクセスし、一緒にゲームを楽しむのだ。騎士となって異世界を旅するゲームなのだが、ケビンは世界ランクに入るほどの腕前で、一緒にいるだけで周囲の羨望を集めるほどだった。次の日が休みの日は、深夜の三時までゲーム内で一緒に行動していたこともあるくらいだ。

しかし実際に会って話すのは今夜が初めてのことだったし、美雲にとっては異性とこうして食事をするというのが、助手の猿彦《さるひこ》以外では初めてだった。猿彦というのは父、北条宗太郎が娘のお目付け役として東京に派遣している六十歳の助手である。この店を手配してくれたのも猿彦だ。あとでお礼を言っておかなければならないだろう。

「失礼いたします」若い男性の店員がやってきた。「ご来店ありがとうございます。お料理の方はコース料理と伺っていますが、それでよろしいでしょうか」

「はい。お願いします」

「お飲み物は何になさいますか？」

「ケビンさん、スパークリングワインで乾杯しませんか？」

美雲が訊くと、ケビンは答えた。

「僕は何でも」

「お薦めのスパークリングワインはありますか？」

美雲が訊くと店員が答えた。

「フランチャコルタなんていかがでしょうか。イタリアを代表する高級スパークリングワインです」

「じゃあそれを」

「かしこまりました」

店員が去っていく。美雲はナプキンを膝の上に載せた。何から話していいか、まったくわからない。ゲームの話をするのは簡単だが、せっかくこうして会えたのだから別の話をしたい。

グラスが運ばれてきたので、まずは乾杯する。しかしそこから先が続かなかった。何を話したらいいかと考えているうちに、今度は前菜であるサラダが運ばれてきた。しばらくは黙々と食事をすることになった。

ようやく美雲が言葉を発したのはサラダを食べ終え、次の生ハムが運ばれてきたときだった。美雲は思い切ってケビンに訊いた。

「ケビンさん、嫌いな食べ物はありますか？」

「ありません」

会話が終了してしまう。このままではいけない。異性と会話を続けることがこれほど難しいとは思ってもいなかった。これでは密室殺人の謎を解く方がはるかに簡単だ。美雲は恐る恐る言った。

「ケビンさん、私に対して敬語をやめてください」

「わかりました。あ、違った。わかった」

「ケビンさん、好きな食べ物は何？」

「鶏の唐揚げとポテトフライ。北条さんは？」

「美雲でいいです。私はハンバーグです」

いい感じで会話が続く。しばらく好きな食べ物談義に花を咲かせていると隣のテーブルに客が案内されてきた。男性の方はどこかの中小企業の社長といったタイプで、女性の方は銀座《ぎんざ》のホステスを思わせた。男性の方が席につくなり店員に向かって言った。

「おい、ワインを持ってきてくれ。一番高いボルドーの赤だ。料理は……そうだな。俺はラーメンを食べてきてしまったからな。生ハムとチーズの盛り合わせをくれ。おい、料理はどうする？」

話を振られた女性が答える。

「私は仔牛《こうし》のカツレツでもいただこうかしら。あとはマグロのカルパッチョとジャガイモの冷製スープをお願い」

夫婦だろうか。女性の方が年齢不詳だ。三十代にも見えるが、おそらくもっと上だろう。美雲は気にせずにケビンに語りかけた。

「ケビンさん、どんなお仕事をなさっているんですか？」

「僕はね、うーん、何て言ったらいいんだろう。資産運用みたいな仕事だね」

「桜庭先輩とはどういう関係なんですか？」

ケビンと初めて会ったとき、彼は桜庭和馬の娘への誕生日プレゼントを和馬に渡した。そこまでするからにはかなり仲がいいのだろうと推測できる。

「友達。和馬君とは家族ぐるみのお付き合いをさせてもらってる」

「へえ、そうなんですね」

コース料理のパスタが運ばれてきた。蟹《かに》トマトクリームのパスタだった。パスタをフォークで巻きとりながら美雲は話し出した。

「私の実家、探偵事務所なんです。子供の頃から探偵になるためにいろいろと父から教わってきました。小学生の頃からミステリーばかり読んでました。変ですかね？」

「変じゃないよ。僕も似たようなもんだから」

そう言ってケビンは笑った。少し淋《さび》しそうな笑みだった。隣のテーブル席から男の声が聞こえてくる。

「なかなか旨いワインじゃないか。気に入ったぞ」

「あなた、ちょっと静かにして頂戴。デートを楽しんでいるカップルもいるんだから」

ちらりと見ると女性と目が合った。妖艶な笑みを浮かべ、女性はグラスをこちらに向けて掲げた。愛想笑いを浮かべ、美雲は会釈をした。ケビンを見ると彼も困ったような顔をしている。

「ケビンさん、音楽とか聴きますか？」

「聴くよ。ロックでも何でも。チキン・ランナウェイとか好きだね」

「私も。亮太《りょうた》のボーカル、最高ですよね」

美雲はグラスを持ち、スパークリングワインを飲んだ。運命の人と飲むスパークリングワインは驚くほど美味《おい》しかった。

「ここは僕が払うから」

「いいですって。私が払います」

レジの前で押し問答をする。結局割り勘にすることになり、代金を払って店をあとにした。時刻は午後八時三十分だった。もう少しゆっくりしたかったが、隣の席の夫婦がうるさかったので早めに店を出ることにしたのだった。

駅まで歩くことにする。ケビンは月島《つきしま》のマンションに暮らしているらしい。イチョウ並木の歩道が続いており、ベンチが点在していた。どちらともなくベンチに座る。

ケビンが大きく息を吐いた。

「大丈夫ですか？」

「うん。実は凄く緊張してた」

「どうして？」

「女の人と二人きりでご飯を食べるのは初めてだったから」

私と一緒だ。そう思っただけで胸が高鳴った。ケビンは遠くを見るような目つきで話し出した。

「僕、ずっと引き籠もりだった。十代から二十代にかけて、一日中自分の部屋に閉じ籠もってパソコンばかりやってた。五年くらい前に家から追い出されることになって、そこで初めて一人で暮らすことになったんだ」

人とコミュニケーションをとるのが苦手そうな気配は感じていた。最初に会ったときからだ。しかしそれは欠点ではなく、むしろ美雲の目には美点のように思えた。

「いつか女の子と一緒にご飯を食べたり、一緒に街を歩いたり、そういうことが自分にできるのだろうか。ずっとそんな風に考えていたんだけど、驚いたことに今日、それが実現してしまったんだよ。美雲ちゃん、本当にありがとう」

「お礼を言うのはこちらの方です」

胸の高鳴りがさらに大きくなった。これは完全に相思相愛ってやつじゃないだろうか。いや、そうに決まっている。確認するように美雲は言った。

「ケビンさん、これってデートですよね？」

「……多分。少なくとも僕はそう思ってる」

「デートっていうのは、想い合っている男女がするもんじゃないですか。ということはですよ、私たちって、結婚するっていうことですよね」

多少の飛躍はあるが、極めて論理的に話したつもりだ。ケビンが小刻みにうなずきながら言った。

「うん、そうだね、うん、きっとそうだ。結婚っていうことになるんじゃないかな」

「ですよね、やっぱり」

五ヵ月前、彼に出会ったときに感じた直感は間違いじゃなかったのだ。ケビン田中。この人こそが私の生涯の伴侶となる男性なのだ。

「でも美雲ちゃん、刑事さんなんだよね」

「ええ。それが何か？」

「うん、ちょっとね……」

歯切れが悪い。しかしその煮え切らない態度でさえ、可愛く思えてしまうのが不思議だった。これが恋というものなのだろう。

「たしかに刑事という職業には偏見があると思います。でも私はプライドを持ってこの仕事をしてるし、選んだ道に後悔はありません。結婚しても家庭に入るつもりはないですけど、そんな私でもいいですか？」

「……うん。それは構わないけど」

「よかった。でも家事をやらないわけじゃないですから」

話がとんとん拍子で進み過ぎて怖くなってきた。さすが恵比寿だけあって行き交う人たちはお洒落《しゃれ》で華やいで見える。しかし今、この街で一番幸せを噛《か》み締めているのは私ではないだろうか。

「今日はほとんど初対面なので、このくらいにしておきましょう。次回会ったときに式の日取りとか諸々《もろもろ》話し合うって感じでいいですかね」

「うん。そうしよう」

「じゃあ今日はこのへんで」

美雲は立ち上がった。そのまま立ち去ろうとしたが、思い出したことがあって引き返す。ケビンに向かって頭を下げて言った。

「不束者《ふつつかもの》ではございますが、末長くよろしくお願いします」

※

和馬が東向島にある自宅マンションに到着したのは午後九時過ぎのことだった。二日連続の残業だが、捜査本部が立ち上がっている以上は仕方がない。妻の華もそのあたりのことは理解してくれている。

「ただいま」

部屋の中に入ると娘の杏が廊下の向こうから走ってきた。そのまま飛び込んでくるので、杏の体を抱き上げながら言った。

「杏、ただいま。今日も保育園楽しかったか？」

「うん、楽しかった。さっきね、ジジがいたんだよ」

「へえ、そうなんだ」

「ラーメン作ってくれて、それを食べた。美味しかった」

「そうか。パパも食べたかったな」

四歳になった杏は日に日にボキャブラリーが増えていくのがはっきりとわかる。リビングに入り、杏をソファの上に立たせた。それからキッチンにいる華に向かって言った。

「ただいま」

「お帰りなさい」

「お義父《とう》さんが来てたんだって？」

「ごめんなさい。スーパーで急に話しかけられちゃって」

「華が謝ることじゃないって」

五ヵ月ほど前、三雲家の両親は今後一切桜庭家に干渉しないという宣言をした。両家が顔を合わせることはなくなったが、華の両親はたびたび孫の顔を見るために接触してくるらしい。しかしそのくらいは目を瞑《つぶ》ってもいいだろうと和馬は思っている。可愛い孫を見たい彼らの気持ちは理解できるからだ。

「先に風呂に入ってくる」

「わかった。ご飯の用意しておくから」

和馬はバスルームに向かい、風呂に入った。湯船の中で事件について考える。

さきほど仲村亜里沙が住んでいる四谷のマンションに向かい、エントランスの掲示板で管理会社を確認し、その場で連絡した。明日一番でアポイントメントをとることができ、防犯カメラの映像を見せてもらうことになっていた。あくまでも裏づけであり、彼女が嘘は言っていないと和馬自身は思っていた。

それにしても彼女が不倫をしていようとは、想像もしていなかった。刑事をやっていると、たまに知りたくもない事実を目の前に突きつけられることがある。今日がその最たる例だ。

どういう理由があったにせよ、彼女が金子隆志と不倫の関係にあるのは間違いのない事実だろう。あんなに聡明な彼女がなぜ、という気持ちもある。しかし男と女である以上は何が起きても不思議はないし、女性への幻想のようなものを抱いているような年齢でもない。ただ、彼女だけはあの頃と変わらぬ凛《りん》とした女性でいてほしかったという思いがあった。

急に顔に水が浴びせられた。杏がバスルームのドアを開け、そこから水鉄砲で狙っているのだった。

「やったな、杏」

和馬が睨《にら》みつけると杏がにこりと笑って逃げていく。それからしばらくして湯船から上がり、スウェットの上下を着てリビングに行った。テーブルの上には夕飯が並んでいる。チャーハンとスープ、それからサラダだった。

冷蔵庫から缶ビールを出す。半分ほど飲んでからサラダを食べ始めた。杏が和馬の隣の椅子に座って訊いてきた。

「パパ、今日はどんな事件だったの？」

思わず苦笑する。実家の両親の影響だろう。和馬、今はどんな事件を追ってるんだ？　父の典和《のりかず》は和馬の顔を見ると決まって訊いてくる。警察一家である桜庭家ではどんな事件を追っているのか質問するのが当たり前だった。

まさか殺人事件だと答えるわけにはいかず、和馬は杏の頭を撫でて言った。

「パパのお仕事はね、悪いことをした人を捕まえることなんだよ」

「じゃあ杏ちゃんも悪いことしたらパパが捕まえる？」

「うーん、どうだろう。杏ちゃんなら許しちゃうかもな」

華は床に座って洗濯物を畳《たた》んでいた。チャーハンを食べながら和馬は華に言った。

「華、チャーハン美味しいよ」

「ありがとう。いいチャーシューを入れたからかも」

一瞬だけ仲村亜里沙の顔が脳裏に浮かんだ。なぜ彼女の顔を思い浮かべてしまうのだろう。どこかやましい気持ちになり、和馬はビールを飲んでから華に言う。

「実は面白いことがある。北条さん、今夜渉さんとデートだってさ」

「本当？」

洗濯物を畳む手を止め、華は顔を上げた。興味を惹《ひ》いたようだった。華も北条美雲とは面識があり、彼女が渉のことを気にかけていることは以前食卓でも話題に出したことがある。

「本当だよ。今夜初めて会うらしいよ」

「ふーん、そうなんだ。お兄ちゃん、大丈夫かな」

「大丈夫だろ。最近しっかりしてるみたいだし」

「でも何か可哀想《かわいそう》ね」華がやや表情を硬くして言う。「お兄ちゃんの正体を知ってしまったら、彼女はショックを受けちゃうんじゃないかな。まさか刑事とハッカーが付き合うわけにいかないしね」

それはそうだ。おそらく美雲は気づくに違いない。あの子の観察力がずば抜けているのは和馬は嫌というほど知っている。

「まあ一度飯を食えば、お互い何となくわかるんじゃないかな。二人とも子供じゃないし」

「そうだといいけど」

華は洗濯物を畳むのを再開した。和馬は残りのチャーハンを口に運び、ビールを飲み干した。

※

地下鉄の階段を上っているときだった。美雲は背後に聞こえる足音に気がついた。振り向くと初老の男性がすぐ後ろを歩いている。助手の山本《やまもと》猿彦だ。

「猿彦、いつから尾行を？」

「恵比寿からです、お嬢」

猿彦は助手だ。情報収集に長《た》けているので、捜査の手伝いもしてもらっている。美雲にとっては右腕ともいえる存在だ。

「彼を見たのね？」

「ええ。お店に入っていくときにちらりと拝見しました」

店の外で張っていたのか。猿彦はお目付け役として父、宗太郎とも通じている。美雲の東京での生活を逐一報告するのも彼の仕事の一つだった。

「彼のことは絶対にお父さんとお母さんには言わないで」

美雲がそう言っても猿彦は返事をしない。美雲の頼みは無条件で引き受けてくれるので、こういう反応は珍しい。階段から地上に出て、猿彦とともに歩き始めた。美雲は警視庁の女子寮に、猿彦はその近くのアパートに住んでいる。

「猿彦、一生のお願い。彼のことは黙ってて」

「お嬢、本当にあの男と結婚するつもりなんですね」

「彼を見たんでしょ。どう思った？」

「悪い男には見えませんでした」

「私の目に狂いはないわ。初めて見た瞬間、この人と結婚するんだって直感が働いたの。真犯人を見つけたときと同じ感覚ね」

コンビニエンスストアの前を通りかかったので、美雲は店内に入った。猿彦もあとからついてくる。コーヒーを二杯買い、イートインコーナーに座った。

「お父さんとお母さんには近いうちに私からきちんと説明するつもり。だから猿彦、それまでは二人だけの秘密にしておいてほしいの」

そう言いながら美雲は紙コップを猿彦に手渡した。「かたじけない」とそれを受けとり、猿彦は言った。

「ですがお嬢、あのケビンと名乗る男ですが、全面的に信用するのはいかがなものかと。どこの馬の骨ともわからぬ男ではありませんか」

「猿彦、私の目を疑うとでも？」

「滅相もございません。しかしですね、お嬢。結婚というのは人生の一大イベントでございます。そう簡単に決めていいものかと思いますが」

結婚が人生を左右するイベントであることくらい、美雲もわかっている。だからこそ自分の直感を大事にしたいのだ。五ヵ月前、ケビンと初めて会ったときに感じたインスピレーション。それを大切にしたいのだ。

それに今夜初めてまともに会話をし、自分の直感が間違っていないことを再認識させられた。彼は間違いなく私の運命の人だ。

「お嬢、これは提案なんですが」猿彦がコーヒーを一口飲んでから言った。「あのケビンなる男のことですが、私に身辺調査をさせてもらえないでしょうか？　どこか気になるんですよ」

「気になるって、どこが？」

「それがわからないから気になるわけなんです。私はこれまでいろんな人間を見てきましたが、あのケビンという男性は捉えどころがないんです」

「裏がありそうってこと？」

「いえ、決してそういうわけではないんですが……」

先のことはわからないが、私と結婚するということは北条探偵事務所の跡を継ぐかもしれないということだ。生い立ちや家族構成など、その身辺を徹底的に調査しなければいけない時期は来るだろう。しかし今はまだ時期尚早だ。二人の愛を育む方が先決だ。

「猿彦、調査は禁止よ。しかるべきときが来たら頼むけど、今は彼に手を出さないで。勝手に動いたら絶交よ」

「わかりました、お嬢」

絶交という言葉が効いたのか、猿彦は素直に引き下がった。美雲はコーヒーを飲んだ。猿彦も同じようにコーヒーを口にしている。紙コップを手に猿彦がしみじみとした口調で言った。

「血は争えませんな」

「どういうこと？」

「所長と奥様の馴れ初めですよ」

所長というのは父の宗太郎で、奥様というのは母の貴子《たかこ》のことだ。母は若い頃に大阪府警で働いており、父が警察に捜査協力をした際に二人は出会ったと聞いている。

「あれは今から二十五年ほど前のことでした。大阪市内で誘拐事件が発生しましてね、宗太郎様のもとに依頼がきたんです」

誘拐されたのは大阪市内の不動産会社の社長の息子だった。警察だけでは頼りないと思ったのか、その社長は宗太郎にも捜査を依頼した。

「犯人からの要求は現金一億円でした。それを息子の母親、つまり社長夫人に持たせて、大阪市内の公園に来るように。それが犯人の要求だったんです。しかし社長夫人は怖くて行きたくないと言い出しましてね、そこで白羽の矢が立った婦警というのが奥様だったのです」

貴子は社長夫人に扮《ふん》し、身代金を持って現場に向かうことになった。そのとき車を運転していたのが、運転手に扮した父、宗太郎だったらしい。

「公園のベンチで奥様が待っていると、一人の男が近づいてきました。男は金の入ったバッグを受けとり、代わりに紙片を奥様に渡しました。紙片には『公園のトイレ』と書かれていました」

すぐに宗太郎と貴子は公園のトイレに向かい、中で誘拐されていた子供を無事に保護した。金を受けとった男は捜査員に尾行され、アジトと思われるアパートに入ったところを逮捕された。事件は解決し、その直後のことだった。公園から引き揚げようとしていた貴子に対し、宗太郎が言った。

『そこの君、よかったら私と結婚してくれないか』

『私でよければ。探偵さん』

午前中に初めて対面し、その日の午後にはプロポーズするという早業だった。

「さすがに血を引いてるだけのことはありますな。お二人に比べたらお嬢は慎重な方かもしれません」

そう言って猿彦は愉快そうに笑った。

※

「これは間違いなさそうですね、先輩」

「そうだね、どうやらアリバイ成立ってことでよさそうだ」

和馬は美雲とともに新宿にある不動産管理会社に来ていた。仲村亜里沙が住んでいるマンションの防犯カメラの映像を見せてもらうためだ。エントランスに設置された映像を確認したところ、午前零時三十分に金子隆志と思われる男が現れ、マンション内に入っていった。男が出てきたのは午前五時過ぎのことで、四時間半ほど彼女の部屋にいたことになる。

　画像を拡大して確認した。やはり金子隆志で間違いなさそうだった。対応してくれた担当者に礼を言ってから不動産管理会社をあとにする。

「やはり物盗りの線が濃厚と考えてよさそうだな」

「そうですね」

　隣を歩く美雲は何やら考え込んでいるようだ。捜査を始めて三日目だが、いまだに有力な目撃証言は出ていない。怨恨《えんこん》の線でも捜査は進んでいるが、被害者に恨みを抱いている人物は挙がってきていないようだ。

　そういう意味では夫の金子隆志が一番怪しかった。被害者から離婚を切り出されていたようだし、妻の実家から金を借りていることも明らかになっていた。さらには被害者の通話履歴から、彼女が探偵を雇ったこともわかっていた。守秘義務といって彼女の依頼内容は明かされていないが、おそらく夫の身辺調査だろうと推測された。

「ところで北条さん」思い出したことがあり、和馬は美雲に訊いた。「昨夜、ケビンさんと会ったんだろ。どうだった？　会話は盛り上がったのかい？」

「盛り上がったかどうかはわかりませんが、結婚することになりました」

「へえ、結婚ねえ。……ん？　結婚？　結婚って、君とケビンさんが？」

「ええ、そうですけど」

　美雲は平然とした顔つきで言う。和馬は思わず立ち止まっていた。美雲と渉が結婚するというのだ。でも二人は昨夜が初めてのデートだったはずだ。どこをどう間違えば結婚というゴールに辿り着けるのだろうか。まったくわからない。

　美雲との差が開いていたので、和馬は慌てて追いかける。彼女の隣に並んでから和馬は訊いた。

「あ、あのさ、北条さん。さっき君、結婚って言ったよね。俺の聞き間違いじゃないよね」

「結婚って言いましたよ、私」

「だって君たち、昨日がほとんど初対面のようなものだろ。それがどうして結婚っていうことになってしまうんだろうか。そのあたりのことを詳しく説明してくれないかな」

「運命の人に出会ったから結婚する。それだけです。先輩、私、考えごとしてるんで、少し黙っててもらえますか？」

「そ、それは失礼」

　和馬は押し黙った。これは大変なことになった。和馬は事の重大さを認識する。泥棒一家の長男と探偵一家の一人娘が結婚しようと言い出しているのだ。まるでどこかで聞いたことがあるような話ではないか。

　おそらく美雲は知らない。ケビン田中こと三雲渉の正体を。彼は天才ハッカーで、いわゆる我々警察とは対極にいる犯罪者なのだ。一応カタギである華とは違い、彼は現役バリバリの泥棒だ。

「北条さん、考え中にすまないね。結婚のことだけど、もう少し落ち着いて考えた方が……」

　そう言って隣を見ると彼女の姿が消えている。振り返ると通りに面したカフェに入っていく美雲の姿が見えた。完全に熟考モードに入っているようだ。

　美雲を追ってカフェの店内に入ると、「先輩と同じものでいいんで」と言い残し、彼女は店の奥に入っていく。仕方ないのでセルフのレジでホットコーヒーを二つ買い、カップを持って店の奥に向かった。和馬が椅子に座ると同時に彼女が話し出す。

「やっぱりご主人の金子隆志さんのことが気になるんです。あの方、最初は愛人の存在を隠すために偽のアリバイを証言したじゃないですか。でもよくよく考えれば、愛人の存在はそのうちバレると思うんですね。だったら最初から本当のことを言っておけばよかったんです。それに自分に妻殺害の嫌疑がかかっているんですよ。愛人の存在を隠すより、自分の身を守ることを優先するのが普通ですよ。それに最初から本当のことを言わないで、私たちにアリバイを調べるように仕向けた感じが気に食わないです」

そこまで一息に喋ってから美雲はコーヒーを一口飲んだ。美雲の言っていることは概《おお》ね理解できたが、彼女が愛人という単語を口にするたび、仲村亜里沙の面影が脳裏にちらつき、複雑な気分になってしまうのだった。和馬は先を促す。

「でも金子にはアリバイがある。まさかロープか何かで窓から降りたとでも？」

亜里沙の住む部屋は三階だった。ロープをつたって一階まで降り、タクシーで自宅に戻って妻を殺害。再び彼女のマンションに戻り、ロープを使って部屋に戻る。可能かもしれないが、やや無理があるような気がした。

「協力者がいたんじゃないか。そう思ったんです」

「金で雇ったってことか。でも彼は一般人だから裏社会との繋《つな》がりがない。プロの殺し屋なんて雇えないと思うけどね」

「プロじゃなくてもいいんです。それに報酬はお金じゃないかもしれません」

「金以外の報酬？」和馬は腕を組んだ。「ほかに何かあるかな。だって殺人を依頼するわけだろ。普通は金を払うだろうね。大金をもらわなきゃ割に合わない」

「誰か殺したい。そう思ってる人が二人いればいいんです。互いに殺したい相手を殺し合う。いわゆる交換殺人ってやつです」

「まさか、そんな……」

美雲の顔は真剣だった。どうやら本当に交換殺人の線を考えているらしい。この突拍子もない発想は彼女ならではと言えたが、今回ばかりは現実的ではない。

「先輩、同じような事件がないか、調べてみませんか」そう言いながら美雲がスマートフォンを出した。「ここ最近、発生した殺人事件で、犯人が逮捕されていない事件です。できれば疑わしい人物にアリバイがあったりすればベストですね」

「そういう事件があったら、それが金子の犯行かもしれないってわけか」

「その通りです」

美雲はすでにスマートフォンで調べ始めている。仕方ない、付き合ってやるか。和馬も同じように調べることにした。期間はこの一ヵ月に絞ることに決めた。気になる事件があったら店から出て、その事件の捜査本部が置かれている所轄署に問い合わせをした。

一時間ほど調べてみたが、該当するような事件はなかった。さらにもう一ヵ月遡ってみることにする。コーヒーのおかわりを買ってきて、和馬は再びスマートフォンに目を落とす。

やはり該当する事件はない。一件だけ犯人が捕まっていない轢《ひ》き逃げ事件が三重県で発生していたが、問い合わせの結果、すでに容疑者を特定したとの話だった。

「北条さん、交換殺人ってのは違うかもしれないね」

和馬はそう言ったが、彼女はまだ諦めきれない様子だった。

「まだわかりません。これから起きるかもしれませんので」

※

午後六時前、華は東向島フラワー保育園に辿り着いた。教室を覗くと近くにいた保育士が華に気づいた。

「三雲さん、こんばんは。杏ちゃん、お母さん来たわよ」

保育士が呼んでも杏がこちらに来る気配はない。友達と二人で絵本を眺めているようだ。そのとき背後で声が聞こえた。

「こんばんは」

振り返ると男性が立っている。先日、ピアノ教室で会った男性だった。たしか名刺をもらった。名前は木下彰といったか。娘の名前はほのかちゃんだ。

「あ、こんばんは。先日はどうも」

「三雲さん、でしたよね。お仕事の帰りですか？」

「そうです。木下さんも？」

「近くで打ち合わせがあったので、その帰りです」

保育士が杏とほのかを連れてきてくれた。木下父子と並んで廊下を歩き始める。名刺にはＷＥＢデザイナーと書かれていたことを思い出し、世間話のつもりで華は訊いた。

「ＷＥＢデザイナーってどんなお仕事なんですか？」

「ＷＥＢサイトのデザインをします。企業や個人から依頼されて、ホームページなんかを作るんですよ。僕の場合はデザイナーを名乗ってますけど、本当の意味ではＷＥＢディレクターです。依頼人の要望を聞き、全体の方向性などを決める仕事ですね。そこからデザイナーに仕事を振ったり、僕自身がやることもあります」

さきほど気づいたことだが、彼の左手の薬指に指輪がない。結婚指輪をしない男性も多いし、一概に決めつけることはできないが、もしかしたらシングルパパではないかという勘が働いた。

「三雲さんはお仕事は何を？」

「本屋です。上野の本屋で書店員をしています」

「へえ、そうですか。昔は結構本を読んでいたんですけど、最近はあまり……。チビがいるとなかなかね」

「私もですよ。本屋に勤めてるくせに全然読めてないんです」

物腰が柔らかく、話し易い人だと華は感じた。娘同士も仲がよくて、今もきゃっきゃと笑いながら二人で歩いている。

「三雲さん、今夜の夕食は何ですか？」

「うちはカレーです。今朝作ってきたので温めるだけです」

「カレーかあ。うちは何にしようかな」

夕飯の献立を考えるとは、シングルである確率が俄然《がぜん》高まったようだ。先月引っ越してきたと話していたはずだ。離婚を機に引っ越しをしたのかもしれない。

「実は僕、ブログをやってまして」そう言って木下はタブレット端末を出した。画面をタッチしてからそれを華に寄越してきた。「育児に悪戦苦闘する日記です。主に料理を載せることが多いですね。いろいろ研究しているんですよ」

受けとった端末の画面を眺める。たしかに料理の記事が多いようだ。時短のためのレシピなども載っている。なかなか面白そうなブログだった。ブログのタイトルは『シングルパパの育児日記』となっている。

「よかったら覗いてください。では私たちはここで。ほのか、行くよ。杏ちゃん、またほのかと遊んでね」

木下が娘の手をとり、角を曲がって去っていった。今日は買い物の必要がないので、そのまま杏とともにマンションに帰宅した。

カレーの鍋を火にかけ、冷蔵庫からトマトを出してカットする。カレーが温まるまでの間、スマートフォンでさきほど教えてもらった木下のブログを見ることにした。

彼が言っていた通り、作った料理の記事がほとんどだった。最近人気のある記事がランキング形式で掲載されていて、一位の記事を読んでみる。電子レンジだけでビビンバを作るというものだった。野菜のナムルだけではなく、肉もレンジで加熱するらしい。意外にヘルシーでいいかもしれない。

大抵、華は前の日の晩に次の日の献立を考える。しかし忙しいときなどはそれもできず、杏を迎えに行きながら献立を考えることもある。電子レンジで作る時短ビビンバ。明日にでも作ってみてもいいかもしれない。

スマートフォンでブログを読んでいると、メッセージを受信したのがわかった。送ってきたのは和馬で、内容は今夜は張り込みで朝まで帰らないというものだった。

「パパ、今日も遅い？」

杏が訊いてくる。四歳になり、いろいろと察するようになってきた。華は答える。

「うん、そうみたい」

「パパ、お仕事辞めちゃえばいいのに」

「駄目だよ、杏。パパがお仕事してくれるから、ママたちは美味しいもの食べたり、杏は玩具《おもちゃ》買ってもらったりできるんだから」

「だってママも本屋さんでお仕事してるでしょ」

「まあ、そうだけど……。あ、カレーそろそろ温まったかな」

華はスマートフォンを置いて立ち上がり、コンロに向かって歩き出した。

※

和馬は今、覆面パトカーを運転して関越自動車道を走っている。前を走るテールランプは金子隆志が運転するアウディのＳＵＶだ。時刻は深夜一時を回っている。

美雲が唱えた交換殺人説は信憑性《しんぴょうせい》に欠け、捜査本部でも受け入れられなかったが、彼女は決して自分の主張を曲げなかった。これから金子は殺人に手を染める。彼女の主張を信じ、和馬は金子の動きを見張ることにした。動くとしたら夜ではないか。そうヤマを張り、夜間に彼の自宅前で張り込みを始めた。一昨日、昨日と動きはなく、張り込みを始めて三日目の今日、ようやく動きがあったのだ。

ずっと追い越し車線を走行していた金子のアウディが左側に車線変更した。和馬もハンドルを切る。もしかして何か動きがあるのかもしれない。

「どこに行くつもりですかね？」

「ついていくしかないだろうね。あまり遠くに行かないことを祈るのみだよ」

高崎インターチェンジでアウディは高速から降り、それから高崎市内へと入っていった。不慣れな道なので尾行も大変だった。金子の車は住宅街を走っている。車の往来もほとんどないので、車間距離を長めにとって尾行する。やがてアウディが停車するのが見え、和馬も覆面パトカーを停車させた。

「降りるみたいですよ」

隣で美雲が言う。和馬は双眼鏡を使って金子の車を観察した。美雲の言う通り、金子が運転席から降りるのが見える。「行こう」と美雲に声をかけ、和馬は覆面パトカーから降りた。

三月になったとはいえ、風は真冬並に冷たかった。和馬は低姿勢を保ったまま、金子の背中を追った。あまり近づき過ぎると気づかれてしまうので、一定の距離を保ってあとをつける。

金子が立ち止まった。一軒の住宅の前だった。電柱の陰から顔を出して観察する。彼は周囲の様子を窺《うかが》うようにあたりを見回したあと、ポケットから出した目出し帽を深く被《かぶ》った。

「先輩、あれって……」

不法侵入するつもりだと考えて間違いない。和馬は美雲に向かって言った。

「地番を調べて一一〇番通報を頼む」

そう言うなり和馬はアスファルトを蹴っていた。すでに金子の姿は消えている。彼が入っていった住宅の前に辿り着いた。表札には『池谷《いけたに》』と記されており、住人は寝静まっているようで電気は消えている。

玄関ドアに手をかけると、鍵はかかっていなかった。中は真っ暗だった。方法は二つある。大声を出して賊が侵入したことを住人に知らせるか、もしくは息を殺したまま金子を捜すか。

和馬は後者を選択した。下手に騒いで金子を刺激したくなかったからだ、おそらく金子は素人同然のはず。そういう者が混乱に陥った場合、何をしでかすかわかったものではない。

靴を脱ぎ、足音を立てぬように廊下を奥に歩いた。拳銃は携帯していないので、警棒だけが身を守る武器だった。リビングに入ったところで人の気配を感じた。そう遠くない場所に奴がいる。

気配を窺う。そのとき視界の隅に光を感じた。冷蔵庫が開き、中の照明が洩《も》れ出たのだとわかる。冷蔵庫の光が目出し帽を被った男を照らした。

冷蔵庫を開けたまま、金子はごそごそと動いている。他人の住居に侵入し、冷蔵庫を物色するという神経が考えられなかった。和馬は足音を忍ばせてキッチンに向かう。そして金子の背後から声をかけた。

「何をしてるんだ?」

「ひっ」という声とともに、目出し帽の男が床に転がった。警棒を構えたが、男が武器を持っていないのは明らかだった。その代わり、なぜかペットボトルの水を持っている。喉が渇いたから冷蔵庫を開けたということだろうか。だとしたらたいした度胸だが――。

「先輩」

背後で声が聞こえた。美雲が中に入ってきたのだろう。和馬は警棒を男に向けたまま押し殺した声で言った。

「顔を見せろ」

男が震える手で目出し帽をとる。やはり金子隆志だった。怯《おび》えた目で金子がこちらを見上げていた。

連行された高崎署で金子隆志はすべてを自供した。やはり美雲の読み通り、交換殺人だった。高崎署の取調室を借り、今は事情聴取をおこなっている。

「つまりあなたの奥さん、金子育美さんを殺害したのは、樋口《ひぐち》という男なんですね」

「そうです。一度も会ったことはありませんけどね」

金子の話によると樋口という男は高崎市内に住むサラリーマンだった。ネットを通じて交換殺人をおこなうことになり、彼が金子の妻を殺害し、金子は樋口が指定した相手を殺害する取り決めになった。樋口なる男が殺害したい相手というのは、さきほど金子が侵入した家の住人、池谷慎介《しんすけ》だった。

「樋口と池谷の関係は？　なぜ樋口は池谷を殺害しようと思ったんだ？」

「あまり詳しいことは知りませんが、会社の同僚だったようです。派閥みたいなものがあって、どうしても池谷って男が邪魔だったらしいです」

二人がおこなおうとしていた計画はこうだった。昨夜、樋口は同僚たちと一緒に池谷の自宅を訪れ、酒を飲んだ。池谷はバツイチであの一軒家で一人で暮らしていた。樋口はうまくおだてて池谷に酒を飲ませ、酔い潰れてしまった池谷を寝室に運び、あとは玄関の鍵を開けたまま外に出るだけだった。

そして実行犯である金子の出番だ。逮捕時に金子が持っていたのは毒入りのペットボトルだった。池谷が愛飲している同じ種類のミネラルウォーターで、金子はそれを冷蔵庫に入っているものと交換するだけでよかった。早ければ今日の朝にも池谷は毒入りのミネラルウォーターを飲んで命を落とす。それが二人の企《たくら》みだった。

「刑事さん、ありがとうございました。刑事さんが止めてくれたお陰で殺人犯にならずに済みました」

金子がそう言って頭を下げた。呆《あき》れた男だ。こんな男のどこがいいのか。仲村亜里沙には男を見る目がないのだろうか。しかし気の毒なのは樋口という男だろう。彼は自分の手を汚したが、本来のターゲットである池谷を殺害することはできなかったのだから。ただ、金子隆志も殺人教唆《きょうさ》の罪に問われることにはなるだろうが。

取調室のドアが開き、高崎署の刑事が中に入ってきた。彼は和馬の耳元で言った。

「樋口の身柄を拘束しました。今からこちらに連れてきます」

「わかりました」

「今日はこのへんでどうでしょうか」

時刻は午前四時になろうとしている。もう朝といってもいい時間だ。さすがにこれ以上事情聴取を続けるのは酷かもしれない。

「了解です。そうですね……午前十時から再開させてください。明日中には警視庁に身柄を移すつもりでいますので、そちらの上司にもその旨をお伝えください」

「はい。伝えておきます」

高崎署の仮眠室を勧められたが、断って署から出た。駐車場の覆面パトカーに乗り込んだ。今からビジネスホテルに宿泊するのも料金がもったいないので、ネットカフェを探して仮眠をとろうという話に決まった。スマートフォンでネットカフェの所在地を調べ始めた美雲に向かって言った。

「北条さん、今回もお手柄だ」

「私は謎を解いただけです」

たいしたものだと思う。彼女が交換殺人と言い出さなければ事件は迷宮入りしていた可能性がある。

仮に金子の計画が成功し、池谷という男が毒物を飲んで死亡したとする。しかし金子育美の殺害事件と池谷の毒殺、両者の間にまったく接点はない。しかも東京と群馬と地理的にも離れており、管轄も違うため、二つの事件に関連性を見出《みいだ》すことは困難を極めただろう。すべて彼女の功績だ。

「あ、ネットカフェありましたよ。ここからすぐみたいです」

本人は事件解決を鼻にかける様子もなく、涼しい顔でそう言った。

※

「生ビールおかわりお願いします。ケビンさんも同じやつでいいですよね？」

「うん。同じものを」

「すみません。じゃあレモンサワーも追加で」

二回目のデートは居酒屋だった。どこにでもある大衆的な居酒屋だ。抱えていた事件に解決の目途が立ち、急遽《きゅうきょ》会おうということになったのだ。

「それで結婚式はどうしましょうか？」

「恥ずかしいよね、結婚式」

ケビンの言葉を聞き、美雲はノートに『結婚式×』と書き込んだ。結婚式はやらないという意味だ。いろいろと話し合っているのだが、やらないことが多い。結納もやらないし、結婚式も披露宴もなしだ。二人がいかに合理的に生きているか立証されているといえよう。この点だけでも理想的なカップルだと美雲は思っていた。

「ケビンさん、結婚式はやらなくてもいいですけど、一度くらいウェディングドレスを着てみたいんですよ」

「いいね。僕も見てみたい」

「都内のスタジオで写真だけでも撮りましょうか？」

「そうしよう」

美雲はノートに『ウェディングドレスで写真撮影○』と書いた。運ばれてきた生ビールを一口飲んでからケビンに訊く。

「新婚旅行はどうしましょうか？」

「行きたいけど、時間がないよね」

「そうですよね。でもたとえ刑事でも結婚するとなればまとまった休みがとれると思うんですよ。新婚旅行は保留にしておきましょうか」

美雲はノートに『新婚旅行△』と書き込んだ。多くのことが決まっていくが、実は肝心なことが後回しにされていることを美雲は知っていた。親をどう説得するか。そう、これが一番重要だ。ケビンと結婚できるかどうかは、そこにかかっていると断言できる。

避けては通れぬ関門だ。早めにケビンのことを両親に紹介しなければならないだろうが、あの両親がそう簡単に結婚を許してくれるとは思えなかった。特に父、変わり者の宗太郎は何を言い出すかわかったものではない。

「ケビンさん、ご両親に私のことは話してありますか？」

「まだだよ」

「結婚に反対されるってことはないですかね」

「わからない。でも反対されても結婚するのは僕たちだからね」

そう言ってケビンはレモンサワーを口に運んだ。あまり酒に強くないようで、二杯目のレモンサワーで顔を真っ赤にしているところが可愛い。結婚するのは僕たちだから。その台詞《せりふ》にグッときてしまう。

「そうですよね。結婚するのは私たちですもんね」

最悪、駆け落ちだな。美雲はそう心を決める。反対されてもケビンと一緒になる。そういう強い気持ちで臨まなければならないのだ。

「じゃあ続けます」気をとり直して先を進める。「子供はどうしましょうか？　ケビンさん、子供は欲しいですか？」

「どうかな。いつか欲しいけど、それほど急がなくてもいいかな」

「了解です。家事の分担なんかはどうしましょう？」

「ごめん、美雲ちゃん。家事に関してはまったく期待しないでほしい。僕、引き籠もりだった頃は一週間同じジャージを着てたくらいだから」

「全然気にしないでください。私が全部やりますので」

そう勢いよく言ってみたものの、美雲が一人暮らしを始めたのは五ヵ月前のことだ。寮で料理なんてしないし、掃除だってロボット掃除機に任せている。しかしどうにかなるだろう。家事代行サービスを雇ってもいいし、猿彦も手伝ってくれるはずだ。

「ところでケビンさんのご両親ってどんなお仕事をされているんですか？」

「うちは自営業だよ」

自営業といっても職種は無数にある。もしかするとケビンは実家の家業のことを快く思っていないのかもしれない。いずれ彼の両親とも顔を合わせる日が来るだろうが、まずはうちの両親を説得するのが先決だ。

「提案なんですけど」美雲はスマートフォンのスケジュール機能を確認した。「今度の週末、お時間ありますか？　よかったらうちの実家にご招待したいんです。まずは両親に会ってほしいと思って」

婚約者の親と会う。それなりの心構えが必要だ。断られても仕方がないと半ば思っていたが、ケビンは軽い口調で言った。

「いいよ」

「いいんですか？　映画観に行こうとか言ってるわけじゃないですよ」

「君のご両親に会うんだよね。結婚するなら当然だよ」

胸にじーんと来る。私は本当にいい人を選んだようだ。言ってなかったかもしれないと思い、念のために言っておく。

「ケビンさん、うちの実家って京都ですよ。一泊二日の予定にしようと思ってますけど、それで大丈夫ですか？」

土曜、日曜はちょうど非番だった。土曜の午後に出発して実家で食事。一泊して帰京するという行程を美雲は考えていた。ケビンはスマートフォンやスケジュール帳を見ることなく、朗らかに笑ってうなずいた。

「うん、いいよ。京都かあ。うちの妹、生八ツ橋が好きなんだよな」

「妹さんがいるんですか？」

「言ってなかったっけ？　そのうち紹介するよ」

ケビンは三十五歳らしい。年齢が一回り離れているせいか、それとも彼の特性なのか、あまり細かいことを気にしないところが羨ましかった。こちらは刑事という職業柄、もしくは探偵の娘として英才教育を施されてきたせいもあり、事件解決のために細かいことを気にしなければならなかった。そういう意味では大らかな彼の性格は、美雲を惹きつけてやまない何かを持っていた。

「じゃあ新幹線のチケット、予約しておきますね」

美雲はそう言って生ビールを飲み干した。

※

その店は西新宿の高層ビルの最上階にあった。窓からの夜景が美しかったが、和馬が案内されたのは残念ながら窓際の席ではなかった。それでも一面の窓から外の夜景はかろうじて見ることができた。

「ごめんなさい。急にお呼び立てしてしてしまって」

和馬が案内された席に向かうと、すでに仲村亜里沙はテーブル席で待っていた。和馬は椅子に座りながら言った。

「いや、構いませんよ。いいお店ですね。刑事には似つかわしくないお店です」

「顧客と何度か会食したことがあるんです。値段は意外にリーズナブルなんですよ」

帰り際、見知らぬ番号から着信があり、出ると亜里沙からだったので驚いた。共通の友人——高校時代の剣道部員から和馬の電話番号を聞き出したという。事件について知りたいというので、こうして出向いてきたのだ。メニュー片手に彼女が訊いてくる。

「お嫌いなものはありますか？」

「特にありません」

彼女が店員を呼び止めて注文した。彼女は黒いワンピースを着ていて、耳にシルバーのピアスが輝いている。先日会ったときは束ねていた髪を今日は下ろしていた。

「あの人はどうしてますか？」

亜里沙が訊いてきた。あの人というのは金子隆志以外に考えられない。和馬は答える。

「素直に取り調べには応じているようです。やはり彼のことが心配ですか？」

「多少は。今回の騒動で愛想を尽かしたというのが正直なところですけどね。彼はやはり罪に問われるのでしょうか？」

「おそらく。ただしあとは司法、つまり裁判が決めることですので」

金子隆志の身柄が警視庁に移されたのは一昨日のことだ。彼の協力者である高崎市在住の樋口という男も一緒だった。二人は現在、取り調べを受けている。今回の一件で和馬たち、特に美雲の働きは上層部でかなり高く評価されたらしい。教育係として和馬も鼻が高いが、ほとんどが彼女の力によるものだ。

金子の証言で気になる点があった。彼の証言によると、今回の計画は彼らが考えついたものではなく、ネットを通じて第三者から計画を購入したというのだった。殺したい対象者と謝礼として払える金額を提示したところ、今回の計画を教えてもらったというのだ。樋口も同様で、ネットを通じて犯罪計画を買ったと言っていた。

犯罪計画を売った何者かがいる。それを捜査本部は重要視しており、金子・樋口両名のパソコンやスマートフォンを押収して調べているらしいが、計画者の正体に繋がる痕跡は現在まで見つかっていない。唯一わかっていることは、二人に犯罪計画を提供した何者かは、モリアーティと名乗っていることだけだった。

ジェームズ・モリアーティ。アーサー・コナン・ドイルの小説、シャーロック・ホームズシリーズに登場するホームズのライバルで、犯罪のナポレオンとも称される天才犯罪者だ。

「桜庭さん、結婚されているんですね」

亜里沙の視線が和馬の左手に注がれていた。和馬は運ばれてきたワインを一口飲んで答える。

「ええ。四歳の娘がいます」

「そろそろ敬語はやめにしない？」

　そう言って亜里沙がグラスに手を伸ばした。和馬はうなずいた。

「うん。了解」

「桜庭君、相手はどんな人？」

「年は三歳下になる。図書館で出会ったんだ。俺が本を返却に行ったときにね」

「へえ、意外。でも図書館で出会ったなんて、何かロマンチック」

「そうかな」

　実はさきほど華にはメールを送った。事件の解決を祝う飲み会があるので遅くなるという内容だった。華に嘘のメールを送ったのは結婚してから初めてのことだった。

「去年のことだった。ワイン教室で知り合ったある女性から、彼のことを紹介されたの。彼は別の税理士を雇っていたんだけど、すぐに私の事務所に仕事を依頼してきた。当然、私が担当になったわ」

　和馬は黙って亜里沙の話に耳を傾けた。彼女はワイングラスをくるくる回しながら話している。

「最初のうちは仕事だけの関係だったけど、何度か食事に誘われて、根負けする形でご飯に行ったの。私、趣味がスキューバなんだけど、彼もやるみたいで話が盛り上がった。あとはお決まりのパターンね」

亜里沙はグラスのワインを一口飲み、窓の方を見て言った。

「まったく馬鹿な女よね」

妻帯者である金子が彼女を口説いた理由もわかるような気がした。亜里沙の横顔はどきりとするほど美しい。高校時代は健康的だった美貌は、時を経て妖艶な美しさに変化していた。

「桜庭君、七、八年前だったかな。高校の同窓会があったの憶えてる？」

「そういえばあったね。俺、行くつもりだったんだけど、急に事件が発生しちゃって行けなかったんだよな」

「実は私もそう。参加する予定だったけど、急にクライアントと会食の予定が入ってキャンセルしたの。もし私たちが参加して、あのとき再会していたらどうなっていたんだろうね」

答えに悩んだ。当時はシングルだったし、華とも出会う前だった。もしあのとき亜里沙と再会していたら、おそらく自分は一発で彼女の虜《とりこ》になっていたのではないか。そう断言できる。

しかし今は違う。自分には華がいるし、杏がいる。和馬はわずかな罪悪感を覚えながら、愛想笑いを浮かべてグラスのワインを口にした。

※

「モリアーティ。そう名乗る者が犯罪を売ったってことですね」

美雲がそう言うと、隣の席に座る和馬が答えた。

「そうだな。でも正体に繋がる痕跡は一切残っていないようだ」

警視庁の自分の席にいた。金子隆志への取り調べは今も続いている。高崎市在住の樋口という男も同様だ。交換殺人の件はマスコミにもとり上げられたが、犯人逮捕という形で事件は解決したと世間には思われている。しかし彼らに犯罪計画を売った第三者がいることは公表されていない。

入会金として二十万円、さらに計画を買った際に百万円を支払ったという。金は振り込みで、捜査本部はその口座を特定したが、数年前に倒産した中小企業の口座であり、金はすでに全額引き落とされていた。樋口の場合は入会金に二十万円、計画購入に百五十万円を支払っているらしい。

「東京と群馬、同じタイミングで二つの依頼を受けたと思うんですよ。だから交換殺人を考案したんでしょうね」

金子育美を殺害するときに樋口が使用した改造スタンガンや、金子隆志が逮捕時に所持していた毒入りペットボトルは、いずれも計画者から送られてきたもののようだ。凶器まで用意してくれるとは随分サービスがいいと言えよう。

「モリアーティか。どんな奴なんでしょうね」

「気になるのかい？」

「ええ」

美雲はそう言って腕を組むと、隣で和馬が言った。

「北条さんのお父さん、平成のホームズって呼ばれてたんだよな。ホームズの娘にとってみたら、モリアーティを名乗る犯罪者は気になる存在ってことなのかな」

「その通りです、先輩」

デスクの上で充電中のスマートフォンが震え始めた。手にとって画面を見ると、そこには『北条貴子』と表示されている。京都に住む母からだ。

「失礼します」

美雲はスマートフォンを手に立ち上がり、女子トイレに入った。捜査一課は女性刑事が少ないので、女子トイレはいつも閑散としていることを美雲は知っていた。個人的な電話をするには最適の場所だ。

「もしもし」

誰もいないことを確認してから美雲がスマートフォンを耳に当てると、すぐに母の声が聞こえてくる。

「美雲、仕事中に悪いわね。あんた、最近連絡寄越さへんけど元気にやってるの？」

「元気よ。ちょっと捜査で忙しかったの」

「ならええけど。それより美雲、お見合いの写真はちゃんと見てるでしょうね。先週も三人ほどピックアップして写真とプロフィールを猿彦に送ってるんやけど」

母の貴子は娘を早めに結婚させたいようで、しきりにお見合いを勧めてくる。一人娘が刑事になってしまったので、できれば婿をとって跡とりにしたいと考えているようだ。まだ結婚なんて考えていないから。そう断り続けているのだが、ここに来て状況が一変した。そう、ケビンと出会ったからだ。

「お母さん、あのね……」

「ええと、どこにやったっけ。あ、これやこれや。三人のプロフィール。行くで、一人目はな、外務省のエリートや。二枚目やで。でも外務省となると海外駐在があるかもしれへんから、そこがネックやな」

母はお喋りだ。話し出すと止まらないタイプの女性だ。京都に住んでいるが出身は大阪なので、最近では大阪のおばちゃんを地で行くタイプの女性と化している。

「お母さん、あのね……」

「二人目は弁護士やって。この男もかっこええで。趣味が総合格闘技って何やねん。

殴ったり蹴ったりするんやろか。まあええわ。それでストレス解消になるんなら。三人目が本命やな。お医者さんや。顔もかっこいいし、将来も嘱望されてるエリート脳外科医や。この人と結婚すれば安心やな。いつ脳卒中になっても助けてくれはるやろ」

「お母さん、あのね……」

「やっぱ脳外科医が本命やな。対抗は外務省か。とにかく美雲、一度でいいから会った方がええで。会ってみて駄目でもええんやから。ちやほやされるのも若いうちやで、ほんま」

「お母さん、あのね。今週末、そっちに帰るから」

「ほんまか？」

「うん、本当」

去年の四月に警察学校に入って以来、実家には帰省していない。正月も宿直当番だったので帰省することができなかった。実家に帰るのはほぼ一年振りだ。

「お父さんにも伝えておいて。必ず家にいてほしいって。お客さんを連れていくから」

「お客さん？　刑事のお友達でもできたんかいな？」

「違うわ、お母さん。私、結婚することに決めたの。婚約者を連れていくわ」

電話の向こうで母の悲鳴が聞こえ、美雲はスマートフォンを耳から遠ざけた。

第二章　華麗なる探偵野郎

「杏、イチゴ食べたい？」

「うん、食べたい」

「じゃあとってくれる？」

杏はイチゴの入ったパックをとり、それを買い物カゴの中に入れた。華は杏と一緒に近所のスーパーに来ていた。今日は土曜日で、大安売りのチラシが出たせいか、店内は混雑している。今日と明日の分の食材の買い出しだ。非番の和馬は自宅で昼寝をしているので置いてきた。

「あら。美味しそうなイチゴね」

「ババ！」

いつの間にか隣に母の悦子が立っている。父といい母といい、その神出鬼没ぶりには驚かされる。

「お母さん、どうしたの？」

「華、大変なの」悦子がそう言いながら杏を抱き上げた。杏を抱っこしたまま悦子が言う。「渉のことよ。あの子、結婚するらしいのよ」

「えっ？　お兄ちゃんが？」

「そうなの。まったく困ったわ」

そういえば先日和馬が話していた。和馬の後輩刑事、北条美雲が兄のことをいたく気に入り、二人で食事に行ったという内容だった。でもあれからまだ一週間ほどしか経《た》っていないのではないか。

「お母さん、私は知ってるわよ、相手の子」

「私も見たわよ」

「そうなの？」

「初デートのときね。不安だからうちの人と一緒に隣の席に座ってやったの」

どれだけ過保護な両親なのだ。息子の初デートを監視するなんて、私だったら絶対に耐えられない。しかし兄の渉は昔から変わっているというか、あまり細かいことを気にしない性格だった。

たとえば毎日の食卓。三雲家の食卓は弱肉強食で、気を抜くと自分の皿からおかずが消えていることなど日常茶飯事だった。華は幼い頃から兄をカモにしており、好きなおかずがあったら兄の皿から盗んでいた。最初のうちは泣いていた兄もそのうちあまり気にしないようになってきて、自分のおかずが減っても文句一つ言わずに残った分を食べていた。そういう子だった。だからデートの場を両親に見られていてもそれほど気にならないのかもしれない。

「お兄ちゃんだって三十五歳だよ。結婚してもおかしくない年齢じゃない。お母さんが干渉し過ぎるのよ」

「干渉してるわけじゃない。心配してるだけよ」

「だからそれが干渉なの。それに美雲ちゃん、凄い可愛い子だったでしょ。あんな可愛い子、そこらへん歩いてても滅多にお目にかかれないわよ」

現在、和馬が北条美雲の教育係を務めているため、華自身も彼女のことは知っている。五ヵ月前にある事件に巻き込まれた際、会話を交わしたこともある関係だ。去年のクリスマスにうちに遊びに来たこともある。頭がよくて、可愛くて、それでいて警視庁捜査一課の刑事。漫画の中から飛び出てきたようなキャラクターだと思う。でも自分も泥棒一家の娘なのだから、他人のことをどうこう言えないのだけど。

「あんな可愛い子を射止めたなんて、お兄ちゃんのこと見直したわ。しかも和君と一緒で公務員だから将来も安泰ね」

「問題はそこよ」悦子がきっぱりと言った。「相手の子は刑事よ。どうして私が産んだ二人の子供は揃《そろ》いも揃って刑事と一緒になるなんて言い出すのよ。それにね、華。

渉の相手の子は和馬君より性質《たち》が悪いのよ」

「そう？　それほど性格が悪い子には見えなかったけど」

「性格なんてどうだっていいの。問題はあの子の実家なのよ。京都の北条探偵事務所の一人娘よ。華、あんたも知ってるでしょ？」

「そんなに有名なの？　美雲ちゃんのお父さんって」

母と会話しながら華は買い物を続けていた。豆腐をとってカゴに入れ、今度は卵のパックを手にとった。隣を歩く悦子はお喋りをやめようとしない。

「優秀な探偵よ。北条宗太郎って言ったかしら。一度うちの人が捕まりそうになったこともあるんだから。まあそのときには何とか逃げ切ったけどね。敵に回してあれほど危険な男はいない。尊さんの言葉よ」

父がそう言うからには優秀な探偵なのだろう。たしかに探偵一家の娘というのは少々厄介かもしれない。しかも長女が警察一家の息子と一緒になってしまっている。

「敵に回すのが怖いなら、結婚して味方にしちゃった方がよくない？」

「華、あんたね、私たちは真剣なのよ。あら、美味しそうなコロッケね」

母の視線の先には惣菜《そうざい》コーナーの揚げ物が並んでいる。美味しそうなコロッケだった。夕飯にちょうどいい。華はパックをとってコロッケを六個入れ、それを輪ゴムで留めてからレジに並んだ。すると母が変な生き物を見るかのような目つきで言った。

「華、もしかして買うの？」

「当たり前じゃない。お母さんと一緒にしないで」

何度となく繰り返されてきたやりとりだ。母は華の耳元で言った。

「手伝ってもいいわよ。火災発生でもどうかしら？」

火災発生というのは盗みの手法の一つだ。やり方は簡単、火災報知機を押してサイレンを鳴らす。混乱に包まれる中、金を払わずに商品だけ持って店から立ち去るというものだ。

「やるわけないじゃない。杏だっているんだからね」

「そう。本当に変な子ね」

反論する気にもなれなかった。すると悦子が抱っこしていた杏を下ろしてから言った。

「じゃあ行くわ。本当にどうにかしないといけないわ。華、渉が探偵の娘と結婚したら、あんただってどうなるかわかったものじゃないのよ。もっと危機感を持ちなさい、危機感を」

そう言い残して母は立ち去っていく。危機感といっても具体的に実感が湧かなかった。兄にそういう相手がいることを嬉しいと思うくらいだし、相手が美雲なら面識もある。

て買い物カゴに入れた。

「ママ、これ欲しい」

杏がレジの前に陳列されているキャンディーを指でさしていたので、華は一つとって買い物カゴに入れた。

※

新幹線のぞみの指定席は七割方席が埋まっている。美雲は二列シートの窓際に座っており、通路側にはケビンの姿もある。こうして二人で新幹線に乗るなんて夢のようだ。

前のテーブルを下げ、買ってきた袋をそこに置いた。稲荷寿司《いなりずし》を買ってきたのだ。東京駅の売店を歩いていたところ、行列ができている店があり、それが稲荷寿司専門店だった。発車まで時間があるから並んでみようということになり、試しに買ってみたのだ。ついでにキオスクで缶ビールも買った。ケビンはペットボトルの緑茶だ。

まだ発車前だが、待ち切れずに食べ始めることにした。稲荷寿司は美味しかった。見た目はあっさりとしているが、意外に味がしっかりしている。柚子《ゆず》や高菜が入っているものもあった。これなら並んだ甲斐があったというものだ。

「ケビンさん、美味しいですね」

「うん、美味しいね。美雲ちゃん、どんどん食べてね」

「ありがとうございます」

幸せだ。こんなに幸せでいいのだろうか。新幹線の中でビールを飲むのは生まれて初めての経験だ。生涯の伴侶の隣に座って飲むビールは格別だった。

ようやく発車のベルが鳴り、新幹線がゆっくりと走り出した。美雲は缶ビールをテーブルに置き、スマートフォンを手にとった。

『今、東京を出発したから』

母の貴子に向かってメッセージを送る。すぐに既読になり、メッセージが返ってくる。

『お土産《みやげ》は要らんから』

しまった。稲荷寿司やビールを買うのに夢中になり、実家への手土産を用意するのを忘れてしまった。ケビンはショルダーバッグを持っているだけで、そこに土産が入っているようには見えなかった。

完全に私のミスだ。停車時間にもよるが次の品川駅、その次の新横浜駅あたりで降りてダッシュで買う時間があるだろうか。

そうこうしているうちに品川駅に到着した。窓からホームを見たが売店は見当たらない。車内販売で買うという手もあるが、面白みに欠ける土産になってしまうだろう。

新幹線が品川駅から出発したときだった。こちらに向かって歩いてきた乗客の姿を見て、美雲は啞然《あぜん》とした。

「猿彦、こんなところで何を……」

「お嬢、これをお持ちいたしました」

猿彦はそう言って紙袋を手渡してきた。美雲は立ち上がってそれを受けとる。老舗和菓子店の羊羹《ようかん》だ。味もいいし、知名度もある。これなら手土産として百点満点だ。

「ありがとう、猿彦。どうしてここへ？」

「奥様から連絡がありましてね。道中の警護を仰せつかった次第です。でもよかったです。買っておいて正解でした」

「助かったわ、猿彦。あ、ケビンさん、この者は私の助手の山本猿彦です」

ケビンが会釈をした。彼が人見知りをする性格なのは知っている。猿彦が恭《うやうや》しく頭を下げた。

「ケビン様、猿彦と申します。以後お見知りおきを」

「よ、よろしくお願いします。あの、様はやめてもらえますか？」

「わかりました、ケビン殿。お嬢、私は三号車に乗車しておりますので、何かあったらご連絡ください」

そう言って猿彦が通路を去っていく。美雲は羊羹の入った紙袋を荷物棚に置いてから座った。

「面白そうな人だね」

ケビンがそう言ったので美雲はうなずいた。

「ええ。子供の頃から世話になってるんです。情報屋としての能力も一流なんですよ」

京都に着くまで時間はたっぷりある。いろいろと話しておいた方がよさそうだ。特にうちの探偵事務所について、事前に知っておいてもらった方がいいかもしれない。

「ケビンさん、私の実家のこと、少し話していいですか？」

「いいよ」

「うちの探偵事務所は祖父が始めたんです。名前は北条宗真といって、昭和のホームズって言われてた名探偵です」

美雲は祖父には可愛がってもらった。自他ともに認めるお祖父《じい》ちゃん子だった。父の宗太郎が難事件を求めて全国を駆け回っていたため、自然と祖父と一緒に過ごす時間が多かった。探偵としての手ほどきを受けたのも祖父からだった。

美雲は小学生の頃から探偵として能力を発揮した。給食費がなくなったと耳にしたら、ほかのクラスであろうと首を突っ込み、事件を解決に導いた。女子更衣室から盗まれた水着をとり返したり、夜の校舎の中で聞こえる啜《すす》り声の正体を科学的に立証したりと、大忙しの毎日を送っていた。祖父の宗真はよきアドバイザーとして的確な意見を送ってくれた。

警視庁に入ろうと思ったのも祖父の影響だ。やはり大きな事件というのは大都市——つまり首都に集中するというのは祖父から聞かされていたし、何よりも殺人などの刑事事件に携わるためには警察官になるのが一番の早道だと教えられた。だから美雲は警視庁に入ることに決めたのだ。警察庁総合職——いわゆるキャリア組ではなく、一般職採用としてだ。美雲の学力であれば総合職も目指せたが、刑事として現場で捜査に当たるのは一般職採用された警察官だからだ。

去年、念願の刑事になったものの、その雄姿を祖父に見せることは叶《かな》わなかった。祖父は四年半前、ガンで急逝してしまったのだ。亡き祖父の遺志を胸に秘め、美雲は毎日捜査に当たっている。

「お母さんは以前は大阪府警に勤めていたんですけど、父との結婚を機に退職してます。お母さんは大阪のおばちゃんだと思ってもらって構いません。うるさいですけど、それさえ我慢すれば問題ありません。問題はお父さんですね。ちょっと変わってるんですよ。いや、ちょっとどころじゃなくて……」

隣を見ると、ケビンが眠たげな目をしていることに気がついた。

「ケビンさん、眠いんですか？」

「昨日ちょっと遅かったから。でも大丈夫だよ。続けて」

いくら予備知識を仕込んだところで、実際に会ってみないとどうなるかわからない。今さら足掻《あが》くよりはリラックスして臨んだ方がいいかもしれない。

「ゆっくり休みましょう。私も少し眠りたいので」

美雲はそう言って缶ビールを一口飲む。車内アナウンスが聞こえ、もうすぐ新横浜駅に到着すると告げていた。

※

「ただいま」

華はそう言いながらリビングに入り、買い物袋をテーブルの上に置いた。和馬はソファで雑誌を読んでいた。顔を上げた和馬のもとに杏が飛びついていく。

「和君、さっきスーパーでお母さんと会ったんだけど、お兄ちゃんと美雲ちゃん、順調に行ってるみたいよ。結婚って話も出てるんだって」

「そうらしいね。俺もずっと華に言おうと思ってたんだよ」

「私もお母さんから聞いた話だからどこまで本当かわからないわよ。和君、何か知らないの？　教育係だからいつも一緒にいるんでしょ」

「結婚するって意思は固いみたいだ。若いからね、何か突っ走ってる感じがする。俺がその話題を振ってもあまり答えてくれないんだ」

「ふーん、そうなんだ」

五年前、華は周囲の反対を押し切り、警察一家の長男である和馬と一緒になる道を選んだ。しかし今でも果たしてあのときの選択は正しかったのかと考えることがある。私が泥棒一家の娘であることは事実であり、それは一生ついて回る。警察官である和馬に相応《ふさわ》しい女性なのか。そう真正面から問われたら、自信を持ってイエスと答えることはできないだろう。

「それより和君、美雲ちゃんはお兄ちゃんのことをどこまで知ってるの？　本名を名乗ったら一発でわかりそうなものだけどね」

彼女は華のフルネームを知っている。三雲という名字はそれほどありふれた名前ではないため、聞けば華との関係に気づくのではないか。

「渉さん、偽名を名乗ってるんだ。ケビン田中。彼女は渉さんのことをケビン田中だと思ってる」

呆れてしまう。以前、三雲家の正体が警察にバレそうになったことがあった。そのときに父の尊が家族全員に偽の名前を用意したことがあり、渉に与えられた偽名がケピン田中だった。

「仕方なかったんだよ。彼女に名前を訊かれたとき、咄嗟《とっさ》に浮かんだのがその名前だったんだ。三雲渉なんて教えたら華との関係を疑われるだろ」

「それはそうだけど……。でも美雲ちゃん、意外に鈍《にぶ》いところがあるのね」

「そうなんだよな。捜査に関しては天才的な推理力を発揮するのに、自分のことになるとちょっと抜けてるんだよ」

恋は盲目というやつかもしれない。華の一方的な印象だが、あの北条美雲という女の子は恋愛初心者、あまり男性に免疫がないタイプのような気がした。そういった意味では兄とお似合いなのかもしれなかった。兄は十代、二十代とずっと自宅の部屋に閉じ籠もる生活を送っていたので、女性と付き合ったことはないはずだ。

「でも何とかしないとマズいよな。華、何かいいアイデアないか？」

「急に言われても……」

華のスマートフォンから短い着信音が聞こえた。メッセージを受信したようだ。スマートフォンを出して画面を見る。木下彰からのメッセージだった。ブログをアップしたから見てほしいとの内容だ。

先日、彼のブログを見て、電子レンジだけで作るビビンバを試してみた。美味しく出来たのでブログを通じてメッセージを送るとすぐに返事が返ってきて、今ではこうしてメッセージでやりとりするようになっていた。夕飯の献立の相談とか、他愛のない内容だ。

「誰から？」

「ママ友から」

華は嘘をついた。木下のことを異性として意識しているわけではないので、それほど罪悪感を覚えなかった。

「華から渉さんに言ってくれないか。北条さんを諦めろって」

「言えないって、そんなこと。むしろ応援したいくらいだもん」

「応援しちゃいけないだろ。あの子の実家、探偵事務所なんだぜ。三雲家のことがバレたら大変なことになる」

立場上、反対しなければいけないことはわかっているが、応援したい気持ちがあるのも事実だった。あのお兄ちゃんが結婚とは……。妹としてはどこか感慨深いものがある。

「月曜日に美雲ちゃんと会うんでしょ。具体的にどこまで話が進んでるか、聞いてみた方がいいわよ。それによって今後の対応も変わってくるだろうし」

「わかった。そうする」

「これから掃除したいんだけど、和君、杏を連れてお散歩でも行ってきてくれるかな」

「了解。杏、パパと自転車でお散歩しよう」

「うん、いいよ」

和馬と杏が玄関に向かっていく。それを見送ってから華はクローゼットから掃除機を出した。掃除を始める前にスマートフォンで木下のブログをチェックした。レンジで鶏チャーシューを作るレシピを公開している。さっぱりしていて美味しそうだ。今度作ってみてもいいかもしれない。

華はスマートフォンを置き、掃除機のスイッチをオンにした。

※

美雲の実家は京都駅から車で二十分ほどのところにある四階建てのビルだ。一階と二階が探偵事務所のオフィスで、三階と四階が居住スペースになっている。今日は土曜日なので探偵事務所は内側からブラインドが下ろされていた。エレベーターに乗って三階で降り、玄関から中に入る。

「どうぞ、ケビンさん。遠慮しないで上がってください」

「お邪魔します」

あまり物怖《ものお》じしない性格らしく、ケビンは顔色一つ変えずに猿彦が出したスリッパに足を入れた。羊羹の入った紙袋を床に置き、「では私はここで失礼します」と猿彦が玄関から外に出ていった。「ありがとう」と猿彦に声をかけてから、美雲は羊羹の袋を持って廊下を奥に進む。

「ケビンさん、こっちです」

広いリビングに出た。バイオリンの音色が聴こえてくる。リビングの中央で一人の男性がバイオリンを弾いていた。父の宗太郎だ。みずからの演奏に酔いしれるように、目を瞑って演奏している。

「おかえりなさい」

キッチンから着物姿の母、貴子がやってくる。貴子はケビンを見て言った。

「いらっしゃいませ、ケビンさん。娘がいろいろとお世話になっているようで。思ってた以上に色男やないの。なるほどなあ、美雲はこういう線が細いタイプが好みやったんか」

「お母さん、これ……」

羊羹を渡すタイミングを与えることなく、母のマシンガントークは続く。

「まあ言うてもこればっかりは縁やと思うんですよ。ちなみに私も会ったその日にプロポーズをされましたから。普通、そんなんされても困りますやろ。でも私、この人やったら大丈夫ちゃうかなって思ったんです」

「お母さん、これ、お土産の羊羹ね」美雲は強引に母の胸に紙袋を押しつけた。「お母さん、紹介くらいさせて。ケビンさん、こちらが母の貴子です。そしてあっちにいるのが父の北条宗太郎」

父はまだバイオリンを弾いている。完全に自分の世界に入ってしまっているようだ。スーツにボサボサの髪というのは父のトレードマークとも言える格好だ。

「お父さん、ただいま」

美雲が声をかけても父はバイオリンの演奏をやめようとしない。仕方ないので美雲は父に近づいていき、その背中を叩《たた》いて言った。

「お父さん、私よ。帰ってきたわ」

ようやく父はバイオリンを弾く手を止めた。弓とバイオリンをテーブルの上に置きながら彼は言う。

「第一問。十九世紀のヨーロッパでハムやソーセージを食べた人が食中毒になることから、この名前がついたとされている。その毒物の名前の由来となったラテン語の意味は腸詰め」

ほぼ一年振りに会ったというのに、いきなり世界の猛毒クイズだ。うんざりしながらも美雲は答えた。

「ボツリヌス菌。正式名称はボツリヌストキシン」

「第二問。神経毒性を持つステロイドアルカロイドの一種であり、南米コロンビアに生息するカエルから採取できる。現地の人たちの間では古くから矢毒として利用されている」

「バトラコトキシン。カエルの名前はモウドクフキヤガエル」

「第三問。日本で見られるキノコの中では最も危険な種類とされている。そのキノコはヨーロッパでは死の天使という異名を持っている。摂取後、二十四時間以内にコレラのような激しい下痢と腹痛に襲われる」

「α-アマニチン。ドクツルタケね」

「全問正解。美雲、勉強は怠《おこた》っていないようだな」

「ただいま、お父さん」

北条宗太郎。平成のホームズと呼ばれている名探偵だ。推理オタクがそのまま大人になったような人で、人としての常識があまりない。美雲は幼い頃からずっと一緒なので慣れているが、初対面だとその言動に戸惑う人も多いという。去年刑事になると報告したときにも、賛成とも反対とも言わずにニヤニヤ笑っているだけだった。父親ではあるが、何を考えているかわからない人だ。

「ん？　そちらの方が美雲と結婚したいという変わり者か？」

父の視線がケビンに向けられた。ケビンは父に向かって頭を下げた。父は目を細めてケビンを見てから言った。

「ふん。のっぽだな」

たしかにケビンは背がひょろりと高い。並んで立つと美雲が見上げるほどだ。

「美雲、それからケビン君」リビングにいる母が言った。「せっかくこうして二人が来てくれたんやから一緒に夕飯でも食べましょうよ」

最初からそのつもりだ。現在の時刻は午後七時を過ぎていて、そろそろお腹《なか》が空《す》いてきた。京都駅に着いたのは午後四時過ぎだったが、ここに来るまでの間にいくつかの神社仏閣にケビンを案内してきたので遅くなってしまったのだ。

「いいわね、お母さん。夕飯にしましょう」

「待つんだ」いきなり父の宗太郎が止める。「今日の夕飯は何か。それを当ててるんだ。当たらない場合は夕飯抜きだ」

「お父さん、そんなこと言っても……」

「早くしろ。考える時間は一分間だ」

北条家ではよくあることだ。あらゆる場面で推理ゲームが展開されるのだ。夕飯の献立当てゲームは得意だが、今日は久し振りなのでここ数日間の北条家のメニューの傾向、冷蔵庫に入っている食材がわからないため、ヒントはないに等しい。考えた末、美雲は自分の推理を披露する。

「お寿司だと思う。〈花菊《はなぎく》〉のお寿司」

花菊は近所にある寿司の名店だ。たまにお客さんが来たときに注文することがある。

「のっぽ君。君は？」

すでにケビンに渾名《あだな》がつけられていたが、これは悪い兆候ではない。父は自分が気に入らないものには決して渾名などつけたりしないからだ。

「僕は中華だと思います」

「その理由は？」

「僕が食べたいからです」

推理でも何でもない。ただの願望だ。しかし父はケビンの答えに満足したのか、笑みを浮かべて言った。

「なるほど。中華もいいな。よし、貴子。寿司はキャンセルして中華を予約してくれ」


近所の中華料理屋に来ていた。奥の個室が空いていたので、美雲と母の貴子、それからケビンと猿彦で丸テーブルを囲んでいる。ドアの向こうからバイオリンの音色が聴こえてくる。杏仁《あんにん》豆腐が出る頃に呼んでくれ。そう言い残して宗太郎は個室から出ていってしまった。店のどこかでバイオリンを弾いているみたいだが、彼の奇妙な言動はこのへんでは有名なので、ほかの客たちはＢＧＭ程度に聞き流してくれているようだ。

「ところでケビン君はどんな仕事をしてはるの？」

母に訊かれ、ケビンは答えた。すでにビール一杯で顔が真っ赤になっている。

「主に資産運用ですね」

「へえ、結構優雅な仕事をしてはるのね」

彼が具体的にどのような仕事をしているのか美雲は知らない。彼が深く語らないのは、おそらく素人に説明しても理解を得られないからだろうと美雲は勝手に思っていた。

「親御《おやご》さんは何をしてはるの？　どのくらい稼いでいるのかしら」

母の質問に美雲は割って入った。

「ちょっとお母さん、初対面の方に失礼よ。遠慮ってものを知らないの？」

「美雲、何言うてんのよ。あんたたち、結婚するんやろ。結婚いうのは親同士も家族になるんやで。こういうことも結構大事な要素なんやから」

そのくらいは美雲にもわかる。しかし物事には順序というものがあるのだ。まずはうちの家族の了承を得ること。それが第一関門であり、同時に最大の難関であると美雲は考えていた。あの気紛《きまぐ》れな父を説得するのが一番の難題だ。

「自営業です。どのくらい稼いでいるか、僕もわかりません」

ケビンが答えると、すぐに貴子が重ねて訊く。

「どんな仕事？　自営業いうてもぎょうさんあるやろ」

「美術商、ですね。僕もあまり詳しく知りません」

「へえ、美術商なんや。何か結構儲《もう》かっていそうな感じやな。さぞかし立派な家に住んどるんちゃうんか。車はごっついやつ乗ってるんやろうな」

「お母さん、やめてったら」

恥ずかしくなってくる。黙っていれば楚々《そそ》とした美人なのだが、話し出すと関西人丸出しだ。若い頃は街を歩いているだけで芸能関係のスカウトマンに声をかけられたらしいが、いざ話し始めてみると母の遠慮のない口調にスカウトマンも辟易《へきえき》して逃げ出す始末だったという。

「年収はわかりません。自宅は有明《ありあけ》の高層マンションの最上階です。車は前に会ったときはポルシェに乗ってましたけど、今も同じ車に乗ってるかどうかわかりません。しょっちゅう乗り換えるので」

「やっぱりええとこのお坊ちゃんなんや。見た感じもそうやもんな。美雲、いい子捕まえたんちゃうか」

「お母さん、本当にやめて。ケビンさんも素直に答えなくていいですから」

「ケビン君、遠慮せんでお食べ。ちょっとお行儀悪いけどな、このエビチリをな、そのチャーハンにかけて食べてみ。ごっつ旨いから。あ、猿彦。紹興酒のおかわりを頼んで頂戴」

「かしこまりました、奥様」

ずっと黙って食事をしていた猿彦が立ち上がり、壁に備え付けられている内線電話で紹興酒を注文した。ケビンは貴子に言われるがまま、エビチリをチャーハンにかけて食べている。

「どう？　旨いやろ？」

「美味しいです」

「それはよかった。猿彦、あんたもどんどんお食べ。東京はどう？　美雲と仲よくやってるんか？」

「それはもう。お嬢とは仲よくさせてもらっております」

猿彦には感謝している。特に情報屋としての働きは抜群だ。彼がいるといないとでは美雲の捜査にも大きな影響が出るほどだった。刑事なら誰でも情報屋の一人や二人抱えている。そう思っていたのだが、実際にはそんなことはないらしく、捜査本部内でも変わり者として扱われつつあるのが心外だった。

「猿彦、あんたから見てケビン君はどうや？」

「いい青年かと。お嬢にお似合いだと思います」

嬉しい。自分の頬が紅潮するのを感じ、美雲はあえて素っ気なく言った。

「猿彦、お世辞なんかじゃありませんわよ」

「お世辞なんかじゃありません。お嬢とケビン殿はお似合いのカップルだと思います。そうですね、チャールズ皇太子とダイアナ妃のように」

すかさず貴子が突っ込んだ。

「猿彦、それはあかんやろ。ダイアナとっくに死んでんねん。美雲を悲劇のヒロインにしないでくれるか」

「これは失礼いたしました」

猿彦が恭しく頭を下げると、場が笑いに包まれた。ケビンも笑顔を浮かべているのを見て、美雲は安堵《あんど》した。どうなることかと思ったが、彼を実家に連れてきたのは正解だったようだ。案ずるより産むが易しとはよく言ったものだ。

店員が個室に入ってきて、紹興酒のボトルをテーブルの上に置いた。それから杏仁豆腐の入った小鉢も一緒に置く。それを見た貴子が猿彦に言う。

「猿彦、宗太郎さんを呼んできて頂戴」

「かしこまりました」

猿彦が個室から出ていった。しばらく待っているとバイオリンの音色が近づいてくるのがわかった。猿彦に先導される形で個室に入ってきた名探偵はバイオリンの演奏をやめようとしない。椅子に座っても演奏を続けているが、いつものことなので気にならない。ケビンも意外に肝が据わっているというか、驚くことなく淡々と食事を続けている。

やがて演奏が終わった。宗太郎は何を思ったのか中華テーブルの回転部分にバイオリンを置き、それを回し始めていた。ぐるぐる回るバイオリンを父はにこにこしながら見ている。こういうところは子供そのものだ。

「宗太郎さん、私の杏仁豆腐も食べていいわよ」

「所長、私の分もお食べください」

「すまないね、君たち」

宗太郎はそう言って杏仁豆腐を食べ始める。父は偏食で、野菜と肉と魚は食べずに、主に食べるのは麺類とデザートのみだ。今年で五十歳になるのだが、今でも若々しいし健康診断の結果も良好らしいので驚きだ。

「お父さん、話があるの」美雲はそう切り出した。「私、ケビンさんと結婚するから。お父さん、宗太郎は夢中になって杏仁豆腐を食べているが、構わず美雲は続けた。

彼との結婚を認めてほしいの」

宗太郎は返事をしない。美雲はなおも父に向かって言う。

「ねえ、結婚してもいいでしょう？　お父さんってば」

やがて宗太郎は杏仁豆腐の小鉢をテーブルの上に置いた。止まっていた回転テーブルを回して言う。

「結婚は無理だろうな」

「どうして？　どうして駄目なの？　私、決めたの、ケビンさんと結婚するって」

「駄目とは言ってない。無理だと言ったんだ」

「無理って決めつけないで。私だって今年で二十四歳よ。もういい大人なんだから。自分のことは自分で決められるわ」

「おい、のっぽ君」

宗太郎はケビンに目を向けた。やや目を細め、ケビンを見据えた。父はよくこういう風に人を見ることがあった。見られた者は心の内側を覗かれたような落ち着かない気持ちになる。子供の頃に他愛もない嘘をついたときなど、決まって父のこの目で見破られたものだった。

父は十秒ほどケビンを見ていたが、やがて目を逸《そ》らして言った。

「面白い男だな。猿彦、帰るぞ」

「はい、所長」

宗太郎は立ち上がり、回転テーブルの上のバイオリンを手にとって個室から出ていった。その背中を追うようにして猿彦も去っていった。母が紹興酒を手酌で注ぎ、それをくいっと傾けてから微笑んだ。

「ケビン君、あんた意外に曲者《くせもの》なんじゃないの」

貴子の言葉に応じず、ケビンは悠然と春巻を食べていた。父がさっきまで座っていた椅子の前には、杏仁豆腐が入っていた小鉢が三つ、綺麗《きれい》に並んで置かれていた。

人の話し声で目が覚めた。ベッドサイドに置いたスマートフォンで時刻を確認すると、まだ朝の五時だった。誰が話しているのかわからないが、どこからか話し声が聞こえてくる。

美雲は自宅ビルの四階の寝室にいる。同じ階に父と母、そして客室にはケビンが眠っているはずだ。話し声は下の階、三階から聞こえてくる。父がリビングでテレビでも見ているのかもしれない。自由人である宗太郎には珍しいことではない。

昨夜は中華料理屋から帰宅したあと、交代で風呂に入ってから休むことになった。今、美雲がいるのは一年前まで過ごしていた自室だった。何も変わっていない。本棚に入っている本もそのままだし、クローゼットの中の洋服なども一年前と同じままだ。

ケビンとの結婚が暗礁に乗り上げてしまい、美雲はショックを受けていた。あの変わり者の父のことだから、娘の結婚相手に興味はないかもしれない。そう一縷《いちる》の望みを抱いていたのだが、やはり反対されてしまった。

それにしても結婚が駄目ではなく無理というのがわからない。結婚は不可能という意味だろうか。もしかしてケビンはすでに妻帯者なのか。そんなことはないと思うが確認したことはない。今度ちゃんと聞いた方がよさそうだ。

やはり下の階から声が聞こえてくる。すっかり目が覚めてしまっていた。おそらく父がテレビを見ているのだと思うが、どうせなら様子を見てみるとしよう。テレビが点《つ》けっ放しになっている可能性もある。

美雲はベッドから抜け出してスリッパを履いた。ドアを開けて廊下に出る。ケビンのいる客室の前を通ったが、早朝なのでノックするのは憚《はばか》られた。足音を忍ばせて階段を下りていく。

話し声はリビングから聞こえてきた。デスクトップパソコンの前にケビンが座ってキーボードを操っている。その隣では父の宗太郎が目を輝かせてパソコンの画面に見入っている。

「なるほどな。のっぽ君、いいぞ、その調子だ」

「お父さん、何やってるの？」

美雲は画面を覗き込んだ。よくわからない文字列が並んでいる。父の宗太郎は画面から目を逸らさずに言う。

「美雲、いいところに来た。コーヒーを淹《い》れてくれないか。のっぽ君、君も飲むだろ」

「お願いします」

「じゃあ二人分だ。頼む」

美雲は仕方なくキッチンに向かい、湯を沸かした。美雲がコーヒーを淹れている間も二人は夢中になってパソコンの画面を見ていた。お盆を持ってリビングに向かう。二人分のカップを置き、それから自分の分のカップを手に持って再度訊く。

「ねえ、何やってるの？」

「見ろ、美雲。警視庁のホームページだ」

父が興奮気味に言う。たしかに警視庁のホームページが画面に映し出されているが、それは格段珍しいことではない。誰でもアクセスできるからだ。すると宗太郎がコーヒーを一口飲んで言った。

「管理者権限で入っているんだぞ。凄いだろ。やりたい放題のわけなのさ」

つまりハッキングしたということか。そんなことが許されるのか。いや、そもそもそんなことができることが不思議だった。しかしケビンは涼しい顔でキーボードを叩いている。

「のっぽ君。この不肖《ふしょう》の娘のデータにアクセスしてくれないか？」

呆然《ぼうぜん》と画面を眺めていると、見憶えのある顔写真が映し出された。警視庁に採用された際に撮られた美雲の顔写真だった。その写真を見て宗太郎が愉快そうに笑う。

「柄にもなく緊張した顔じゃないか、美雲」

「緊張じゃないってば。笑顔を浮かべるわけにはいかないの。そんなことより……」

「美雲、ご希望ならば給料を上げてやってもいいぞ。なに簡単なことさ。給料の等級を上げてやればいいだけだからな。のっぽ君、できるだろ？」

「人事給与システムは……。あ、見つかりました。できますよ」

ケビンがさらりと言う。美雲は慌てて止めた。

「やめて、お願いだから。ケビンさん、本当にハッキングしてるんですか？」

「うん、まあ」

「美雲、お前は僕の娘だけのことはある」宗太郎は満足げな顔で言った。「面白い男を連れてきてくれたもんだ。これで世界中のあらゆるネットワークに自由自在に侵入できるってことだ。まさに鬼に金棒、いや探偵に金棒ってやつだろうね」

父は嬉しそうだ。クリスマスの朝、新しい玩具をサンタクロースからもらった子供のようにはしゃいでいる。

「ケビンさん、まさか情報をいじってないですよね」

「うん。それはしてない。痕跡すら残さない自信がある」

美雲は胸を撫で下ろしたが、安心している場合ではないと思い直した。結婚する相手がハッカーなのだ。頭が痛くなってくるのを感じ、美雲はその場に座り込んだ。

「愉快だな。君は面白い男だよ、のっぽ君」

父の宗太郎はカップ片手に笑っているが、まさか運命の相手がハッカーだったとは――。美雲は自分の目の前が真っ暗になるのを感じていた。

※

「三雲さん、おはようございます」

「おはよう。健政《けんせい》君もおはよう」

日曜日の朝の公園だ。華と杏が公園に到着すると、すでに中原亜希《なかはらあき》とその息子の健政が先に来ていた。杏と健政は同じ保育園に通っており、亜希は仲良くしているママ友の一人だ。最近、中原家ではトイプードルを飼い始め、今日は朝の散歩に同行することになっていた。杏も犬を飼いたいと言い出しているが、生憎《あいにく》今住んでいるマンシヨンはペット禁止だ。中原家の散歩に付き合うことで、何とか杏の気持ちを抑えている状況だった。

「じゃあ出発しよう」

亜希がそう言って歩き始める。リードを持つのは亜希で、杏と健政はトイプードルの隣を歩いている。散歩のコースも決まっていて、この公園をぐるりと回るだけだった。一周すると十五分くらいだろうか。同じように犬を散歩している人も数多く見かける。

「杏ちゃん、ピアノ上手になりました？」

亜希に訊かれ、華は答える。

「うん、上手になってきたわよ。私よりは才能あると思う。健政君は？　英会話はどう？」

「健政もしっかり通ってますよ。子供って覚えるの早いじゃないですか。そのうち英語で話しちゃいそうな勢いですよ」

亜希はアパレル関係の仕事をしており、少々派手めな外見をしているのだが、実は某政治家の隠し子だと和馬から聞いている。五ヵ月前に起きたバスジャック事件で、犯人は彼女の父親である現役大臣にある要求を突きつけたらしい。その要求とは刑務所に収監中の無期懲役の受刑者を釈放せよというもので、その受刑者というのが華の伯母に当たる女性だったのだ。

「そういえば杏ちゃんが通ってるピアノ教室に木下ほのかちゃんも通ってませんか？」

「うん。会ったことあるよ」

父親の木下彰とは頻繁にメッセージを交換しているし、彼のブログの読者でもあった。いろいろと家事を工夫しておこなっているのが伝わってくるブログだったし、彼自身がＷＥＢデザイナーでもあるので、写真も綺麗で内容も読み易いものに仕上がっている。

亜希に木下彰のブログのことを紹介しようか。そう思っていると亜希が意外なことを言い出した。

「実は木下さん、ほかのママ友からハブられてるみたいですよ」

ハブられる。無視されたり、仲間外れにされるという意味だ。どうして彼がそんな目に遭わなければならないのだろうか。

「どうして？　悪い人じゃないと思うけど」

「彼のお兄さん、刑務所に入ってるみたいです」

「どういうこと？」

「私もママ友の一人から聞いた話なんで、詳しいことは知らないんですけど」

そう前置きして亜希は話し出した。

木下には三歳年上の兄がいて、その男が空き巣の常習犯だというのだ。若い頃から空き巣を繰り返しており、二年ほど前に忍び込んだ邸宅で住人と鉢合わせになった。その住人を突き飛ばして逃走したが、駆けつけた警官によって逮捕されたらしい。

「突き飛ばされた人は頭を何針も縫う大怪我をしたみたいです。二年前のニュースなんでネットでもまだ見られますよ」

ほかにも余罪があったことから木下の兄には実刑判決が下され、今は刑務所に服役しているとのことだった。杏たちが通う保育園――東向島フラワー保育園の保護者の一人が木下の兄と同級生だったため、ママ友たちの間で噂《うわさ》になっているようだ。

「でもおかしくない？」華はたまらず疑問を口にした。「悪いのはお兄さんなんでしょ。木下さんは関係ないじゃない。それなのに無視するなんておかしいよ」

「それが違うんですよ、三雲さん。弟さんも関与しているって話なんです」

亜希の話はこうだった。空き巣の実行犯は兄だったが、偵察や計画の段階では弟も加担していたのではないかという憶測が広まっているようだ。もともと木下兄弟は両親が早くに他界し、不遇な少年時代を過ごしたという。

「憶測に振り回されるのはよくないわ」華は亜希に向かって言った。つい口調が苛立《いらだ》っているのが自分でもわかった。「それにそういうのって子供も敏感に嗅ぎつけるじゃない。ほのかちゃんがみんなからそういう目で見られたら可哀想よ」

亜希が黙り込んだ。その表情を見て、もしやという思いが頭をかすめた。すでに影響は出ているのかもしれない。

木下彰が兄の犯罪に加担していないのであれば、これほど理不尽な仕打ちはないだろう。保育園の保護者のネットワークは侮れない。そういう悪い噂はどんどん広まっていくものだ。それにママ友同士の交流もある。長いものに巻かれろではないが、大勢の意見に逆らえない風潮があるのも事実だった。

「健政、杏ちゃん、気をつけて。前から自転車来てるよ」

前から自転車が走ってきたので、全員で道を空けた。自転車が通り過ぎるのを待ってから、また散歩を再開する。

気になって仕方がなかった。せっかく仲良くなった友人が窮地に陥っているのだ。娘さんのこともある。何か私にできることはないだろうか。

※

「姉ちゃん、缶ビールをくれないか。それからその煎餅もくれ。あと赤ワインはあるか？　できればブルゴーニュのピノ・ノワールがいいんだが。……ないのか？　だったらいい。それは何だ？　うなぎパイか。それもくれ」

　前に座る乗客が車内販売のワゴンを呼び止め、あれこれ注文している声が聞こえてくる。美雲は新幹線に乗っていた。隣の席にはケビンの姿もある。猿彦は父に雑用を言いつけられ、もう数日京都にとどまるという話だった。新幹線は名古屋駅を出たところだ。

　ケビンとの間に会話はない。彼がハッカーであるという事実が美雲に重くのしかかっていた。しかしあれこれ考えていても仕方がないことではないか。ようやく決心がつき、美雲は思い切って隣に座るケビンに言った。

「ケビンさん、お話があります」

「何？」

「あの、今朝の話なんですけど、ケビンさん、今もああいうことをやってるってことですか？」

　ハッキングのことだ。現役ハッカーと結婚するのは倫理上問題がある。刑事として、探偵事務所の一人娘として、犯罪者と結婚することなどできやしない。

「今はやってないよ」ケビンはさらりと答えた。「昔やってたことがあるけどね。今は普通に働いてるよ。基本的には株やＦＸで資産運用してる。たまに知り合いに頼まれてプログラムを組むこともあるね」

「そうですか……」

過去には犯罪行為を犯していたということだ。それをどう判断するか、悩むところだった。ただし厳密に言えばレッドカードだろう。今は足を洗ったからといって、元ハッカーと結婚するのは難しいかもしれない。

「十七歳か十八歳の頃だと思う」不意にケビンが語り出した。「学校に行ってもつまらないし、家でずっとネットゲームをしたりして過ごしていたんだ。うちの両親も少し変わった人たちだったから何も言われなかった。そんなある日、衝撃的な映像を見たんだよ」

二〇〇一年の九月十一日のことだった。アメリカのニューヨークにあるワールドトレードセンタービルに旅客機が突入して炎上した。テロ組織アルカイダによる同時多発テロだった。その映像を目の当たりにして、ケビンは大きなショックを受けた。

「たくさんの人が死んだことだけはわかったけど、うまく理解できなかった。一週間くらい食べ物が喉を通らなかったよ。僕に何かできることはないかなってずっと考えてた。目の前には一台のパソコンがあった。ネットって凄いよね。自分の部屋にいながら世界と繋がっているんだから」

最初は子供っぽい思いつきだった。同時多発テロを起こした犯人グループの情報を集められないか。そう思ったのがきっかけとなり、ネットワークに侵入して情報を盗む技術、いわゆるハッキングの技術を学び始めた。もともと才能があったのだろう、その技術はみるみるうちに上達した。最初は日本国内の法人のシステムに侵入するなどして腕を磨き、そのうち海外のシステムにも侵入するようになった。

「そんなとき、ある人物がメールで接触してきた。向こうは正体を明かさなかったけど、多分アメリカの諜報《ちょうほう》機関の人だったと思う。僕の技術を見込んでオファーしてきたんだよ。少し難しい頼みだったけど試しに引き受けることにした」

イスラエルの軍需産業のシステムに侵入し、そのデータを盗んで男に渡した。数日後、口座に報酬が振り込まれた。生まれて初めて自力で稼いだ金だった。以来、ハッカーとして情報を売り、稼いだ金を投資信託などで増やす生活を十年くらい続けた。いつの間にか貯金も膨大な額になっていて、ペーパーカンパニーを設立して品川にオフィスを構えるまでになっていた。

「ずっと内緒にしてたんだけど、五年くらい前に家族に打ち明けたんだ。うちの家族、変な人ばかりだから何も言われなかった。お母さんなんて喜んでたからね」

アメリカの諜報機関に協力するハッカーということだろうか。九・一一の同時多発テロに触発されてハッキングの能力が覚醒し、そのスキルを利用してハッカーとして活動してきたのだろう。それが本当であったとしても、やっていることは犯罪行為であることは間違いない。

「この話を家族以外の人に話すのは初めてだよ。美雲ちゃんには聞いておいてほしかったから」

ハッカーとは厳密に言えば犯罪者ではない。そもそもハッキングというのはシステムの構造を解析する行為のことで、悪い意味ではないのだ。本来はパソコンに精通した達人のことをハッカーと呼んでいて、最近ではハッキングの技術を悪用してデータを盗んだり破壊したりする者のことをクラッカーと呼ぶこともあるようだ。

ではケビンはどうだろうか。彼がハッカーであるのは間違いないが、クラッカーだろうか。彼はデータを盗んだのは間違いないが、それを悪用したとは言い難い。彼の行為はグレーゾーンだ。

不意に視界が翳《かげ》るのを感じた。顔を上げると前の座席に座っていた男性が立ち上がるのが見えた。彼の妻らしき女性も一緒に立ち上がる。夫婦と思われる二人組に見憶えがあるような気がした。あれはたしか……。

二人は通路に出た。新幹線は走行中で、次の停車駅の新横浜はまだまだ先だ。女性がトイレにでも行くのかと思ったが、いきなり男性の方が座席の下の金具を足で踏み、座席をくるりと回転させた。それを見て美雲は我が目を疑う。えっ？　どうして――。

「よっこらしょ」

女性の方が窓際に、男性が通路側に座った。美雲たちと対面する格好になる。なぜ見ず知らずの夫婦と顔を突き合わさなければいけないのか。東京まであと一時間以上かかるはずだ。

「ワタル、お前にしちゃいい子を捕まえたじゃないか」

男性がケビンに向かってそう言った。それから缶ビールを一口飲み、笑みを浮かべてこちらを見て言った。

「初めまして、お嬢さん。息子がお世話になってるようで」

息子。ワタル。思わぬ言葉が連発され、美雲は言葉を失っていた。

「あなた、人を外見だけで判断するのはよくないわ」窓際に座る女性が言った。高級そうな白いスーツを着ている女性だ。「この子、こう見えても北条宗太郎の娘なのよ。何を考えているかわかったものじゃないわよ」

「まだ小娘じゃないか。それに俺の目は節穴じゃない。この子はいい子だぞ、きっと」

二人のやりとりを聞いていてようやく思い出した。あれはケビンと初めて会った日のことだ。恵比寿のイタリアンレストランで隣のテーブル席に座った二人だ。でもちょっと待て。この二人がケビンの両親なのか。ということは最初のデートから観察されていたということだ。

「え、えっと、話を整理させてもらっていいですか。つまりお二人はケビンさんの
……」

「そうだ。俺はケビン、いやもとい渉の父親だ。渉、勝手に偽名を名乗るんじゃない。よほどケビンという名前が気に入ってるようだな」

「ごめん、お父さん」渉がぺこりと頭を下げた。「あの、そのうなぎパイもらっていいかな」

「まったくお前というやつは。仕方ない、一枚だけだぞ」

今はうなぎパイを食べている場合ではない。包装を破ろうとしているケビンからうなぎパイを奪いとりながら美雲は言った。

「ケビンさん、どういうことなんですか。説明してください」

「ご、ごめん。ええと、うちの両親です。三雲尊と三雲悦子。それからずっと騙《だま》してて申し訳なかったけど、僕の名前は三雲渉といいます。あ、名前だけは嘘ついてたけど、それ以外は騙してないから。さっきの話も全部本当だよ」

三雲という名字に聞き憶えがあった。先輩刑事である桜庭和馬の奥さんだ。正式には籍は入れていないようだが、彼の妻の名前は三雲華といい、何度か顔を合わせたことがある。

「ちょっと待ってください。つまりケビンさん、いや渉さんは華さんの……」

「そう。華は僕の妹なんだ」

頭がくらくらした。乗り物に酔ったような気分だが、新幹線で乗り物酔いになったことなど一度もない。

「でもどうして……どうして偽名を名乗ったりしたんですか？」

「それは僕の責任じゃない。和馬君だろ。和馬君が最初に僕を偽名で紹介したんだよ」

五ヵ月前にケビン、もとい渉と初めて会ったときのことは今も鮮烈に憶えている。たしかに彼を美雲に紹介したのは和馬だった。彼なりに何か思うところがあったのかもしれない。

「渉のことは諦めてくれ」いきなり渉の父親、三雲尊が言った。「個人的にはお嬢さんのことは気に入ったがな。うちの息子とうまくいくようには思えんのだ。悪く思わないでくれ」

「急にそんなこと言われても……」

「お嬢さんはまだ若い。別嬪《べっぴん》だし、すぐにいい男が見つかるだろう」

「そうよ」と三雲悦子も同調する。「地球上の人間のほぼ半分が男なんだからね。焦りは禁物。見極めるのが肝心なのよ。今はまだ早いわ。男を見る目を養う方が先決ね」

「それにお嬢さん、もしだぞ。もしあんたが渉と結婚してうちの嫁になったとしよう。三雲美雲になってしまうぞ。上野動物園のパンダみたいじゃないか」

シャンシャンのことを言っているのだろうか。何も言い返す気力もなく、美雲は防戦一方のボクサーのように黙って二人の話に耳を傾けることしかできなかった。

「お嬢さん、そういうわけだから渉のことは諦めてくれ。なに友達付き合いをする分には口出しはしない。籍を入れたいとか子供を産みたいとか、そういう無理難題を言わなければな。華のときもえらい苦労をしたもんだった。あれはあれで楽しかったけどな」

和馬と華が一緒になったときにひと悶着《もんちゃく》あったことは美雲も聞いていた。和馬は最初別の女性と結婚する予定になっていて、披露宴当日に華と一緒になる決意をしたそうだ。そのときの影響があるのか、二人はまだ入籍しておらず、華の名字は三雲のままだった。

「お父さん」

ずっと黙っていた渉が言った。尊が息子を見て言う。

「何だ？　うなぎパイならもうあげんぞ」

「違う。僕は美雲ちゃんが好きなんだ。結婚したいと思ってる」

「な、何を言い出すんだ、ケビン、もとい渉」

「決めたんだ。よくわからないけど、一生一緒にいたいと思った初めての女性なんだよ」

その言葉はずしんと胸に響き渡った。ケビンさん、もとい渉さん、そこまで私のことを想っていてくれたなんて……。

「渉、何言ってるの。お母さんは反対だからね」

手を握られた。渉が立ち上がっていた。「行こう」と短く言い、渉が美雲の手を握ったまま通路を歩き出す。引き摺《ず》られるように美雲は通路を歩く。彼に握られた左手がやけに熱かった。

※

和馬が警視庁の捜査一課に出勤したのは午前十一時過ぎのことだった。杏が昨夜から風邪《かぜ》気味で、病院に連れていったのが遅刻の原因だった。もちろん班長には連絡済みだ。

「先輩、遅いですよ。何やってたんですか」

到着するや否や、後輩刑事の北条美雲がやってきた。和馬の腕を引っ張るようにして窓際まで連れていかれる。美雲は険しい顔つきで訊いてくる。

「渉さんのことです。どうして私に偽名を教えたりしたんですか？」

そのことか。返答に窮したが、実は彼女と渉の関係は和馬自身も気になっていた。先週末も何度も華との間でその話題になり、とにかく二人の仲がどこまで進んでいるのか確かめようという結論に至っていた。

「そうか。そのことか」

「そのことかじゃありませんよ。私は大変だったんですから。昨日、ケビンさん、もとい渉さんのご両親と会ったんですよ」

「え、そうなの？」

「びっくり仰天です」

憤懣《ふんまん》やるかたないといった表情で美雲は話し出す。一昨日の土曜日から美雲は渉を連れて京都の実家に帰省し、彼を両親に紹介したというのだ。二人の仲がそこまで進展していたことは驚きだった。美雲の父親、つまり平成のホームズと呼ばれる名探偵、北条宗太郎は娘の結婚は無理だと断言したらしい。

「父は無理だと言ってましたが、昔から変わり者なので、日曜日の朝には渉さんと意気投合してました。問題は帰りの新幹線の中です」

いきなり三雲夫婦が美雲の前に現れ、結婚には断じて反対と言い切ったというのだ。まあそれはそうだな、と和馬も思う。おそらく尊たちは美雲の正体——彼女が名門探偵事務所の一人娘であることを知っている。そんな娘と自分たちの息子が結婚するなど決して容認できないだろう。

「なぜですか？　先輩。なぜみんな私たちの結婚に反対するんですか。私も渉さんも立派な大人ですよ」

美雲の話を聞いていて、和馬は今の状況が何となくわかってきた。おそらく彼女は、すべてを知らないのではないか。

「北条さん。君は渉さんのご両親の職業を知ってるかい？」

「知ってます。美術商ですよね」

やはりな。和馬は納得した。まだこの子は三雲家の正体を知らないのだ。念のために和馬は確認する。

「ところで北条さん、君は渉さんがどんな仕事をしてるか知ってるよね？」

「ええ」美雲の声のトーンがやや落ちた。「知ってますよ。株やＦＸで資産運用してるんですよね。たまにパソコンでプログラムを作ったりもしてるみたいです」

「本当にそれだけかな？」

彼女は答えなかった。その表情を見ただけで、彼女が渉の裏の顔を知っていると容易にわかった。刑事としては新人離れした能力を持つ彼女ではあるが、こと恋愛に関してはズブの素人同然だ。

和馬は咳払《せきばら》いをしてから説明をした。

「実は渉さんはかつてハッカーだったことがある。盗んだ情報を売って金を稼いでいた時期があるようだ。俺がその事実を知ったのは華と一緒になったあとだ。義理の兄が元ハッカーという事実はできれば隠し通したい。そう思って彼の存在は公にしていないんだよ」

厳密には違う。華と一緒になる前から、渉がハッカーをしていることは知っていた。しかし当時の渉は自宅に引き籠もっていて、まともに話をすることもできなかった。美雲と食事に行ったということ自体、かつての渉からは想像もできない行動だった。ましてや美雲の実家に挨拶に行ったなんて、まさに彼の人生における高度成長期といったところだろう。

「私も渉さんから教えてもらいました。昨日のことです。だから先輩は最初渉さんを私に紹介したとき、偽名を教えたんですね。彼のことを私に知られたくなかったからら」

「その通りだよ」

あのときは思いつきでケビンの名前を口にしただけで、深い理由があったわけではない。もしあのときに彼の本名を教え、華の実兄であることを知らせていたら、今の事態は防げていただろうか。しかしいずれにしても渉がハッカーであることを知った今、彼女は結婚を諦めるはずだ。和馬はそう楽観していたが、美雲は思わぬことを言い出した。

「そう簡単に行くわけないと思ってました。障害があった方が恋は燃えるって聞いたことがありますけど、本当みたいですね。私、絶対に渉さんと結婚しようって決めました」

「えっ？　諦めないの？」

「諦めるわけないじゃないですか。私の運命の人なんですよ。渉さんも私と結婚したいってはっきり言ってくれましたから」

「だって渉さんは元ハッカーなんだ。しかも凄腕のハッカーだ。そんな人と結婚できるわけないじゃないか」

「できます。絶対できます。だから先輩も応援してください」

真剣な目をしている。どうやら本気のようだ。これは困ったことになってしまった。おそらく昨日、華の両親も説得に当たったはずだ。しかしその結果がこれなのだ。却《かえ》って二人の恋を燃え上がらせる結果になってしまったのかもしれない。

「おい、桜庭と北条。こっちへ来い。事件だぞ」

班長の松永が呼んでいた。「はい」と威勢のいい返事をして、美雲はそちらに向かっていく。どうしたものだろうか。今後の展開に不安を覚えつつ、和馬も班員たちの輪に加わった。

現場は渋谷区幡ヶ谷《はたがや》にある一軒家だった。河北康雄《かわきたやすお》という七十歳の男性が殺害され、和馬たち警視庁捜査一課の出番となったのだ。遺体を発見したのは妻の里香《りか》と秘書の久保昌範《くぼまさのり》という男性だった。河北康雄は不動産会社を経営しており、その本社は西新宿にあった。

「社長は毎日、ご自分で車を運転されて出社します。午前十時までには出社するのが決まりでした」

和馬は社長秘書の久保に事情聴取をしていた。現場である河北康雄の邸宅の一室だ。隣には北条美雲が座り、膝の上で手帳を開いている。

「今日は十時になっても社長は出社してきませんでした。それで十時少し過ぎでしたでしょうか、出社されていた奥様が社長に電話をかけたんです」

久保は四十代の男性だ。ずっと河北康雄の秘書をしているらしい。妻の里香は遺体を目の当たりにしてショックを受けており、まだ事情聴取できる状態ではないようだ。それに比べて久保はこちらの質問にもしっかりと受け答えをしてくれる。仕事ができそうな男性だった。

「通話は繋がったようでした。今から出るようなことを社長はおっしゃったようです。その直後でした。奥様が顔色を変えて、社長に向けて呼びかけたんです」

河北康雄は車庫にいると電話で話していたらしい。そのとき何やらガサガサと音が聞こえ、社長の呻《うめ》き声が聞こえたという。妻の里香は必死に呼びかけたが、河北が反応することはなかった。

「すぐに私は奥様と一緒にここを目指して出発しました」

「警察を呼ぼう。もしくは救急車を呼ぼうとは思わなかったんですか？」

「実際に何があったか、それがはっきりとわからなかったものですから、通報は見合わせました。単に転んだとか、そういう可能性もありましたので。でも今思い返せば、あのときすぐに警察に通報しておくべきだったかもしれません」

河北の遺体は車庫の中で発見された。忍び込んだ何者かに鈍器のようなもので後頭部を殴打され、そのまま死亡したと考えられている。

現在のところ凶器は発見されていない。犯人はそのまま邸宅内に侵入し、貴金属などを盗んで逃走した模様だった。被害額については、妻の里香が落ち着いたら詳細を調べることになっていた。

「ここに到着したのは十時三十分くらいだったと思います。車庫に倒れている社長の姿を発見して、すぐに一一〇番通報いたしました。奥様はショックを受け、その場で座り込んでしまいました」

　久保の証言が間違いなければ、河北が襲われたのはちょうど妻の里香から電話を受けていたときだった。通話記録から午前十時六分のことだったと判明している。

「社長を恨んでいる人物に心当たりはありませんか？」

「特には……。温厚な方でしたので。刑事さん、強盗の仕業ではないんですか？」

　逆に質問され、和馬は笑みを浮かべて答えた。

「こういう場合はあらゆる可能性を想定するのが我々の仕事ですから。仕事でもプライベートでも結構ですので、社長に恨みを抱いている人物はいないんですね」

「私の知る限りではいませんね。社長といっても今では第一線を退いているので、あまり人にお会いになることはありませんでした」

　河北康雄が経営する〈河北エステート〉は主に都内でコインパーキング業を展開する会社だった。売り上げも上々のようだった。西新宿の一等地のビルの中に本社があること。さらにこの豪勢な邸宅を見ても、羽振りのよさは明らかだ。

「つかぬことをお聞きしますが」そう前置きしてから和馬は訊いた。「社長の奥様ですが、随分お若いですね。やはり再婚されたんでしょうか？」

　さきほどちらりと見ただけだが、妻の里香はかなり若く見えた。和馬とそう年も変わらないように見受けられた。

「今年で三十七になるはずです。社長の前の奥様は十年ほど前に他界されまして、今の奥様と再婚されたのは去年のことですね」

妻の里香は河北エステートで働いている社員だったが、そもそもの出会いは社長が通っている銀座の高級クラブだった。そこで出会ったホステスの里香を自分の会社に雇い入れ、さらには結婚までしてしまったらしい。両者の年の差は三十三だった。和馬には考えられない年齢差だ。

「奥さんはどんなお仕事を?」

「結婚前は受付をされておいでしたが、結婚してからは経理関係の仕事をなさっていました」

「ちなみに毎日奥さんが社長より早く出勤されるんですね」

「大抵そうです。たまにご一緒に出勤されることもありますけどね。さきほども申し上げましたが、現在の社長は第一線を退かれておいでしたので、ゆっくり出勤されても問題ありませんでした」

それからいくつかの質問を重ねたが、特に参考になる話はなかった。久保を解放してから、和馬は隣に座る美雲に訊いた。

「どう思う?」

「おそらく物盗りの犯行でしょうね。ただ先輩も気にしていたように、あまりに若い奥さんのことは引っかかりますけど」

犯行時刻、妻の里香と秘書の久保は新宿の会社にいたので犯行は不可能だ。ただし共謀していたとも考えられる。夫の遺産目当てに妻の里香が何者かに協力を依頼したというシナリオだ。

「とにかく現場周辺の聞き込みだろうな」

和馬はそう言いながら立ち上がった。和馬の班は今回の事件を担当することが決定していて、代々木《よよぎ》署に捜査本部が設置されることも併せて決まっていた。強盗の線が強いものとして、現場周辺から目撃情報を収集するのが事件解決への第一歩。それが班長である松永が導き出した方針だった。和馬もそれには異論はない。

「北条さん、行こうか」

「はい、先輩」

和馬は美雲と一緒に部屋を出た。一階には多くの捜査員、特に鑑識職員が現場を検分している姿が目立った。妻の里香は見えない。まだショックから立ち直っていないのかもしれない。和馬は美雲と一緒に邸宅から出て、与えられた区割りを確認した。

※

「あ、三雲さん、こんばんは。杏ちゃん、お母さんが迎えにきたわよ」

華が保育園に迎えにいくと、保育士の一人が杏を呼んだ。しかし杏はこちらに来ようとしない。友達の女の子と一緒にピアニカを弾いて遊んでいる。一緒にいる子は木下ほのかだった。

「こんばんは」

その声に振り返ると立っていたのは木下彰だった。木下は教室を覗き込んでから言った。

「楽しそうですね。三雲さん、あと少しだけ遊ばせてあげましょうか」

「そうですね。じゃああと五分だけ」

二人で教室の入り口から離れた。廊下には園児たちが描いた絵が飾られている。木下が話しかけてきた。

「いかがでした？　鶏チャーシュー、うまくできましたか？」

先日、木下のブログにはレンジで作る鶏チャーシューのレシピがアップされていた。それを見た華は自分も作ってみるという内容のメッセージを彼に送ったのだ。

「作りましたよ。うまくできました」

「そうですか。それはよかった」

「でも、もう一味足りないかもと思いました。たとえばですけどオイスターソースあたりを足してもいいのかもしれません」

「オイスターソースか。その発想はなかったな。参考になります」

昨日、ママ友の中原亜希から聞いた話を思い出す。彼の兄は空き巣の常習犯であり、現在は刑務所に服役しているという噂だった。まだ付き合いは浅いが、木下自身は話し易い人だし性格も良さそうだった。そういう暗い側面があることなど微塵《みじん》も感じさせなかった。

「こんばんは」

二人の母親が子供を迎えにきた。二人とも比較的仲良しのママ友で一緒に遊びに行ったこともある。二人は華の方に目を向けて、それから木下をちらりと見た。いつもは話しかけてくるのだが、今日に限って二人は華の前を素通りし、教室を覗いて子供の名を呼んだ。「ママ」と走ってきた子供と手を繋ぎ、二組の親子が華の前を通って去っていった。

どこか気まずい空気が流れる。木下が何か言いたげな顔をしていた。先回りして華は言った。

「ママ友の一人から聞きました。お兄さんのことです」

「そうですか……」

木下はそう言って肩を落とす。急に体が小さくなってしまったような気がした。木下がやや声のトーンを落として言った。

「早いですね、噂になるのって。自分から話したこともないのに」

「保護者の一人がお兄さんの同級生だったみたいです。そこから噂が広まったみたいですね」

「かなり噂になってるってことでしょうか？」

「おそらく。私の耳にも入っていることなので」

ママ友のネットワークは侮れない。むしろこれほど口コミの速いネットワークはないのではないかと思うほどだ。誰々ちゃんのお父さんの会社が倒産したとか、誰々ちゃんのお母さんが第二児を妊娠したとか、恐ろしい速さで情報が伝達していくのだ。

「気をつけていたつもりなんですけどね」木下が溜め息をついて言う。「以前、通っていた保育園でもそうでした。たまたま保護者の一人に新聞記者がいて、兄のことを知っていたんです。居づらくなって引っ越しました」

兄は兄、自分は自分。そう思っていても世間はそう見てはくれない。犯罪者の身内だからあまり近づかない方がいい。そんな空気が流れるのはわかるような気がした。事実、さっきのママ友たちの反応がそうだ。腫れ物に触ってはいけないという感じだった。

「ほのかに影響が出なければいいんですけど。それだけが心配です」

そう言って木下は教室の中に目を向けた。今も杏とほのかはピアニカを演奏している。二人とも同じピアノ教室に通っているため、演奏もそれなりに様《さま》になっていた。

「もしかして引っ越しの原因っていうのは、ほのかちゃんに……」

子供に影響があったのではないか。華はそんな風に考えた。木下が首を振りながら言う。

「多少は。子供は残酷ですからね。あの子と口を利いちゃいけない。そう言われたら親の言うことに従うものですから」

うちの杏にそんなことはさせない。そう言おうと思ったが、口にすることはできなかった。仮に今後、ほのかの周囲にも影響が出始めたとする。変わらずほのかと仲良くしてあげなさい。杏にそう言いたい気持ちもあるが、それが原因で杏にも火の粉が飛んできたらどうしようか。そう考えると迷う部分もあった。

「そろそろ行きましょうか」

そう言って木下が教室の入り口に向かって歩いていき、中に向かって言った。

「ほのか、帰るよ」

華もその背後から顔を出し、杏を呼んだ。

「杏、帰ろうか」

二人はピアニカの演奏をやめ、それを片づけてからこちらに向かって走ってきた。

杏とほのかは背格好も同じくらいで、一緒にいると年の近い姉妹のように見える。杏にとってはせっかくできた友達だ。この二人の仲を裂くようなことはできる限りしたくない。華は切実にそう思った。

※

「先輩、班長からメールが来ました。各自、頃合いを見て帰宅せよとのことです」

時刻は午後九時を過ぎている。和馬は美雲と一緒に聞き込みを続けていた。現在のところ、不動産会社社長殺しの有力な目撃証言は得られていない。凶器も発見されていなかった。

「もう一軒だけ行こう」

「わかりました」

ごく普通の一軒家だった。インターホンを押して身分を名乗ると、初老の男性が玄関を開けてくれた。

「夜分恐れ入ります。警視庁の桜庭と申します」バッジを見せながら頭を下げる。

「実は今日の午前中、この近くで強盗殺人事件がありました。その関係で聞き込みに回っているんですよ」

「ああ、知ってるよ。さっきニュースで見たから。物騒だねえ、最近」

「事件が発生したのは午前十時ぐらいです。その時間、どちらにいらっしゃいました？　不審な人物などを目撃されていたら、教えていただきたいと思いまして」

「すまないけど、仕事で留守にしてたんで」

「ほかにご家族は？」

「妻がいるけど、彼女も仕事だったよ。共働きだから」

「そうですか。失礼いたしました。どのような些細《ささい》なことでも結構ですので、何かありましたら署までご一報ください」

礼を述べて玄関から出た。美雲が地図に印をつけている。聞き込みは地道な作業だが、刑事の仕事とはこういうものだ。五十軒回ってすべてが空振りということも珍しくない。根気が必要な仕事だった。

駅に向かって歩き始める。一日中捜査をしていたため、さすがに足どりが重い。多少の収穫があれば違ってくるが、今日は得たものは何もない。

それでも鑑識の結果は徐々に上がってきており、夕方の捜査会議でも報告されていた。死因は後頭部を強打されたことによる脳挫傷で、右利きの人間による犯行の可能性が高いとのことだった。犯人は生け垣を越えて車庫に侵入し、そこで河北社長を殺害、彼のポケットから鍵を奪って邸宅内に侵入したようだ。

妻の里香も実況見分に協力し、盗まれたものも明らかになっていた。里香の寝室のクローゼットの中から貴金属が数点、それから河北社長が所持していた財布、腕時計がなくなっていることが明らかになった。被害総額は五百万程度らしい。

不動産会社の経営者にしては、それほど自宅に金目のものを置いていなかったことには理由がある。河北は二十年ほど前にも空き巣の被害に遭っており、それ以来自宅に金目のものを置かない方針だったという。犯人が下調べをしていたことは明らかで、河北康雄が不動産会社の経営者であることを知っていたはずだ。しかしいざ忍び込んでみたら、思ったより成果が少なかった。殺人にまで手を染めた甲斐がなかったというものだろう。

「先輩、どうします？　このまま帰りますか？」

「そうだね。今日は直帰でいいよ。ところで北条さん、渉さんとはしょっちゅう会ってるの？」

「渉さんも忙しいみたいで、あまり会えません。でもいいんです。気持ちが繋がっているんで」

美雲は澄ました顔で言った。恋は盲目とはよく言ったものだ。彼女は今、完全にその状態だろう。

「先輩も反対ですか？　私と渉さんの結婚には」

「いや、まあね……」

言葉に詰まる。賛成とか反対という以前の問題として、三雲渉と北条美雲、この二人が一緒になることが不可能なような気がしてならなかった。それに美雲は知らない。三雲家がLの一族と言われる泥棒一家であることを。一部を除き――華と杏以外の家族は全員、盗みを生業としているのだ。渉はハッカーから足を洗ったと言っているようだが、それも信用できなかった。仮にそうだとしても、彼の仕事の元手がハッカーとして稼いだ金であることは疑いようのない事実なのだから。

「でも何で渉さんのご両親は反対するんですかね。そこがいまいちわからないんですよ。私、そんなにお嫁さんとして相応しくないのかな」

「どうだろう。刑事って結構偏見あるからね」

「そっか。刑事だからかもしれませんね。でも困ったな。私、刑事辞めるつもりないし」

駅が近づいてきた。通行人の数は増え始めている。駅から出てきた人たちが家路を急いでいた。

「先輩、今からビールでもどうですか？　いろいろ話を聞かせてください。先輩の奥さんって渉さんの妹さんじゃないですか。三雲家との接し方について、ご教示をお願いしたいんです」

気持ちはわかる。この世の中で三雲家に詳しいのは三雲家以外の人間では自分が一番だろう。しかしすべてを教えることなどできない。答えあぐねていると、ポケットに入れているスマートフォンが震えた。メッセージを受信したようだ。スマートフォンの画面に目をやってから、和馬は美雲に向かって言った。

「北条さん、すまない。これから野暮用《やぼよう》でね」

「わかりました。じゃあ次の機会にお願いします」

「俺はタクシーを拾うことにする。じゃあまた明日」

「お疲れ様でした。失礼します」

美雲は駅の構内に通じる階段を降りていく。それを見送ってから和馬は通りに目を向けて、空車のタクシーを探した。

待ち合わせ場所は新宿三丁目にあるバーだった。雑居ビルの三階にある店で、和馬が店内に足を踏み入れるとカウンターで仲村亜里沙がこちらに向かって手を上げた。和馬は彼女の隣のスツールに腰を下ろす。おしぼりを持ってきた店員に生ビールを注文した。

「早かったわね」

「近くにいたんだ。幡ヶ谷で仕事だったから」

「ニュースで見てないかな。不動産会社の社長が殺されたんだよ。その捜査をしてたんだ」

「何か事件なの？」

「桜庭君、本当に刑事になったんだね。何か凄い不思議な感じ」

　さきほどメールがあり、相談があるから会えないかと誘われた。おそらく事件絡みだろうと推測できた。彼女の愛人だった金子隆志という飲食店の経営者は殺人教唆の疑いで逮捕されている。すでに事件は検察の手に移ったが、何か動きがあったのかもしれない。

「で、俺に相談って何？」

　生ビールが運ばれてきて、店員が立ち去るのを待ってから訊いた。彼女が少し困惑した表情で答えた。

「ごめん、桜庭君。特に相談はないの。ちょっと話をしたかったから」

　彼女は目元が赤く染まっている。結構な量の酒を飲んでいるようだ。和馬は生ビールを一口飲んで言った。

「そうか。まあ俺も一杯飲みたかったから構わないよ。仲村は高校の頃の同級生とは会ってないのか？」

「以前は定期的に同窓会的なものを開いていたんだけど、最近はめっきり減ったわ。

女子剣道部もほとんど結婚したしね。独身は私ともう一人くらいかな。男子はどうなの？」

「男子も半分くらい結婚したはずだ。そういえば来月、一人結婚するって話だった」

「へえ、誰？」

しばらく同級生たちの噂話で盛り上がった。やはり同級生と話しているのは楽しい。同じ青春時代を過ごした仲間なので、余計な気遣いも無用だった。

「桜庭君、奥さんの写真ないの？　見てみたい。桜庭君がどんな人と結婚したか」

「ないよ。写真なんて」

「そうなんだ。残念」

「あ、でも娘の写真ならあるよ」

実は華の写真もあるが、それを彼女に見せるのは恥ずかしかった。和馬はスマートフォンを出して、杏だけが写っている画像を呼び起こした。亜里沙がこちらに体を近づけて画面を眺める。彼女の髪からいい匂いがした。

「アンズって書いて杏って名前。可愛いだろ」

「可愛い。あまり桜庭君に似てないね」

「俺に似てたら大変だよ。奥さんに似てよかったと思ってるよ」

「桜庭君、結構イケメンだと思うよ。女子の中でも人気があった方だもん。女子剣道部でも何人かいたよ。桜庭君のことを好きだった子」

「仲村こそ人気あったぜ。学年で一、二を争うほどの人気だったはずだ」

　和馬自身がそうだった。亜里沙に対して淡い恋心を抱いていた。しかし彼女は男に興味がないストイックな雰囲気を醸し出していて、どこか近寄り難い存在だった。

「桜庭君、もしタイムマシンがあったとして、あの頃に戻りたいと思う？」

「思わないね。あの時代からもう一度やり直すのは勘弁だな。仲村は？」

「私もそう思ってた。せっかく今の人生を手に入れたわけだしね。でも最近は少し考えることもある。もっと違う人生もあったんじゃないかなって」

「たとえばだぜ」やや湿っぽい空気になったのを感じ、和馬は敢《あ》えて明るい口調で言う。「たとえば高校時代に一日だけ戻れるなら、向こうで何をしてくる？」

「一日だけでしょ。そうだなあ。私だったら好きだった人に告白するかも。そういうのとは無縁の高校生活を送っちゃったから。桜庭君は？」

　実は和馬も同じことを考えていた。もし一日だけ高校時代に戻れるとしたら、仲村亜里沙に告白したかった。しかし和馬は二番目の候補を口にした。

「三年のときの都大会だな。団体戦の決勝で負けたことが今でも悔しくてね。相手の攻撃は大体憶えてるから、もう一度やれば勝てるはずだ」

「そんなズルしてまで勝ちたいんだ」

「高校の頃の仲間に会うといまだに言われるんだぜ。お前のせいで負けたってね」

しばらく楽しい会話が続いた。何度となくおかわりを頼み、気がつくと夜の十一時を回っていた。店員がラストオーダーを聞きにきたのを機に店を出ることにした。彼女が払うと言ってきかなかったが、きっちりと割り勘にすることにした。

通りを歩く。平日だが新宿の街はごった返している。居酒屋の呼び込みを無視し、車が走っている通りに出た。彼女はタクシーで帰るというので、同乗することにした。空車のタクシーを停めて、二人で後部座席に乗り込んだ。

「まずは四谷までお願いします」

タクシーが発進する。後部座席にはモニターがついていて、ニュース番組を放送していた。彼女が運転手を気にしながら言う。

「桜庭君、コーヒーでもどうかしら？」

カフェやファミレスに行こうという雰囲気ではないことは和馬にもわかった。男子剣道部の主将と女子剣道部の主将。あの頃のような関係ではなく、三十歳を超えた立派な大人だ。彼女の部屋に行けばコーヒーだけでは済まなくなることも承知していた。

「悪いけど、明日も朝から仕事だから」

和馬は何とかそう言った。彼女は何も言わず、窓の外に目を向けた。

※

「全員が物盗りの線で捜査してるじゃないですか。だからせめて私たちくらいは別方向から攻めてもいいと思うんですよね」

幡ヶ谷の住宅街を歩きながら、美雲は隣を歩く和馬に向かって言った。捜査が始まって二日目の朝だ。いまだに河北エステートの社長、河北康雄を殺害した犯人に繋がる証拠、目撃証言などは見つかっていない。今日も現場周辺の聞き込みを割り当てられたが、別の視点が必要ではないかと思い始めていた。

「別方向って、どういうこと？」

「やっぱり奥さんが怪しいと思うんですよ」

妻の河北里香、三十七歳だ。元ホステスの彼女と河北は去年再婚したらしい。両者の年齢差は三十歳以上だ。父と子といってもいいほど年が開いている。

「そんな話はちらほら聞こえているけどね。河北社長が死んで一番得をするのは彼女だ。莫大《ばくだい》な遺産を手にするわけだし」

遺産目当ての犯行ではないか。そういう声は捜査員の間からも上がっていた。しかし彼女は犯行時には被害者と電話をしていたという鉄壁のアリバイがあった。

「北条さん、まずは犯人を捕まえるのが先決じゃないかな。捕まえた犯人の口から真の動機を聞き出すんだよ」

「犯人が捕まればいいんですけど」

どこか嫌な予感がしていた。一軒家に押し込み、住人を殺害して金目のものを奪って逃走する。非常に雑な犯行の割には証拠などが一切見つからない。一見雑な犯行に見せかけておいて、意外に緻密な計算がなされているのではないかと思うのだ。

「じゃあ仮に彼女の犯行だとしよう。彼女を尋問してもそう簡単に口を割らないと思うけどな」

「でしょうね。私もそう思います」

「だろ。だったら実行犯を探すしかないね」

「もし私だったら」美雲は自分の身に置き換えて考えてみる。「もし私が社長の奥さんで、遺産目当てで彼を殺すとするじゃないですか。私だったら……そうだな。多分自分で殺しますね」

「北条さん、君ね……」

「信用できませんよ、他人なんて。ミスしたら私が捕まってしまうんですから。自分で殺した方が確実です」

普通に考えれば男だろう。共謀する男がいて、その男が実行犯であるというケースだ。そもそも河北と結婚したこと自体が伏線なのだ。遺産目当てに押し込み強盗を演出したというわけだ。

「ちょっと一件電話させてください」

美雲はそう断ってからスマートフォンを出した。手帳に記してある番号を入力した。すぐに相手は電話に出てくれた。昨日も事情聴取をした久保という社長の秘書だ。

「警視庁捜査一課の北条です。昨日はありがとうございました。実は確認させていただきたいことがあります。社長の奥様の里香さんですが、昨日は何時に出社されましたか？」

「奥様でしたら、少々お待ちください。今、タイムカードを確認するので。……昨日は午前八時五十五分に出社されてますね。うちの会社、始業が九時ですので」

妻の里香はほぼ毎日九時少し前には出社するようだった。通勤手段は電車が多いが、タクシーを使うこともあるという。ちなみに昨日はタクシーを使ったと里香は証言しているようだった。

「社長さんは毎日必ず十時前には出社するんですね」

「そうです。毎日ですね。去年の暮れのことでしたか、十時になっても出社なさらなかったので心配になって電話してみたら、ご自宅の前で転倒されていたことがありました。そのときは大事には至りませんでしたが」

　その一件が久保の頭の隅にあったのだろう。十時になっても出社してこない社長を心配し、妻の里香に相談したというわけだ。

「ありがとうございます。またお話を聞かせてもらうこともあるかもしれません。そのときはよろしくお願いします」

　通話を切ってから、美雲は和馬に向かって言った。

「先輩、奥さん犯人説を調べてみませんか？」

「本気で言ってんの？」

「本気です。あ、別に聞き込みが嫌で言ってるわけじゃないですから」

「じゃあどういう根拠があるっていうんだよ」

「女の勘です。いえ、探偵の娘としての勘ですかね」

「ったく、しょうがないな」

　和馬がそう言いながらスマートフォンを出し、どこかにかけ始めた。担当地区を離れる許可を班長から得るつもりだろう。しばらくして和馬は通話を終えて言った。

「好きにしろってさ。北条さんって何か最近、自由気ままに捜査できるようになりつつあるね」

「結果を残してるからじゃないですか」

美雲はそう言って胸を張る。刑事というのは楽しい。天職じゃないかと思うこともあるくらいだ。

普通、民間の探偵事務所ならば依頼の多くは浮気の素行調査か失踪人の捜索だ。しかし警視庁捜査一課にいるだけで、ほぼ毎日のように殺人や傷害などの事件が発生するのだ。そして足を棒にして捜査をする。まさに刑事の醍醐味《だいごみ》だ。そして忘れてはいけないのは、事件を解決するのは私でなければならないということだ。それが超一流の刑事になるための道なのだ。

「さあ行きましょう、先輩」

「わかったけど、あまり調子に乗ってると……」

「きゃ。痛っ」

バス停の看板に正面衝突して、おでこをぶつけた。そうなのだ。あまり調子に乗ってはいけない。美雲は気を引き締めて、タクシーを探すために通りに目を向けた。

※

不思議な女の子だな。隣に座る北条美雲の横顔を見て、和馬はつくづくそう思った。

刑事というのはあくまでも公務員であり、組織に属する人間だ。いわば兵隊とも言える。指揮官の出した要求を着実にこなす。丹念に聞き込みをして、その成果を捜査会議で報告する。寄せられた情報を指揮官が吟味し、犯人特定に繋がる証拠を増やしていく。それが捜査の基本だ。

しかしこの子は違う。指揮官の頭脳を有した兵隊といったところか。まあ簡単に言ってしまえば探偵だ。自分で考え、推理して、犯人を特定する。刑事という身分でありながら、彼女がやっていることは探偵そのものだ。

「運転手さん、あのコンビニの前で停めてください」

美雲が身を乗り出してそう言うと、運転手が返事をした。

「あいよ」

幡ヶ谷の住宅街からタクシーに乗り、まずは西新宿の河北エステートの本社に向かった。所要時間は十二分程度だった。道路の混雑具合に左右されるだろうが、広く見積もっても十分から二十分程度だろうと思われた。

タクシーが停車する。今、タクシーは西新宿から幡ヶ谷方面へと引き返す形で走行している。和馬は美雲とともに横断歩道を渡り、通りの向かい側にあるコンビニの店内に足を踏み入れた。これで三軒目だ。

「お仕事中すみません。警視庁捜査一課の者です」美雲がそう言って警察手帳を出した。「店長はいらっしゃいますか？」

若い女の店員が店の裏に行き、中年の男性を連れてきた。美雲が店長に向かってもう一度身分を名乗ってから言った。

「幡ヶ谷で起きた強盗殺人事件について調べています。昨日の午前八時半から九時までの間の防犯カメラの映像を確認させてください」

「今すぐですか？」

「お願いします」

店の裏に案内される。店長は一台のパソコンをいじり始めた。やがて映像が流れ始めた。レジ近くのカメラの映像だ。

二回繰り返して見たが、河北里香の姿は確認できなかった。店長に礼を述べてから店を出る。タクシーに戻り、再び幡ヶ谷方面に向かってもらう。目についたコンビニに立ち寄り、防犯カメラの映像を確認するという作業を繰り返した。

「あ、ちょっと巻き戻してもらっていいですか？」

七軒目に立ち寄ったコンビニだった。幡ヶ谷にある被害者の自宅から一キロと離れていない場所にある店だった。巻き戻した映像を見直すと、レジの前にストールを巻いた女性が立っている。サングラスをかけていた。

「似てませんか？　あの奥さんに」

「どうだろう。もう少しはっきり見えればわかるんだけど」

女性は入り口から入ってきて、真っ直ぐレジに向かった。そして手にしていた段ボールをレジの上に置いた。宅配便らしい。すでに伝票も貼り付けているようで、金だけ払って店から出ていった。

「すみません」美雲は背後で待機している店長に声をかけた。「この女性について教えてほしいんです。できれば宅配便の伝票を確認させていただけると助かります」

「少々お待ちください」

そう言って店長が部屋から出ていった。美雲は自分でマウスを操作し、もう一度防犯カメラの映像を再生した。和馬も画面に目を向ける。サングラスをかけ、ストールを深めに巻いているが、顔の輪郭は河北里香にそっくりだった。防犯カメラの映像は八時四十五分を示している。出社する途中、このコンビニに寄って宅配便を出したということか。

「ありました。これが伝票です」

戻ってきた店長が美雲に伝票を手渡した。送り主の名前は『山田《やまだ》リカ』とあった。問題は送り先だった。宅配便の送り先は西新宿にある河北エステート本社の河北里香宛てになっている。伝票を見て、美雲が冷静な顔をして言った。

「送り主の名前は偽名でしょうね。でも先輩、変だと思いませんか？　これから出社するというのに、なぜ本社に向けて宅配便なんて送ったんでしょうか？　持っていけばいいだけなのに」

答えがわかっていて美雲は訊いている。まるで生徒になったような気分だ。和馬は苦笑して答えた。

「人に見られたくないものが入っていたから、だろ」

「正解です。届ける時間を指定しているようですね。今日の午後、荷物が到着するみたいです」

扱っているのは大手の宅配業者だった。現在の時刻は午前十一時を回っている。すでに荷物は宅配トラックに積まれていることだろう。美雲が店長に向かって言った。

「入り口付近の防犯カメラの映像も確認させてください」

「ご自由に見てもらって構いませんよ」

「ありがとうございます」

美雲はパソコンを操作し始めた。二分後、河北里香らしき女性が来店した時間、店の前に停車していたタクシーの存在を突き止めた。ナンバーは確認できなかったが、タクシー会社だけは映像から判断できた。それだけわかれば上出来だろう。

「先輩、コーヒー買っていきませんか。あ、タクシーの運転手さんにも買っていってあげないと」

美雲がそう言いながらレジに向かって歩いていく。たいしたものだ。河北里香犯人説が立証されるのも時間の問題かもしれなかった。

午後三時過ぎ、一台の宅配トラックが路肩に停止してハザードランプを出した。運転席から降りた宅配業者が小さな段ボールを持ってビルの中に入っていく。五分ほど待っていると宅配業者がトラックに戻ってきた。

「行こうか」

「はい、先輩」

トラックが走り去るのを見送ってから、和馬たちはビルのエントランスに入った。八階建てのビルで、河北エステート本社は七階にあることは事前の調べでわかっている。エレベーターで七階まで上がり、受付の女性に身分を名乗ってからフロアを奥に進んだ。

それほど広くはない。オフィスでは十人程度の社員が働いている。そのうちの一人が顔を上げた。秘書の久保だった。

「刑事さん、どうされました？」

近づいてきた久保に対し、和馬は訊いた。

「奥様はいらっしゃいますか？」

「社長室にいます。社長の私物を整理しているようですね」

「たった今、宅配便が届いたと思いますが、荷物はどこに？」

「奥様にお渡ししました。今日の午後に届くはずだからと言われていたので」

和馬は前に進み、社長室のドアをノックした。「失礼します」と言ってからドアを開ける。社長室だけのことはあり、置かれたソファや机も重厚な趣きがある。ソファに座っていた女性、河北里香が立ち上がった。

「だ、誰ですか？」

「警視庁捜査一課の桜庭。こちらは北条と申します。今、宅配便が届きましたね。送り主の名前は山田リカ。お荷物を確認させていただくことは可能ですか？」

河北里香は答えなかった。やはりどこか水商売の匂いを感じさせる。七十歳の老人と結婚しているとは思えない色香が漂っている。

和馬は一歩下がった。美雲が前に立つ格好になる。ここは彼女に任せるつもりだった。美雲は落ち着いた口調で話し出す。

「さきほどのお荷物に入っているものを当てましょうか。中身は河北社長を殴打した凶器と、現場から盗まれたとされている奥様の貴金属類、それから旦那さんの財布と腕時計ではないでしょうか」

里香の視線がデスクの方に向けられた。その上には段ボールが載せられている。まだ中身は確認していないようだ。これから処分するつもりだったのだろう。

「訳のわからないことを言わないで。もし私に話があるなら弁護士を……」

「五分で済みます。私の話をお聞きください」そう言って美雲は話し出す。「河北社長を殺害したのは奥様、あなたではないでしょうか。犯行時刻の午前八時三十分頃、あなたは河北社長を車庫に呼び出し、そこで後頭部を殴打して彼を殺害。物盗りの犯行に見せかけるため、貴金属などを用意していた段ボールに入れた」

凶器も一緒に中に入れたはずだ。そして段ボールを持ってタクシーで出勤する。

「途中、コンビニに立ち寄って段ボールを宅配便に預けました。届け先はここです。ちなみにこれがそのときの伝票です。筆跡鑑定に出してもいいですが、おそらく奥様の文字でしょう」

美雲がコンビニで手に入れた伝票を出す。それを見ても里香は何も言わなかった。蒼白《そうはく》な顔で立ち尽くしているだけだ。

「定時に出社したあなたは十時になるのを待ちます。すると秘書の久保さんは出社してこない社長のことを心配し始めます。もし久保さんが何も言ってこないようだったら、あなたから言い出すつもりだったのでしょうね」

そして彼女は久保の目の前で社長に向かって電話をかける。久保は大事な証人であり、彼の前で演技をすることによって、社長が十時過ぎに自宅の車庫で殺害されたことを印象づけるのに成功した。二人も証人がいるのだから、社長の死亡推定時刻は十時過ぎで確定されるのだ。鑑識が割り出す死亡推定時刻は二、三時間の幅を持たせることが常なので、そう大差はない。

「あなたはスマートフォンで社長に電話をかけました。同時にポケットの中に忍ばせていた社長の携帯をこっそり操作し、通話状態にする。これで細工は完成です。あとは電話の向こうで社長が何者かに襲われたのを耳にしたような演技をするだけです。そして秘書の久保さんと一緒に自宅に戻り、車庫の中で社長の遺体を発見する。あ、もうひと仕事残ってました。久保さんの目を盗んで、社長の携帯を遺体のそばにこっそりと置く。これで終了です」

凶器も明らかになっている。女性でも持てる程度の大きさのハンマーだ。実はここに来る前、宅配トラックの荷物を事前に改めさせてもらったのだ。中にはハンマーと貴金属の類いが入っていた。

「奥様、いかがでしょうか？　私の推理、間違っていますか？　間違いがあるなら何でもおっしゃってください」

里香は脱力するようにソファに腰を下ろした。何も言わずにテーブルの一点に虚《うつ》ろな目を向けている。

美雲が真顔で彼女に向かって言う。

「奥様、海にでも行きましょうか？　崖とかあった方が自供し易いんじゃありませんか」

和馬は咳払いしたが、美雲は何も気づかない様子だった。冗談ではなく本気で言っているようだ。やがて里香が顔を上げ、震える声で言った。

「どうして……どうしてなの？　完璧にやったと思ったのに……」

罪を認めたも同然だった。逃げきれないと観念したのだろう。自分宛てに凶器を送ったのは決定的な証拠だった。

「いい計画だったと思います」美雲はうなずいた。「やはり凶器の処分方法ですね。会社に送ったのはまずかったと思います。それに送るコンビニのチョイスが失敗でした。私だったら……そうですね。たとえば駅に行って電車に乗ります。時間に余裕があるなら、新宿とは反対方向の電車に乗り、一つ目の駅で降ります。そして近くのコンビニから宅配便を送ります。これだけで大分違いますよ」

今回の犯行が露見したのは、彼女がタクシーで出社し、最寄《もよ》りのコンビニで宅配便を送ってしまったからだ。もしまったく違う場所のコンビニに荷物を預けていたら、犯行を見抜けなかった可能性もある。

里香が話し出した。その顔は真っ青だった。

「最初はそうするつもりだった。でも実際に凶器の入ったあの箱を持って外に出た途端、急に怖くなってしまったの」

その気持ちはわからなくもない。何せ人を殺した直後なのだ。恐怖に駆られて当然だろう。しかも彼女には会社に行ってやらなければならないことが山ほどある。

「会社に行くのが先決だと思った。だから通りかかったタクシーを思わず呼び止めてしまっていた。でもこのまま凶器を会社に持っていくわけにはいかなかった」

社長が殺されたと判明すれば、警察が会社に捜査に来る可能性は高かった。実際、昨日は一日中刑事が会社にいて、社員から話を聞いたりしていたはずだ。その場に凶器を持ち込むのはリスクが高い。

「やっぱり言われた通りにやっておくべきだったわ。そうすればこんなことには……」

そう言って里香が唇を嚙み締めて下を向く。和馬は反応せずにはいられなかった。彼女に向かって質問する。

「河北さん、言われた通りとはどういうことですか？　共犯者がいるということですか？」

里香は答えなかった。もう一度問い直そうとすると彼女は顔を上げ、思いもよらないことを言い出した。

「今回の計画は買ったの。お金を払ってね」

「買った？　誰からですか？」

「知らないわよ。会ったこともないわ」

人を見た目で判断してはいけないが、この河北里香という女性がこれほど入念な犯罪計画を立てるタイプの女性には見えなかった。もし美雲の推理がなかったら、このまま物盗りの線を追い続けて捜査は長期化していたかもしれない。

「先輩、もしかして……」

美雲と視線が合い、和馬ははっと気がついた。金を払って犯罪計画を買い、それを実行する。つい先日も同じようなことがあったではないか。和馬は里香に訊いた。

「モリアーティですね。あなたはモリアーティと名乗るネット上の人物から計画を買った。そうですね？」

「ええ」と里香はうなずく。もはや開き直ったようで、その顔には自虐の笑みさえ浮かんでいる。「そうよ。そのモリアーティとかいう変な名前の奴から買ったの。高い金を払ってね。こんな計画、私の頭で考えられるわけないじゃない」

つい先日、品川区で発生した金子育美という主婦が殺害された事件。交換殺人による犯行であり、あの事件の実行犯、金子、樋口の両名もネット上でモリアーティと名乗る正体不明の者から計画を買ったと証言していた。捜査一課ではモリアーティの正体を追っているようだが、いまだに手がかり一つ摑《つか》めていないらしい。

　今回の計画もモリアーティの発案なのだ。先日の交換殺人といい、今回の強盗に見せかけた殺人事件といい、下手したら迷宮入りしてもおかしくない事件だ。かなり頭の切れる者の仕業だろう。何が目的で犯罪計画を売っているのか。その真意は定かではないが、絶対に野放しにしておくわけにはいかない要注意人物だ。何としてもモリアーティの正体を突き止めるべきだ。

「北条さん、班長に連絡だ。すぐに代々木署に彼女の身柄を移送する。それから……」

　スマートフォンの着信音が鳴り響いた。その音は河北里香の近くから聞こえてくる。里香はソファの上に置いてあるハンドバッグからスマートフォンを出し、画面を見て首を捻《ひね》った。

「出ないんですか？」と和馬が訊くと、彼女は「知らない番号だから」と答えた。やがてスマートフォンの着信音は鳴り止《や》んだが、今度は社長のデスクの上にある電話機が鳴り出した。

　どこか不穏な気配を感じた。美雲も同じように感じたらしく、真顔でデスクの上の電話機を見つめている。和馬は腕を伸ばして受話器をとり、それを耳に近づけた。

「人間というのは愚かな生き物ですね」

電話の相手は開口一番、そう言った。ボイスチェンジャーを使っているので性別は不明だ。和馬は声を押し殺して訊いた。

「誰だ？」

「モリアーティと申します。以後お見知りおきを、桜庭巡査長」

第三章　ゲームの天才

和馬は自分の耳を疑った。今、何と言った？　モリアーティと言わなかったか。

「お前、まさか……」

「そうです。私がモリアーティです。いい推理でした。そこにいる北条巡査を褒めてあげたいくらいです」

和馬はデスクの上に目をやった。河北社長が使っていたと思われるメモ帳が電話機の近くに置いてある。それを引き寄せて『盗聴器？』とペンを走らせた。異変を察した美雲がそれを見て顔色を変え、すぐに社長室の中の捜索を開始した。

「お前が河北里香に犯罪計画を売ったんだな」

「ええ、その通りです」と電話の向こうの何者かはあっさりと認めた。「二百万で売りました。口座などを調べても無駄ですから」

モリアーティと名乗る者は続けて語った。

「私の言う通りにしておけば、今回の事件は迷宮入りしていたはずです。犯罪というのは手間をかければかけるほど、より完全犯罪に近づくものなのです。怖くなったからタクシーに乗ってしまった、では駄目なんですよ」

美雲に肩を叩かれる。彼女が指で示した場所は来客用のソファの下だった。受話器を耳に当てたまま覗き込むと、ソファの下にシガーケースほどの大きさの黒い物体が見えた。おそらくあれが盗聴器だ。下手に動かさずそのまま鑑識に引き渡すのが賢明だろう。

「先日の交換殺人もそうです。実はあの事件、私の計画では二つの殺人事件を同日に発生させるはずでした。それを依頼人の都合で勝手に計画を変更した。彼らは捕まるべくして捕まったと言えるでしょう。まあ、交換殺人であることを見抜いたあなた方もお見事でしたが」

よほど警察の内部情報に詳しいようだ。先日の交換殺人を解決に導いたのが美雲の推理であることは一部の警察関係者しか知らないことだ。それにさきほどこのモリアーティと名乗る者は桜庭巡査長と自分のことを呼んだ。俺の名前も知っているということだ。

「さすがに二回連続して犯行を暴かれたら、私も黙ってはいられません。そう思ってお電話したんですよ、桜庭巡査長」

和馬は河北里香に目を向ける。さきほどまで自虐の笑みを浮かべていたが、今は俯《うつむ》いてしくしくと泣き出している。自分が犯した罪の重さにようやく気づき、意気消沈しているようだった。

「狙いは何だ？」和馬は単刀直入に訊いた。「なぜここに電話をかけてきた？　計画を見抜かれて悔しかったのか？　お前がどんな計画を立てようと、必ず警察がそれを見抜くぞ。日本の警察をなめるんじゃない」

「悔しかったのは正直に認めましょう。自尊心を傷つけられたのは久し振りですよ」

おそらくモリアーティは過去に何度も同じこと――つまりネットを介して犯罪計画を売っているだろうと和馬は思った。そしてそれらの事件はいまだに解決に至っていない可能性も高い。

「ゲームをしましょう。今から私は三つの問題を出します」

意味がわからない。ゲームとは何だ？　戸惑っていると電話の向こうでモリアーティが言った。

「ゲームには必ず参加しなければなりません。まずは今から私が言う住所に行ってください。そこに一問目があります」

モリアーティが住所を言い始めたので、和馬は慌ててその住所をメモした。荒川区《あらかわ》南千住《みなみせんじゅ》のアパートのようだ。

「回答期限は明日の正午までです。不正解、もしくは回答がなかった場合はペナルティを科します。では頑張ってください」

「待て。なぜ俺たちがそんなことを……」

呼びかけたが通話は一方的に切られてしまう。隣にいた美雲に通話の内容を伝えた。彼女も険しい表情で言った。

「とにかく指定された住所に行ってみるしかなさそうですね。班長たちが到着するまで時間がありそうなので、最寄りの交番に連絡して彼女の身柄を引き渡した方がいいですか？」

「うん、そうしてくれ。急いだ方がよさそうだ」

「わかりました」

美雲がそう言ってスマートフォンを操作し始めた。和馬は電話機の横のメモ帳を破りとった。モリアーティが示した住所が記されている。いったいここに何があるというのだろうか。

※

そのアパートは東京メトロ日比谷《ひびや》線南千住駅から徒歩五分ほどのところにあった。かなり古いアパートであることが外観からもわかり、いつ取り壊されてもおかしくないほど老朽化しているようだった。アパートの名前はつのだ荘といい、美雲たちがアパートの前に到着したのは午後四時を少し過ぎた頃だった。

さきほど西新宿の河北エステート本社の社長室において、モリアーティと名乗る者から電話があったのだ。ゲームをやるので、ここに来るようにという指令だったという。モリアーティというのはネット上で犯罪計画を売っている正体不明の人物だ。

指定された部屋は一階の一〇二号室だったが、玄関の鍵はかかっていた。ドアを叩いても内側から反応はなかった。表札の類いも出ておらず、ここに誰かが住んでいるかもわからなかった。

「先輩、どうします？」

「裏側に回ってみよう」

アパートの裏手に回り、一〇二号室の窓のもとまで行った。幸いなことに窓のロックはかかっていなかった。和馬が窓の中を覗き込んでから険しい顔をして言う。

「俺はここから中に入る。鍵を開けるから君は玄関に回ってくれ」

「わかりました」

再び玄関に向かう。鍵が解除されたのでドアを開けて中に入る。四畳半の部屋だった。部屋の隅に布団が敷かれ、その上に一人の女性が横たわっている。死んでいるのは明らかだった。何かが腐ったような臭いが漂っていて、それは美雲が初めて嗅ぐものだった。死臭というやつだろう。

和馬がハンカチで鼻を押さえているので、美雲もそれを真似《まね》る。和馬が遺体を観察して言った。

「死後一週間から十日ってところだな。　外傷はなさそうだ」

五十代から六十代の女性だ。特に苦しんだ感じでもなく、一見すると眠っているようにも見える。部屋は割りと片づいている。あまり家具というものがなく、テレビさえ置いていなかった。

部屋の中央に卓袱台《ちゃぶだい》があり、その上に一台の携帯電話が置いてあるのが見えた。ガラケーと言われる折り畳み式のものだ。携帯電話の下には一枚の紙片があった。和馬が手袋を嵌めた手で携帯電話をどかし、紙片を手にとった。そこにはこう書かれていた。

『第一問　私は誰でしょうか？』

これがクイズの一問目ということだろうか。問題を読んで美雲は和馬に向かって言う。

「私というのは遺体のことでしょうか？」

「多分そうだろうね。いずれにしても変死体だし、俺たちだけで捜査を進めるわけにはいかない」

和馬がそう言ってスマートフォンを出した。まずは南千住警察署に連絡するのだろう。事件性があった場合は捜査一課の出番となるが、まずは南千住署の捜査員、鑑識がどんな判断を下すかだ。

遺体の彼女がこの部屋の住人であれば、その素性を調べるのはそう難しくはないはずだ。不動産契約を結んでいるはずだし、免許証などの身分証明書もすぐ見つかることだろう。しかしそんなに簡単な問題を果たしてモリアーティが出題するだろうか。何か裏があると考えた方がいい。

そのとき卓袱台の上の携帯電話が鳴り出した。和馬はスマートフォンで通話中だった。彼がこちらに視線を向けてうなずいたので、美雲はその意味を理解して携帯電話を手にとった。すでに白い手袋は嵌めている。

「もしもし」

美雲がそう言うと電話の向こうで声が聞こえた。ボイスチェンジャーの声だった。

「北条巡査ですね。初めまして、モリアーティです。遺体を発見したようですね」

「ええ。たった今」

「明日の正午までに遺体の主を割り出してください。わかったらこの携帯を使って今通話中の番号までかけてくるように」

美雲は声に意識を集中させた。声には多くの情報が含まれているからだ。イントネーションで出身地を割り出すこともできるし、教養の程度なども推し量ることができる。しかしボイスチェンジャーで声が変わっているため、ほとんど情報を得ることはできなかった。綺麗な標準語だ。

「以上です。それでは」

「ちょっと待って……」

通話は切れてしまった。美雲は手にした携帯電話を調べてみることにした。電話帳の登録もなく、メールや画像の類いも残されていない。おそらくこのためだけに用意されたものだろう。モリアーティがそう簡単に自分に繋がる痕跡を残していくとは考えにくかった。注意深くて用意周到。それが美雲が思い描く犯人像だ。

「北条さん、気持ち悪くないか？」

刑事になって半年ほど経ち、もう何度も遺体を目にしてきたが、今回のように死後数日が経過した遺体を見るのは初めてだった。臭いはやはり気になるが、それでギブアップしているようでは刑事は務まらない。気合を入れて美雲は答える。

「大丈夫です」

「すぐに南千住署の捜査員が到着するはずだ。それまでに手分けして室内を探そう。彼女の身許《みもと》がわかるようなものを優先して探してくれ」

「わかりました」

時刻は午後四時三十分になろうとしている。明日の正午までにこの遺体は誰なのか、それを探り当てなければならないのだ。

※

部屋の借主は難なく判明した。伊藤美樹《いとうみき》という名前だった。このアパートの大家がそう証言したのだ。

すでに南千住署の捜査員が現場に到着し、捜査を開始している。鑑識の邪魔にならぬよう、和馬たちは表に出ていた。さきほど松永班長から電話があったので、遺体発見の経緯は説明してある。モリアーティの正体は本庁でも捜査対象となっているので、そのまま遺体の正体を追うようにという指示を受けた。代々木署に移送された河北里香は大人しく取り調べに応じているという話だった。

「桜庭さん、大家と話をすることができますが、いかがされますか？」

南千住署の捜査員にそう声をかけられ、有り難く提案を受け入れた。

「是非お願いします」

現場から五十メートルほど離れた場所にある一軒家に案内された。昔ながらの日本家屋で『角田《つのだ》』という表札があった。捜査員の説明によると、このあたりに土地や建物を所有している資産家で、現場となったアパートも角田家の所有する物件らしい。そういえばアパートの名前はつのだ荘だった。

玄関から中に入ると、六十代の男性が待っていた。彼が角田家の当主のようだ。南千住署の捜査員は引き返していき、和馬と美雲は家の中に案内された。和室に入って角田の話を聞くことになった。

「私も驚いてます。まさか伊藤のおばちゃんが亡くなっていたとはね」

「彼女のことをご存知だったんですね」

「ええ。長いですからね。もう三十年以上住んでいたんじゃないかな。私の父が生きてた頃から入居してました。実はあのアパート、老朽化が激しくてね、そろそろ建て替えようと思っていたんですが、伊藤のおばちゃんがいるから見送りにしていたんです」

伊藤美樹という名前は判明している。しかしそれを裏づけるものが一切ない。南千住署が到着するまで和馬と美雲は彼女の所持品を改めたが、免許証や保険証などの身分を示すものが何も見つからなかった。南千住署の捜査員も彼女の素性には疑問を抱いているという。荒川区の住民票にも記載がないとの話だった。

「ところで伊藤さんですが、荒川区には住民登録されていないようです。彼女が何者なのか、ご存知ありませんか？」

「そんなことだろうとうっすらと感じていました。彼女は大の病院嫌いだったんですが、何年か前に酷《ひど》い高熱を出したことがあったんです。家賃をもらいに行ったときにかなり衰弱してて、病院に連れていこうとしたんですが……」

彼女は動こうとしなかった。救急車を呼ぶと角田が言うと、私は保険証がないからやめてくれと言われたらしい。そのときに角田は何となく事情を察したという。もしかしてこの女性は住民登録をしていないのではないか、と。

「刑事さんも見たと思いますが、質素な生活を送ってました。若い頃はスナックで働いていたようですが、それを辞めてからは工事現場の清掃員などをしていました。最近ではそれもできなくなっていて、今年に入ってから家賃の支払いも滞ってたんです。年金ももらえないみたいだし、今後のことを役所の人と相談しないといけないなと思っていたんですが……」

角田はそこまで話して下を向いた。人情味のある大家らしい。これほど親身になってくれる大家というのも今のご時世では珍しいのではないだろうか。

「角田さん、彼女の素性について何かご存知ありませんか。出身地や家族の有無など、何でも結構ですので」

「父なら昔から伊藤のおばちゃんと仲良くしてたんで、少しはプライベートな話をしてたかもしれませんが、私はちょっとわかりませんね」

懇意にしている友人もおらず、部屋を訪ねてくる客の姿も角田は見たことがないという。

「勤務先はどうですか？」和馬は角田に訊いた。「彼女が働いていた清掃会社、若い頃に勤めていたスナック。何か心当たりはありませんかね」

「うーん、わからないな。スナックは北千住にあったと思うんだけど、店の名前まではわからない。清掃会社の方も知りません」

清掃会社ではいわゆる日雇い的な仕事をしていたと思われた。身分証明書がなくても雇う会社もあるという話を聞いたこともある。追うならスナックの方かもしれないが、北千住にどれだけのスナックがあるかと考えると気が滅《め》入《い》る思いだった。しかも期限は明日の正午なのだ。

これ以上、話を聞いても得るものはないかもしれない。そう思い始めたとき、隣で手帳を開いていた美雲が角田に訊いた。

「あのアパートから一番近い公衆電話はどこですか？」

「公衆電話？」角田が答える前に和馬は口を挟む。「北条さん、なぜ公衆電話の場所が気になるんだ？」

「亡くなった伊藤さん、携帯電話を持ってなかったですし、部屋にも固定電話はありませんでした。清掃会社とどうやって連絡をとっていたのかなと思いまして」

卓袱台の上にあった携帯電話はモリアーティが用意したものだ。たしかに彼女は外部とどのように連絡をとっていたのか、その手段は気になった。

「うちの電話です」突然、角田が立ち上がった。「伊藤のおばちゃん、うちの電話を使ってたんですよ。最近じゃほとんど携帯になったでしょう。うちの固定電話を一番使ってたのは伊藤のおばちゃんだったかもしれません」

和室から出て玄関まで向かう。玄関の近くに棚が置いてあり、そこに一台の電話機が置いてあった。角田が説明する。

「使ったら必ず十円玉を一枚、電話機の横に置いていきました。伊藤のおばちゃん、結構律儀なところがあったんです」

何の変哲もないプッシュホン式の電話機だった。通話記録を電話会社に問い合わせてみるべきだろう。念のために持ち上げてみると、裏側に付箋が貼ってあるのが見えた。付箋には電話番号が記されている。それを見た角田が言った。

「私の家族ではないですね。この電話はほとんど使わないんで。多分伊藤のおばちゃんのものじゃないかな」

携帯電話の番号だった。和馬はスマートフォンを出し、その場で電話をかけてみた。しかしいっこうに繋がらない。留守番電話にも切り替わることはなかった。

伊藤美樹と名乗っていた、謎の女性。彼女に繋がる唯一の手掛かりは、現時点ではこの携帯番号だけだった。

※

自宅マンションに帰ってくると鍵が開いていた。閉め忘れたということはない。華はドアを開けて中に入る。見慣れぬ二組の靴が並んでいて、それを見て華は溜め息をついた。しかし杏は逆に嬉しそうにリビングに向かって走っていった。華も買い物袋を手に奥に向かう。

「おお、杏ちゃん。おかえり。今日も保育園楽しかったか？」

「うん、楽しかったよ。ジジ、それ何？」

「お土産だ」

リビングには父の尊と母の悦子がいて、まるで我が家にいるかのように白ワインを飲んでいる。この二人を前にしたらオートロックもドアの鍵も意味がない。

「急にどうしたの？」

華がそう言うと尊が杏を抱っこしながら答えた。

「夕飯でも一緒に食おうと思ってな」

「だったら早めに連絡してくれないと。用意してないよ」

さきほど和馬からのメッセージを受信した。事件が起きたらしく、今日は戻れないかもしれないという内容だった。夕飯は豚肉の生姜《しょうが》焼きを作る予定だったが、華と杏の分しか食材はない。

「華、心配するな。準備してある」

「盗んだものなら杏に食べさせないわよ」

「心配するな。お、来たんじゃないか」

ちょうどそのときインターホンが鳴った。壁のモニターで返事をすると帽子を被った男がこちらに向かって言った。「ピザ・アルバトロスでーす。ご注文の品をお届けに参りました」

オートロックを解除する。しばらくするともう一度インターホンが鳴ったので、華は玄関先で宅配ピザを出迎えた。尊も悦子も代金を支払ってくれそうな気配はない。華は仕方なく支払い、ピザの箱を受けとってリビングに持っていく。

「お、旨そうだな。熱いうちに食べよう、杏ちゃん」

「うん。ジジの分もとってあげるね」

「杏ちゃんは優しいな」

あまり宅配ピザなど頼まないので杏も嬉しそうで何よりだった。ピザを食べながら母に訊く。

「お土産って、どこか行ってたの？」

「お父さんと二人で京都にね。生八ツ橋よ。華、好きでしょ」

「京都に何しに行ったのよ」

「敵情視察ってところかしら。渉ってば本気であの子と一緒になるつもりらしくて、京都の実家に挨拶に行ったのよ」

あの子というのは北条美雲のことだろう。和馬の後輩刑事であり、京都の有名な探偵事務所の一人娘だ。二人の仲が進展していることは母や和馬から聞いている。

「でも意外だったのは渉の態度よ。『僕は美雲ちゃんと結婚したい』とか言っちゃって、手を繋いでどっか行っちゃったのよ。あの子、遅い反抗期がやってきたみたい」

反抗期とは少し違う。兄は十代からずっと部屋に引き籠もっていて、それが反抗期だったと華は考えている。しかし常識のない母にはそうは見えないのだろう。部屋に引き籠もっていた兄のことを、素直で大人しい息子だと捉えていた節がある。

「でもお兄ちゃんが本気だったらどうするつもり？」

「いくら渉が本気でも、向こうの両親が許すわけないじゃないの」

それはそうだ。三雲家はLの一族と呼ばれる泥棒一家で、それを先方が知ったら娘の結婚など許すはずがない。自分が警察一家の長男である和馬と結婚できたのはまぐれのようなものなのだ。

「おお、杏ちゃん。俺と同じ食べ方をするんだな。杏ちゃんのくせに餡《あん》が嫌いというのが面白い」

杏が生八ツ橋に手を出していた。中身の餡だけを皿にとり出し、皮の部分だけを美味しそうに食べている。尊が笑みを浮かべて同じように生八ツ橋を食べ始めた。

「お父さん、変なこと教えないで」

「俺は教えてない。杏ちゃんが自発的にやったんだ。やっぱり血は争えないものだな。孫が俺と同じ食い方をするとはな」

「なに感慨深そうに言ってんのよ」

「そういえばこれがポストに入ってたぞ」

尊が封筒を出してきた。勝手に娘の部屋のポストを開けないでほしい。華は溜め息をつきながら封筒を受けとった。差出人の名前はない。どこか気になる封筒だ。封を開けると中から一枚のＤＶＤが出てきた。表面に何も書かれておらず、少し不気味だった。

「ＤＶＤだな。やらしいやつか？」

「やめてよ。杏の前で」

再生するのが少し怖い。内容もわからないし、送り主の意図もわからないからだ。しかし早めに内容だけは確認しておきたい。たとえば和馬の事件捜査に関する情報提供だったりするかもしれないからだ。

一人のときに見るより、父と母がいた方がまだいいかもしれない。華は立ち上がり、隣の部屋に行ってノートパソコンを起動させた。ケースから出したＤＶＤをセットする。しばらくして映像が流れ始めた。

どこかのバーのようだ。やがて画面に一組の男女が映った。それを見てはっと息を飲む。男性の方は和馬だった。一緒にいるのは髪が長い美人の女性で、二人は笑みを浮かべて談笑している。音声が入っていないので何を話しているのかわからないが、少なくとも昨日今日の間柄ではないことは伝わってきた。

和馬が着ているワイシャツの色とネクタイの柄からして、比較的最近の映像であることがわかる。そういえば昨日、帰ってきたとき酒臭かった。昨夜の出来事かもしれない。

「お、和馬君じゃないか。それが浮気相手か？」

気がつくと背後に尊が立っている。絶対に杏には見せられない映像だが、幸い杏はリビングで悦子と一緒にいるらしい。画面を見て尊が言った。

「おい、華。泥棒の娘が旦那を泥棒猫に盗られたんじゃ洒落にならんだろ」

言い返したいところだったが、反論することができなかった。この女性はいったい誰なんだろうか。和馬とはどういう関係なのだろう。和馬と一緒になって以来、華は初めて彼に対して疑念を抱いた。

※

目が覚めると低い位置に天井が見えた。警視庁の仮眠室の簡易ベッドだ。和馬はベッドから抜け出し、洗面所で身支度を整えてから捜査一課に向かった。時刻は午前七時前だった。

昨夜は帰宅していない。一晩中、つのだ荘で発見された遺体の身元確認をおこなっていたが、いまだに決定的なものは出てきていない。

まだ朝が早いので捜査一課はほとんど無人だ。そんな中、自分のデスクに突っ伏して眠っている一人のうら若き女性の姿が見える。北条美雲だった。和馬は買ってきた紙コップのコーヒーを彼女のデスクに置いた。その音に気づいたのか、彼女が起き上がって目をこすりながら言う。

「あ、おはようございます」

「おはよう」

美雲のデスクの上には何冊もの電話帳が置いてある。資料室から運び込んだものだった。実は伊藤美樹（仮名）の遺体から、一枚の写真が発見されていた。大事そうに懐に抱いていたと南千住署の捜査員は言っていた。

すでにコピーをもらってある。かなり古い白黒写真だった。一組の男女が娘と一緒に写っていて、その娘こそ伊藤美樹（仮名）だと思われた。ということは一緒に写っている男女は彼女の両親ということだ。七五三ではないかと推測され、背景からきちんとした写真館で撮られた写真だとわかる。撮られた日付などはわからないが、写真の隅に置かれた木箱に『大村《おおむら》写真館』と書かれているのがかろうじて読め、それが唯一のヒントだった。そこで都内近郊にある大村写真館を当たってみようということになり、こうして電話帳を引っ張り出してきたというわけだ。

「調べてみたんですが、それらしいのはありませんでした」

美雲が残念そうに言う。和馬は言った。

「まあ仕方ない。今は電話会社からの回答を期待するしかないね」

大家の角田家の電話機に貼られていた付箋のことだ。そこに記された携帯番号の登録者、及び角田家の固定電話の通話記録に関しては、昨夜のうちに電話会社に問い合わせ済みだ。できれば午前中のうちに回答が欲しいので、九時くらいになったら再度問い合わせてみようと考えている。

自分のデスクに座り、コーヒーを啜りながらパソコンを起《た》ち上げる。外部から一件の電子メールを受信していた。送ってきたのは南千住署の捜査員だった。内容を読み、それを美雲に伝えた。

「北条さん、昨日の遺体の死因は毒物摂取によるものらしい。遺体から向精神薬の成分が検出されている。どこで入手したものか不明だが、彼女はそれを過剰に服用して亡くなったようだ。それと……」

正確な所見は今後になるが、かなりガンが進行していたという。すでに多くの臓器に転移しており、放置しておけば数ヵ月以内に亡くなっていただろうというのが監察医の見解だった。

「向精神薬ですか」美雲が紙コップを手にして言う。「どこで手に入れたんでしょうか？　あの生活ぶりからして、彼女が自分のお金で手に入れたとは思えません」

向精神薬。鎮痛剤や麻酔薬などの総称だが、治療薬としての側面もある一方、使い方を間違えれば危険薬物、ドラッグにもなり得るし、ときとして命を奪うこともある。

「俺は自殺だったんじゃないかって考えてる。何となくそんな気がするんだよ」

「何者かが彼女に致死量を超える薬を渡し、これを飲めば楽になれると囁《ささや》く。彼女は苦痛から解放されることを望んだんでしょうね。私も先輩の考えと同じです」

詳しい死因については今後も南千住署が捜査を続けていくことになるだろう。問題は彼女の素性だ。約束の正午まであと五時間を切っている。

和馬はスマートフォンを出した。昨日から何度も呼び出している携帯番号にかけてみた。角田家の固定電話に貼られていた番号だ。すでに十回以上は電話をしているが、留守電にも切り替わらないし、折り返しかかってくることもない。

今度もどうせ繋がらないだろう。そう思っていたが、いきなり三コール目で通話状態となった。電話の向こうで女性の声が聞こえた。

「……もしもし？」

疑っているような声だ。和馬はその場で姿勢を正して相手に向かって言う。

「私は警視庁捜査一課の桜庭と申します。昨夜から何度も電話をして申し訳ありません。恐れ入りますがしばらく私の話を聞いてください。お願いします」

「……わかりました」

和馬は説明した。南千住のアパートで女性の遺体が発見され、その遺体の素性について調べていることを。電話の向こうで女性は黙り込んで和馬の話に耳を傾けている。

「生前、彼女がこの番号に電話をかけていることを知り、何度もお電話させていただきました。できればお会いしてお話をお聞きしたいのですが、よろしいでしょうか」

しばらく間があった。祈るような思いで和馬は返事を待った。やがて電話の向こうで女性が言った。

「わかりました。私でよければ」

「ありがとうございます。どちらに伺えばよろしいでしょうか」

「それでしたら……」

和馬は手元にメモを引き寄せ、女性が口にした待ち合わせ場所を記入した。

その女性は田中朱美《あけみ》と名乗った。場所は北区《きた》田端《たばた》にある喫茶店だ。田中朱美は五十代後半とおぼしき女性だった。伊藤美樹（仮名）とは北千住のスナックで一緒だったらしい。

「私はもともと北千住で〈アカシア〉というスナックを経営していました。経営っていっても狭い店でしたけどね。母から譲り受けた物件です。母も早くに他界したので、私ともう一人の女の子の二人で店を切り盛りしてました。あれはいつのことだったかしら。私が二十二、三歳、彼女が二十五歳くらいのときだったと思います。私の店の近くにうどん屋さんがあったんですけど、そこで偶然隣り合わせの席に座ったのが彼女でした」

たまたま相席しただけだった。しかしうどんを食べ終えたあと、その女性が不審な動きをするようになった。

「すぐにピンと来ましたよ。私だって伊達《だて》に水商売をやってるわけじゃありませんしね。うどん代は私が払ってやって二人で店を出てから話をしました」

　彼女の身の上話を聞いた。それなりに裕福な家庭に育ってきたものの二十歳のときに父が事業に失敗して多額の借金を負うことになり、一家は離散した。彼女は一人で転々としながら暮らしてきたが、二ヵ月前にウェイトレスの仕事を馘《くび》になり、所持金が底をついてしまったとのことだった。

「私が名前を訊いたら、黙ってしまったんですよ。これは訳ありだなってすぐ察しました。そしたら伊藤美樹って彼女が言ったんです。すぐに偽名だってことはわかりました。少し前にキャンディーズが流行っていたんですよ。ランちゃん、スーちゃん、ミキちゃん。そのうちの伊藤蘭《らん》と藤村《ふじむら》美樹。それで伊藤美樹。多分私の勘は外れていないと思いますよ。二人で話しながら歩いていたとき、ちょうど電気屋のラジオからキャンディーズの曲が流れていたから」

　泊まるところもないと言っていたので、朱美は伊藤美樹を自宅に連れてきた。遠慮せずに彼女がついてきたのは、それほど困窮していたということだろう。

「ちょうどもう一人の女の子が妊娠を機に辞めたいって言ってたんで、これは都合がいいって話になったんですよ。器量はいまいちだったけど、よく気が回る子だったたんですぐに店にも馴染みました」

　それ以来、伊藤美樹はスナック〈アカシア〉で働くようになった。仕事を始めて二ヵ月後に南千住のつのだ荘というアパートで一人暮らしをするようになった。店の男性客と何度か恋仲になったこともあったようだが、結婚まで発展することなく、十五年ほどの歳月が流れていった。

「私が結婚して、店を閉めることになったんです。今から二十年くらい前で、多分美樹ちゃんが四十歳くらいのときだったと思います。美樹ちゃんは店の常連客が経営する小料理屋で働くことになったんですが、そこも五年くらいで店が潰れたはずです」

それから先は音沙汰もなかったが、風の噂では日雇いの仕事や内職をしながら何とか生活しているという話だった。二、三年前に北千住の街でばったり出くわして、そのときに朱美は彼女に携帯番号を教えた。以来、一ヵ月に一度くらいの割合で彼女から電話がかかってくるようになった。会話の内容はさして中身のあるものではなく、昔話がほとんどだった。

「なるほど。お話はわかりました」彼女の話を聞き終え、和馬は質問した。「ここ最近、伊藤さんから何か話は聞いていませんか。たとえばですけど、急に知らない人に声をかけられたとか、もしくは旧友に出会ったとか、そんな話です」

「特にありませんね。刑事さん、美樹ちゃんはどうして亡くなったんでしょうか？」

「遺体が発見されて間もないので、死因はまだわかっていません。ところで亡くなられた伊藤さんですが、田中さんの想像通り、彼女の素性ははっきりとわかりません。

何かご存知ありませんか。彼女の正体――本名や出身地に繋がるヒントなら何でも構いません」

藁《わら》にもすがる思いだった。現在のところ、あの遺体の正体にもっとも近い位置にいるのが田中朱美のような気がした。彼女が何も知らないとなると、それこそ完全にお手上げだ。

「本名はわからないわね。出身地は都内だと思う。あれはいつのことだったかしら。店のテレビで寅《とら》さんが放送されてたときに、美樹ちゃんが懐かしそうな顔をして観ていたの。常連客の一人が声をかけたら、『昔住んでたから懐かしい』って言ったのよ。あの子が自分のことを話すのは珍しかったから、記憶に残ってるわ」

映画『男はつらいよ』シリーズのことだろう。葛飾《かつしか》区柴又《しばまた》が舞台になっている作品だ。彼女の出身地は柴又周辺と考えてもいいのかもしれない。

角度を変えてあれこれ質問を重ねてみたが、具体的な情報を得ることはできなかった。彼女の半生は浮かび上がったが、素性に繋がる決定的な何かを摑めていない。

「ありがとうございます。何か思い出したことがあったら、またご連絡ください」

田中朱美に礼を言い、和馬たちは喫茶店を出た。時刻は午前九時三十分を回っている。駅に向かって歩き始めたが、隣を歩く美雲も無言だった。モリアーティが提示した回答期限は正午だった。それまでに正解を出せない場合はペナルティを科すと言われた。いったいどんなペナルティなのか。まったくわからなかった。

「……もしもし、私よ。進捗状況はどう？」

美雲がスマートフォンを耳に当てて話し始めた。誰かから電話がかかってきたようだ。

「葛飾区内の可能性が高いわ。……えっ、本当に？　それは間違いないのね。……わかったわ。ありがとう、恩に着るわ」

通話を切った美雲が不敵な笑みを浮かべて言った。

「先輩、わかりましたよ。大村写真館です。葛飾区柴又にあったみたいです」

※

次に美雲たちが訪ねたのは京成金町《かなまち》線の柴又駅から徒歩で十分ほどのところにあるコンビニエンスストアだった。現在のコンビニのオーナーはかつて大村写真館を経営していたが、バブル景気の頃に自宅を三階建てのビルに建て替え、一階でコンビニ業を始めたらしい。

猿彦のお陰だった。昨日、亡くなった伊藤美樹（仮名）の家族写真を見つけたとき、すぐに美雲は猿彦に対して指示を出した。店仕舞いをしたものも含め、かつて関東近郊で営業していた大村写真館という名前の店を探してくれと。田中朱美が教えてくれた葛飾区柴又という土地もヒントとなり、ようやく辿り着くことができたのだ。

「お電話くださった方ですね。こちらへどうぞ」

事前に連絡してあったので、コンビニの店員に告げると二階の来客室へと案内された。一人の老人がそこで待っていた。彼がコンビニの経営者である大村だった。年は七十を超えているだろうが肌艶もよく、コンビニの制服を着ていることから、今でも店に出ていることが窺えた。

「早速ですが、こちらの写真をご覧になってください」

そう言って和馬は写真をとり出した。例の家族写真だった。大村は目を細めて写真を見て言った。

「うちの写真ですな。間違いありません」

「そこに写ってる家族に見憶えはありませんか？　女の子の名前を調べているんです」

「どれどれ」そう言って大村は老眼鏡をかけた。まじまじと写真を見てから首を捻った。「うーん、ちょっとわかりませんな。うちで撮った写真であることは間違いないんだが。六〇年代半ばかな。七〇年代に入ると一気にカラー写真が普及していったんだ。いい時代だったよ」

収穫なしか。和馬が肩を落とすのが見えたが、それでも先輩刑事は食い下がった。

「どんな些細な点でも結構です。その親子について何かご存知ありませんか？」

「申し訳ない。間違いなくうちで撮った写真なんだけどね。私か、もしくは親父が撮った写真だと思う。これ、七五三のお祝いだろう。七五三は忙しくてね、一日に何組も撮るんだよ」

それはそうだろうなと美雲も思った。しかも今から五十年以上前の話なのだ。忘れ去ってしまうのも無理はない。

「そうですか。お手数おかけしました」

和馬がそう言って頭を下げたので、美雲も軽く頭を下げる。こちらの無念さが伝わったのか、大村は写真を手に立ち上がった。

「近くに仲間が集まってる場所があるんだ。そこで聞いてみるよ」

大村に案内されたのは近所にある公民館だった。いろいろな教室が催されているようで、ロビーのような場所に隠居した老人たちが集まってお喋りしている。とても楽しそうだ。

大村が出した写真が老人たちの間を回されていく。すると一人の男性が手を挙げた。

「見たことあるよ。名前は忘れちゃったけどね。何度か一緒に仕事をしたことがあったと思うぜ」

　話を聞くと男は長年大工をしていて、その関係で知り合ったという。

「ここまで出てきてるんだよ、ここまで」元大工の男が喉を指でさして言う。「まどろっこしいな、まったく。ええと、なんつったかな」

「どれ、ちょっと私にも見せてよ」

　そう言って隣に座っている女性が写真をとった。元大工の妻かもしれない。女性は写真を見て言った。

「ああ、マミヤさんじゃないの」

「そうだ、マミヤさんだ。喉に引っかかってた小骨がとれた気分だぜ」

　詳しい話を聞く。この一家の名前は間宮《まみや》といい、この近くで建設会社を営んでいた夫婦だった。元大工の男も何度か雇われたことがあるという話だった。

「結構羽振りがよかったんだが、あれはいつだっけかな。夜逃げ同然でいなくなっちまったんだよ。そこに写ってる娘さんが十九、二十歳の頃だったような気がするな」

「その娘さんの名前、憶えておいでですか？」

　和馬が訊くと元大工の男は首を捻ったが、その妻らしき女性が憶えていた。

「レイコって名前だったと思うわ。礼儀正しいの礼子ね。従姉妹《いとこ》と同じ名前だったから憶えてるの」

間宮礼子《れいこ》。思わず美雲はその場に硬直していた。隣を見ると和馬も険しい顔をしている。あの遺体が間宮礼子。そんなことがあるのだろうか。

五ヵ月前、一人の無期懲役の受刑者が仮釈放となり、栃木刑務所から出所した。その女性の名前は間宮礼子といった。彼女の仮釈放には裏の力が働いており、美雲たちもその事件に関与していたのだ。

間宮礼子は今から三十一年前に自らが率いていた詐欺グループを摘発され、警察から逃走している途中で追いかけてきた警察官一名を射殺し、その場で逮捕されていた。獄中で知り合った刑務官と結婚し、今では岩永《いわなが》礼子という名に変わっている。夫の岩永は妻を仮釈放させるために罪を犯し、今も裁判が続いていた。その罪は殺人罪など複数に及び、無期懲役は確実、場合によっては死刑判決も出るだろうと言われている。しかし妻の間宮礼子は出所後の足どりはまったく摑めていなかった。

「間違いなさそうですね、先輩」

「そうだな」

美雲たちは葛飾区役所の前にいた。今、戸籍住民課で間宮礼子の住民票を確認してきたところだった。間宮礼子は父の徳三《とくぞう》、母のトミの長女として生まれていて、昭和四十年代に荒川区から転出していた。転出先は品川区だった。

「どういうことでしょうか？　つのだ荘で亡くなった遺体は間宮礼子ってことですよね」

「ああ」と和馬は返事をした。「さっき公民館で会った元大工の証言を覚えてるだろ。夜逃げ同然で姿を消したという話だった。おそらく借金を抱えていたと考えて間違いない。金策のために売れるものなら何だって売ったんじゃないかな」

金目のものはもちろんのこと、戸籍までを人に売り渡したということだ。つまり栃木刑務所から仮釈放になった間宮礼子とは、間宮礼子の戸籍を買った偽者なのだ。いや、偽者という言い方はおかしいかもしれない。間宮礼子という戸籍を長年使って服役までしているのだから、彼女こそが間宮礼子だとも言える。

「どうしてでしょうか？　なぜ仮釈放になった間宮礼子は偽の戸籍で名前を偽っていたんでしょうか？」

「どうだろうね。いろいろな事情があるんじゃないかな。たとえば彼女は外国人で、金を使って戸籍を入手した、とかね」

それは真っ先に美雲も考えた。日本国籍が欲しい外国人が違法な手段で戸籍を入手したという可能性だ。

「でも信じられません。彼女——仮釈放になった方の間宮礼子ですが、なぜ偽名であることを見抜けなかったんでしょうか。普通わかるはずじゃないですか」

「おそらく免許証も偽造していたんだろ。偽造というより、間宮礼子本人として免許を取得していたんじゃないかな。そうだったらお手上げだろ。要するに彼女こそが間宮礼子なんだよ」

そういうものかもしれない。納得できたわけではないが、理解はできるような気がした。逮捕された本人が免許証を所持し、自分の名前を間宮礼子だと名乗る。それを疑えというのは難しいかもしれない。

「でもこれで間に合いましたね」

美雲はスマートフォンで時間を確認した。時刻は午前十一時三十分になろうとしていた。モリアーティが出した回答期限まであと三十分を切っている。

つのだ荘で発見された遺体のそばに置かれた紙片には『私は誰でしょうか？』と書かれていた。彼女の正体は間宮礼子だ。

「先輩、どうしました？」

和馬の様子がおかしいことに美雲は気づいた。やけに険しい顔つきで考え込んでいる。おそらく仮釈放後に行方をくらませている女性のことを考えているのだろう。彼女が偽名を騙《かた》っていたというのは、それはそれで十分に衝撃的だ。上層部に報告しなければいけない新事実だ。

「いや、何でもない。とにかく電話してみよう」

和馬はそう言って頭を振り、スーツの内ポケットに手を入れた。

※

腋《わき》の下に冷たい汗が流れるのを和馬は感じていた。五ヵ月前、仮釈放になった間宮礼子という女性。その女性が偽名を騙っていたことを和馬は知っていた。華から教えられたのだ。

三雲玲。それが仮釈放となった女の本当の名前だった。彼女は華の伯母に当たるのだ。

和馬個人としては、今回の一件――つまり本物の間宮礼子が若い頃に戸籍を売り渡したという事実は表に出したくなかった。受刑者、間宮礼子は間宮礼子のままでいてほしいというのが正直な思いだった。彼女が三雲玲であることは絶対に明らかになってはいけない。それが表に出るというのは、すなわち三雲家の秘密が明らかになることを意味している。

「先輩、大丈夫ですか？」

「あ、ああ。大丈夫だ」

和馬は携帯電話を開いた。昨日つのだ荘で発見した遺体のそばで見つかったものだ。着信履歴にある番号だけが、現時点で唯一モリアーティに繋がる糸だった。

和馬はその番号を呼び出して通話ボタンを押した。五回ほどのコールのあと、通話は繋がった。昨日と同じくボイスチェンジャーを通じた声が聞こえてくる。

「もしもし」

「桜庭だ。答えがわかったぞ」

「遅かったですね。いいんですか？　間違ったら即ペナルティですよ」

ペナルティとは何か。それを知りたいと思ったが、教えてくれるわけがないだろうと思った。それでも念のために訊いてみる。

「ちなみにペナルティって何だ？」

「それは秘密です。さあ、答えを言ってください」

和馬は大きく深呼吸してから言った。

「遺体の正体は間宮礼子だ。現在では伊藤美樹という偽名を名乗っている」

電話の向こうでやや沈黙があった。たった数秒のことだが、それがやけに長く感じられた。息を殺して待っていると電話の向こうでモリアーティが言った。

「正解です」

胸を撫で下ろす。和馬は隣にいる美雲に向かってうなずいた。彼女も安堵した顔つきだった。

「いいでしょう。では次の問題です」

「待て。いったい何が目的なんだ。いつまでこんなことを……」

「第二問です。次に殺されるのは誰か。そしてその者はなぜ殺されなくてはならないのか。それが問題です」

「おい、それは……」

そんなのわかるわけがない。和馬は言葉を続けようとしたが、電話の向こうでモリアーティが言った。

「期限は明日の正午まで。もし問題が解けなかった場合、あなた方の負けです。私は標的を殺害します」

殺害予告だった。明日の正午までに標的を探せというのがモリアーティの要求なのだ。普通ならば無理だ。ヒントがなければ不可能だが、実は和馬は自分が大きなヒントを得ていることに気づいていた。それは美雲にも言えないことだ。

「しかしさすがにノーヒントでは厳しいでしょうから、一つキーワードとなる人物の名前を教えて差し上げましょう。タカスギリュウヘイです」

タカスギリュウヘイ。どこかで聞いたことがあるような気がするが、現時点では思い当たる人物はいなかった。

「それでは健闘を祈ります。答えがわかったらご連絡ください」

通話は切れた。しばらく呆然としていた和馬だったが、「先輩」と呼びかけられて我に返る。モリアーティとの通話の内容を美雲に伝えた。それを聞いた彼女はつぶやくように言う。

「タカスギリュウヘイ……ですか」

美雲も首を傾げている。彼女も心当たりがないらしい。いずれにしても手をこまねいているわけにもいかない。明日の正午までにこの問題を解かなければ、どこかで誰かが殺されてしまうのだ。しかし──。

「先輩、どうしましょうか？　いったん警視庁に戻った方がいいかもしれませんね。班長にも報告しなければなりませんし」

「うん。そうだな……」

最初にモリアーティから電話がかかってきたときのことを思い出す。モリアーティは俺のことを『桜庭巡査長』と呼んだ。そのときはモリアーティなる人物は警察の内部事情に通じている人物だと予想しただけだったが、今になって思うとモリアーティは最初から自分に狙いをつけていたのではないかと思われた。

そして今日、その疑念が大きく膨らんだ。つのだ荘で発見された遺体は間宮礼子という女性だった。正確には三雲玲に戸籍を売った女だ。そう、この事件には華の伯母である三雲玲が関与しているのだ。

三雲玲。彼女のことはほとんど知らない。三十年服役し、刑務官を操って仮釈放となった謎の女だ。実は和馬はすでに確信に近いものを感じている。モリアーティの正体は三雲玲ではないだろうか。

モリアーティはネットを通じて犯罪計画を売っており、その存在が明らかになったのはつい最近のことだ。五ヵ月前に仮釈放となった三雲玲が、モリアーティと名乗って犯罪計画を売り始めた。それが和馬の想像だ。

これ以上、この事件を調べることは、すなわち三雲家の歴史に踏み込むことを意味している。彼らの存在を外部に晒《さら》してしまうことにもなりかねない。何とも頭が痛い問題だ。

「先輩、どうします？　警視庁に戻りますか」

美雲が重ねて訊いてくる。和馬は額の汗をぬぐった。バス停のベンチが見えたので、和馬はそこに向かって歩き、ベンチに座った。

「先輩、大丈夫ですか？　顔色が悪いみたいですけど」

美雲が声をかけてくる。和馬は答えた。

「ちょっと気分が悪いんだ」

いったん美雲と離れたかった。今回の事件——モリアーティの企みをあぶり出すためには、三雲家の核心に触れる必要があるからだ。できれば自分一人で行動したい。

そう思った。

「どうしましょう？　どこかで休憩した方がよさそうですね」

「いったん自宅に帰ろうと思う。シャワーを浴びて仮眠でもとればよくなると思うんだ」

「そうですか。それがいいかもしれませんね」美雲は疑うことなく同調してくれる。

「じゃあ私は警視庁に戻ってタカスギリュウヘイという男の素性について調べてみます」

「頼む」

「あと班長にも報告しておきますので」

「本当にすまない」

和馬は立ち上がった。後ろには背中を支えるように美雲が寄り添っている。通りに出た和馬は走っていた空車のタクシーを呼び止めた。

「回復したら連絡するから」

「お大事に。先輩」

タクシーが発進する。心配そうな顔で見送っている美雲が見える。ごめん、北条さん。和馬は声には出さずに後輩刑事に詫《わ》びの言葉をかけた。

※

「殺害予告だと？　本当なのか、それは」

「ええ。間違いありません」

美雲は警視庁に戻り、直属の上司である松永班長に報告した。松永は少し頼りないところもあるが、面倒見のいい上司だ。働き易い環境を作ることに関しては有能だと美雲も常日頃から感じている。

「それで桜庭の具合はどうなんだ？」

「いったん帰宅しました。数時間休めばよくなると本人は言ってました」

彼が芝居をしていることを美雲は見抜いていた。どういうつもりかわからないが、彼の様子が急変したのは南千住で発見された遺体が間宮礼子だとわかったあたりだ。何やら険しい顔をして考え込むようになったが、その変化に気づかぬほど鈍感ではない。なぜ彼が嘘をついてまで私と別行動をしようと思い立ったのか。気になるので一応手は打ってある。

「そうか。こっちも人手が足らんというのに弱ったな」

現在、松永班では大きな事件は抱えていない。しかし昨夜、新宿でトラックが暴走して怪我人が出る騒ぎが起きていた。トラックの運転手も逮捕されており、幸い死亡者はいなかったようだが、怪我人が八名に及んでいた。さらにトラックによって破損した乗用車や店舗も多数あることから応援が必要となり、松永班も駆り出されているという。

「殺害予告が本当なら放ってはおけんな。北条、真偽のほどを調べてみてくれ。場合によってはほかの者も捜査に当たらせよう」

「了解しました。先輩にも伝えておきます」

報告を終え、美雲はパソコンのもとに向かった。警視庁のデータベースにアクセスできるパソコンだ。過去に警視庁管内で発生した事件がデータ化されており、前歴者などを検索できるシステムだった。

『タカスギリュウヘイ』と打ち込んで検索をかけてみたが、該当するデータは見当たらなかった。早くも挫折したが、そう簡単に行くわけないと思っていたので落胆はない。

まずはタカスギリュウヘイというのが何者なのか。それを知るのが先決だ。たとえば都内の区役所、市役所の戸籍担当課に問い合わせるという手もあるが、回答は明日以降になると考えられた。最近は個人情報保護の関係から電話での問い合わせには一切応じず、書類での回答というのが一般的だ。役所に問い合わせをしている時間はない。

どこかにヒントがあるはずだ。そうでなければわざわざ名前を出したりしないだろう。美雲はパソコンの画面を見つめて腕を組む。

犯人の真意を読む。それが捜査に臨むときの美雲の基本的な考え方だった。なぜ犯人はこの凶器を使ったのか。なぜ犯人はこの時間帯を選んだのか。なぜ犯人は……。なぜ犯人は……。

犯人の行動パターンを犯人と同じ視点で読み解くことにより、事件解決の糸口が見つかるのだ。

では今回のケースを考えてみる。なぜモリアーティは私たちに標的を探させようとしているのか。いや、一つ前に戻るべきだ。なぜモリアーティは私たちに間宮礼子の遺体を発見させたのか。そこにモリアーティの真意が隠されているのではないか。キーワードは間宮礼子だ。遺体で発見された方の間宮礼子ではなく、仮釈放後に行方をくらませた間宮礼子だ。

美雲はデータベースから間宮礼子の情報を検索した。やはり重大事件だけのことはあり、彼女のファイルはきっちりとデータ化されている。美雲はファイルを読んだ。

事件が起きたのは正確には今から三十一年前だった。当時、間宮礼子は詐欺グループのリーダーと目されており、警視庁は内偵を進めていた。別荘販売と称して資産家に近づき、金を巻き上げるという手法だった。グループ内の役割分担がきちんとされていて、非常に統率されたグループだったようだ。いかに間宮礼子がリーダーとして優れた資質を有していたか、この点からも窺えよう。

およそ二年間に及ぶ内偵捜査の末、遂に詐欺グループの拠点が判明し、リーダーである間宮礼子という女性の顔も明らかになった。そしてガサ入れ当日を迎えることになる。

その日、詐欺グループの拠点となっている品川区内のマンションの一室において、グループの幹部たちが集まる定例会がおこなわれるという情報を事前にキャッチしていた。定例会には当然リーダーである間宮礼子も姿を見せることになっていた。捜査員たちは変装してマンションをとり囲み、ガサ入れの瞬間を待った。

幹部たち――見た目は普通のサラリーマン風の男たちが集まってくる中、いくら待っても間宮礼子の姿だけは確認できなかった。定例会の開始は午後一時からしいう情報だったが、二時になっても間宮礼子は姿を見せなかった。

業を煮やした警察側の主任捜査員は突入の号令をかける。雪崩《なだれ》のようにマンションの一室に突入し、中にいた男たちを一斉検挙する。一人の男を問い質《ただ》すと、リーダーの間宮礼子は遅れてやってくるとのことだった。

その同時刻、マンションの一階のエントランス付近を見張っていた捜査員の一人が不審な女性を目撃していた。彼女はマンションに入ろうとしたが、見張っている捜査員に気づいて背中を向けた。捜査員が追うと、彼女は走って逃げていく。追いつくのも時間の問題と思われたが、彼女は近くを走っていた主婦の乗る自転車を停め、それを奪って逃走した。

逃げた女性の身なりはすぐさま近隣の所轄署に伝えられた。捜査員たちは逃亡した間宮礼子の捜索に乗り出した。

午後三時三十分、品川駅前交番の二名の警察官がパトロールに出る。二人とも逃亡中の間宮礼子の情報を得ていた。二人の警察官はともに若く、まだ二十代だった。一人は高杉竜平《たかすぎりゅうへい》巡査（当時二十六歳）、もう一人は鈴木《すずき》武治《たけはる》巡査（当時二十三歳、のちに磯川《いそかわ》に改姓）だった。

見つけた。高杉竜平だ。

パソコンの画面を見ながら、美雲は内心快哉《かいさい》を叫ぶ。間宮礼子が逮捕された際、現場に居合わせた警察官の一人なのだ。美雲は資料を読み進めた。

高杉、鈴木、二名の警察官は自転車に乗ってパトロール中に不審な女性を発見、すぐさま追走した。彼女はホテルの立体駐車場に逃げ込んだ。そこで二人は彼女を追い詰めたが、女性が発砲。その銃弾が高杉竜平の胸に当たった。鈴木は果敢に彼女に飛びかかり、格闘の末、彼女を逮捕した。現場に救急車が到着したときにはすでに高杉巡査は死亡していたという。

以上が三十一年前の顚末《てんまつ》だった。間宮礼子が逮捕されたときの詳細は明らかになった。次にモリアーティが殺害するのは誰なのか。その答えを美雲は漠然と摑んでいた。

まずはモリアーティの正体だ。モリアーティとは間宮礼子ではないのか。美雲はそんな風に思い始めていた。根拠があるわけではない。ただの勘だ。しかしそう考えるといろいろと辻褄《つじつま》が合うのだ。本当の間宮礼子の遺体を発見させたり、高杉竜平の名前をヒントに出してみたりと、モリアーティの言動には常に間宮礼子の影がちらついている。

もしモリアーティの正体が間宮礼子であるなら、彼女の次の標的は自然と決まってくる。磯川武治だ。三十一年前、彼女を逮捕した警察官であり、それを機に警視庁捜査一課に抜擢《ばってき》された。当時は鈴木という姓だったが、上司の娘婿となり磯川に改姓、その後も順調にキャリアを重ねて今は刑事部長という要職に就く大物だ。実は五ヵ月前、間宮礼子は元刑務官の岩永をそそのかし、磯川部長を殺害しようとしていた。そのときは美雲らが事前にその計画を察知し、それを未然に防いでいた。

間宮礼子の標的が磯川部長であれば、問題はその動機だ。モリアーティが出した問題では動機まで言及するように指示があったらしい。自分を逮捕した警察官だから。それが動機だと思うが、そんなに単純なものだろうか。これほど簡単な問題をモリアーティが出してくるとは思えない。何か裏があると考えるべきだし、そのヒントとなるのが死んだ高杉という警察官なのかもしれない。

美雲は高杉竜平について調べるためにデータベースを検索したが、得られる情報はほとんどなかった。三十一年前に殉職した警察官の情報など、もはや残されていないということか。

美雲は考える。どうすれば高杉竜平のことを調べることができるか。新米刑事の自分には昔のことはわからない。古参の刑事なら知っているかもしれないが、誰に聞けばいいのかもわからなかった。こんなとき和馬がいてくれたら、彼の人脈を使うことができるのだけど。

美雲はあることを思いつき、スマートフォンを出した。ある番号を呼び起こして電話をかける。すぐに通話は繋がって眠そうな声が聞こえてくる。

「やあ美雲ちゃん、おはよう」

渉だった。彼と話すのは三日振りだ。先週末に京都から帰ってきて以来、連絡をとっていない。

「おはようございます。ていうかもうお昼過ぎなんですけど、寝てたんですか？」

「うん、まあね」

彼は主にネットで仕事をしているので、あまり時間に囚《とら》われることはないらしい。ある意味で自由業だ。決まった時刻に出社し、決まった時刻に帰宅する。そういう生活とは無縁のようで、美雲には想像もできなかった。

「渉さん、ちょっと聞きたいことがあるんですけど」美雲は声を落とした。幸い誰も美雲のことを気に留めていない。「今、警視庁のデータベースを調べているんです。どうしても欲しい情報が見つからなくて。渉さんなら方法を知ってるんじゃないかって……」

渉は元ハッカーなので当然パソコンには詳しいはずだ。彼にデータの探し方を教えてもらうことはできないものか。美雲はそう考えたのだ。それならば法に触れることはないし、刑事である私が警視庁のデータベースを調べるのは当然の権利でもある。

「できるよ。美雲ちゃん、パソコンの前に座ってるよね。今見てるパソコンの番号を調べてくれるかな。大体機体の裏側あたりに貼ってあると思う。メーカーの製品番号じゃなくて、警視庁が備品管理のためにつけてる番号。ネットワーク番号という名称かもしれない」

「ありました。ええとですね……」

その番号を読み上げる。すると五秒もしないうちに驚くべきことが起きた。目の前の画面が勝手に動き始めたのだ。マウスに触っていないのにカーソルが動いていく。

「渉さん、これってまさか……」

「うん、そう。ちょっと借りるね。……なるほど、この高杉竜平って人のことを調べればいいんだね」

美雲の検索履歴までわかってしまうようだ。これはまさにハッキングじゃないか。渉は今、美雲の目の前で警視庁のネットワークに侵入し、自由にパソコンを操っているのだ。

「あ、出てきたよ」

画面に出てきたのは一人の警察官のデータだ。顔写真まである。高杉竜平のデータだ。身長、体重、出身地に出身大学などのプロフィールが網羅されている。

これは渉がハッキングにより手に入れた情報だ。見てはいけないとわかっていても好奇心には勝てなかった。美雲は画面を食い入るように眺める。耳元で渉の声が聞こえた。

「通常の権限だと見られないデータだよ。何者かが故意に隠していた形跡がある。美雲ちゃん、三分だけ見ていいから必要なデータはメモして。そしたら僕はすべての痕跡を消すから」

「わ、わかりました」

通話が切れた。美雲はメモを引き寄せる。

三雲渉。彼はまさにネット上を飛び回る鳥人だ。あの父が喜ぶのも無理はない。今のご時世、ネットですべてが繋がっている。渉の能力があればどんな犯罪にも対応できるだろうし、またその逆にどんな犯罪でも起こすことができるだろう。いわば両刃の剣だ。

手元に置いてあったスマートフォンに着信がある。渉だろうと思って画面を確認すると、そこには思わぬ名前が表示されていた。

※

午後三時、和馬は待ち合わせ場所である東京駅近くの外資系ホテルのロビーにいた。しばらく待っているとサングラスをかけた男が近づいてきて、和馬の肩に手を置いた。

「待たせたな、和馬君」

「お呼び立てして申し訳ありません」

「構わんよ。コーヒーでも飲もう」

そう言って三雲尊はラウンジに向かって歩いていく。ラウンジには外国人の顔もちらほらと見える。数年前にオープンしたホテルだが、そこかしこに高級感が溢《あふ》れていた。

華の父である三雲尊のことを和馬はある意味尊敬している。これほどまでに自分に正直に生きている人間を和馬は見たことがない。美術品専門の泥棒だが、こうして高級ホテルのロビーを歩いていても様になってしまうのだ。まるで海外のバイヤーを出迎える本物の美術商のように見えるから不思議だった。堂々としていれば怪しまれない。それを地で行っているような男だった。

「君、コーヒーを二つ頼む」

通りかかった店員にそう言い、尊は椅子に座って足を組んだ。同じテーブルに和馬も座る。尊はいつの間にか黒い長財布を手にして、それを広げて中身を物色していた。紙幣だけを抜きとってポケットに入れている。

「お義父さん、まさかそれって……」

「今、頂戴したんだ。あの男だ」

尊の視線の先にはフロントでチェックアウトをする男の一団が見える。ホテルの雰囲気とはそぐわない、どことなく不穏な空気が漂っているような気がした。尊がこともなげに言う。

「ヤクザだな。麻薬の取引でもしたんじゃないか」

三雲家の中でスリの技術に長けているのは華の祖父である三雲巌《いわお》だが、ほかの者も基礎的な技術だけは身につけているらしい。そしてこれは華と一緒になってから知ったことだが、三雲家にはいくつかの掟《おきて》があり、その中には悪い奴からしか盗まないというものもあるようだ。目を見れば瞬時にわかると華は平然と言うが、常人には理解不能の芸当だ。

「和馬君、脇が甘いな。鼠《ねずみ》が紛れているようだぞ」

「鼠、ですか？」

意味がわからない。尊は鼻を鳴らして笑ってから言った。

「まあいいだろう。さほど害はないはずだ」

コーヒーが運ばれてきた。店員がカップをテーブルの上に置く。その隙を利用し、尊は盗んだ長財布を絨毯《じゅうたん》の上に滑らせた。立ち去ろうとする店員に対して尊は何食わぬ顔で言う。

「君、あそこに財布が落ちてるぞ。誰かが落としたんじゃないか」

「本当ですね。ありがとうございます、お客様」

店員が財布を拾って去っていく。その背中を見送ってから尊が言った。

「それで和馬君、俺に話って何だ？」

こうして義理の父をここに呼び出したのには訳がある。彼しか知らない事実をその口から聞くためだ。

「お義父さん、教えてください。三雲玲とは何者ですか？」

三雲玲。華の伯母であり、三十年間も服役していた謎の女性だ。五ヵ月前に仮釈放になり、それ以来行方をくらませている。その事実を和馬は華から聞いたのだが、詳しい話を聞いていない。華も詳細は知らされていない印象を受けた。だとしたら彼女に近しい人物に話を聞くしかない。そういう結論に至ったのだ。

「どういう風の吹き回しだ？　姉貴が何か悪さを働いたのか？」

「ええ、まあ」尊の前では隠しごとはできない。そう思って和馬は素直に打ち明ける。「最近、ネット上で犯罪計画を販売する者がいます。モリアーティと名乗っていて、その犯罪計画はかなり緻密に練られています」

美雲の推理力により今回は立て続けに二件の事件を解決できた。しかし中には未解決のまま経過している事件もあるのではないかと和馬は考えていた。

「モリアーティか。姉貴らしいネーミングだな。俺が言うのもあれだが、姉貴は天才だ。特に犯罪立案者《プランナー》としては一流だ。自分の手を汚さずに金を稼ぐ。それが姉貴のやり方だった。捕まったときの詐欺もそうだ」

間宮礼子——三雲玲が逮捕されたとき、彼女は詐欺グループを率いるリーダーだった。別荘販売を謳って荒稼ぎをしていたようで、被害総額は二十億円以上とも言われている。

「きちんとした組織を作り、役割を明確にする。そして完璧なマニュアルを用意して仕事をさせる。姉貴はおそらく何もしないで黙って見ているだけだったはずだ」

「でもそんな優秀な犯罪者が逮捕された。なぜですか？」

「運が悪かっただけじゃないか。ルーレットを想像してくれ。赤と黒のルーレットだ。赤がセーフで黒がアウト。俺たち犯罪者はな、このルーレットを回し続けているのさ。優秀になればなるほど赤が増えて黒が減る。姉貴クラスになるとほとんど真っ赤だ。でも黒もある。そこにたまたま嵌まっちまっただけじゃないか」

言いたいことは何となくわかる。どれだけ緻密な計画を立てても、運だけはどうにもならないということだろう。

「だが犯罪を売るなんて、いかにも姉貴が考えつきそうなことだ。犯罪計画を作るのはお手の物だからな。それを売って、あとは高みの見物を決め込むのさ。成功しようが失敗しようが知ったことじゃない。さぞ楽しんでいることだろうよ」

「でも実際に人が死んでます。俺が知ってるだけで二人の犠牲者が出てるんです」

あの交換殺人が成功していたら、さらに犠牲者は増えていたはずだ。いや、本物の間宮礼子もそうだ。彼女だって間接的にはモリアーティの犠牲者と言えるだろう。

「お義父さん、三雲玲が本当にモリアーティと名乗る犯罪者であるならば、このまま放っておくわけにはいきません。彼女の居場所に心当たりはありませんか？」

「ないな。知っていたら俺が警察に通報したいくらいだ。そのくらい姉貴は俺にとって脅威だった」

嘘を言っているようには見えなかった。やはりこのままモリアーティのゲームに付き合うしかないのだろうか。いつか彼女がボロを出すのを待ち続けるのが現時点では最良の策なのかもしれない。

「俺の親父やお袋だって何度も立ち直らせようとしたが無理だったんだ。彼女は根っからの犯罪者だ。まあ俺も同じようなもんだけどな」

三雲巌とその妻のマツ。二人とも娘のことを気にかけていたに違いない。泥棒一家といっても三雲家には最低限のマナーが備わっている。しかし三雲玲だけはそれを完全に逸脱していた。二人にとって三雲玲は禁忌《きんき》ともいえる存在なのかもしれない。

「和馬君、俺からのアドバイスだ。姉貴には関わり合いにならない方がいい。身を滅ぼすぞ」

何も言えなかった。刑事としてモリアーティの所業を許すわけにはいかなかったし、すでに彼女に目をつけられてしまっている。

「タカスギリュウヘイという名前に心当たりはありませんか？　三雲玲に関与しているかもしれない人物です」

「知らんな。そろそろ帰るぞ、俺は」

そう言って尊は立ち上がった。そのままラウンジを歩き出そうとした尊だったが、いったん立ち止まって言う。

「ことによると彼女なら……いや、姉貴には敵《かな》わないか」

「誰ですか？　もしかして華ですか？　華なら三雲玲に……」

「華は駄目だ。あいつは優し過ぎるからな。今、お前と組んでるだろ。あの娘ならと思ったんだが、まだ早いだろうな」

尊が去っていく。彼がラウンジから出ていくのを見送ってから和馬は大きく息を吐いた。コーヒーカップに手を伸ばすと、いつの間にか空になっていることに気づいて和馬は小さく笑う。尊に飲まれてしまったらしい。まったく三雲家の人間は油断も隙もあったものじゃない。

※

インターホンが鳴ると、杏が走って玄関に向かっていく。華もそれを追いかけた。杏が器用にロックを解除してドアを開ける。そこに立っていたのは北条美雲だった。

「杏ちゃん、こんにちは」

だろう。


「こんにちは」

「これ、お土産ね。ケーキだよ」

杏は嬉しそうにケーキの箱を受けとった。杏は四歳になり、すでに可愛いものに対して敏感だ。杏はにこにこしながら北条美雲の可愛らしい顔を見上げている。地味なグレーのパンツスーツを着ているが、もっと女の子らしい格好をすればモデル顔負けだろう。

「ごめんなさいね、急に来てもらっちゃって」

「いえいえ構いません。ちょうどよかったです。今、捜査の関係でご主人とは別行動をとっているので」

さきほど電話をして、個人的な話があると言って呼び出したのだ。今日は書店のシフトが早上がりなので、三時に帰ることができた。杏を保育園に迎えにいき、さきほど帰ってきたところだった。

美雲をリビングに案内してソファに座らせる。華はケーキを一つ出して皿に置き、それを持って杏を隣の部屋に連れていく。杏の遊び部屋と化している部屋だ。アニメのＤＶＤを再生し、杏に向かって言った。

「杏、お母さんね、美雲ちゃんとお仕事の話をしないといけないの。少しだけ待っててくれるかな」

「少しだけって、どのくらい？」

華は壁にかけた時計に顔を向け、長針を指でさした。

「この針がね、ここに来るまで」

今は午後四時ちょうどなので、四時十五分までと示したつもりだった。杏が素直にうなずくのを見て、華はリビングに戻った。「ちょっと待ってね」と美雲に言い、用意しておいた紅茶をカップに注いで持っていく。それを見て美雲が言った。

「すみません、ありがとうございます。それより私に話って何ですか？」

あまり他人に言える話ではないが、昨日送られてきたＤＶＤのことがどうしても気になった。方法はいくらでもある。たとえば父や母に頼めば喜んで和馬の身辺調査をしてくれるだろう。そういうことが好きな人たちだし、その手の技法も身につけている。

しかしここは両親ではなく、一番和馬の近くにいる北条美雲に聞いてみるのが早いと思った。それに彼女にはほかにも話しておきたいことがある。

「ちょっと見てもらいたいものがあるの」

そう言って華はテーブルの上のノートパソコンを美雲の方に向けた。マウスをクリックすると再生が始まる。少し暗いバーのような店で和馬が見知らぬ女性と談笑している。

「華さん、どうやってこれを？」

「送られてきたの」華は説明する。「昨日帰ってきたらポストに入ってた。差出人の名前はなかったわ」

「そうですか」

再生は終わった。二分ほどの短い映像だが、そこに映っているのは自分の夫と見知らぬ美女のツーショットだ。

「先々週、品川で事件が発生したんですけど」美雲が話し出す。「その関係者の一人です。捜査上の理由で名前は控えさせてください。先輩の話では高校の同級生とのことでした」

高校の同級生か。道理で打ち解けた空気が流れているわけだ。できる限り和馬を許す理由を探している自分がいるのを華は自覚していた。

「久し振りに会ったという感じでした。先輩の方はあくまでも刑事として接してましたね。でもこの映像を見る限り、結構くだけた感じになってますけど」

和馬は社会人なのだし、彼には彼の付き合いというものがある。そこにいちいち目くじらを立てるのもどうかと思う。しかし実際に異性と楽しげに話す姿を見せられてしまうと嫉妬心が芽生えてくる。

「でも問題はこれを送ってきた人物の意図ですね」美雲がそう言って腕を組む。「妻である華さんのもとにこれを送ってきた人物の目的です。凄い深読みしますよ。もしかして映像を送ってきたのは、ここに映ってる先輩の同級生じゃないでしょうか」

「待って、美雲ちゃん。だって本人が映ってるんだよ」

「そんなのどうにでもできますよ。親しい友人に撮影を頼めばいいんですから。目的は華さんたちご夫婦に揺さぶりをかけることですね。これがきっかけになって二人が喧嘩《けんか》でもしようものなら大成功です。彼女は先輩を手に入れる一歩を踏み出すことになるでしょう」

たしかに凄い深読みだ。だが映っている本人の仕業と考えるのが実は一番自然なのかもしれない。

「でもそこまでするかな。私だったらそんな手の込んだことはしないけどな」

「華さん、世の中を甘く見過ぎです」

映像が送られてきたのは事実であり、実際に華は夫に対して猜疑心《さいぎしん》を抱き始めている。すでにDVDを送りつけてきた何者かの術中に嵌まっていると言ってもいい。

「早めに先輩と話し合った方がいいでしょうね。この盗撮動画のこと、私からも先輩に言っておきますよ。その方がお二人も話し易いでしょうし」

「ありがと。そうしてくれると助かる」
七、八歳は年下だが、美雲はやけに大人びている。私がこの子と同じ年齢の頃はもっと頼りない社会人一年生だった。刑事という職業柄もあるのかもしれないが、若いのに老成した雰囲気がある。そしてこのアイドル顔負けのルックスだ。そのギャップが激し過ぎる。

「でも先輩も男の人なんですね」美雲がしみじみと言った。「綺麗な人を目の前にするとこうなっちゃうんですね、男の人って。普段は絶対こんな風にはならないのに。意外な一面を見られて勉強になりました。あ、そうだ。私も華さんに話があったんですよ」

実は電話でもそんなことを言っていたのだ。私が話があると言ったら、彼女の方も話したいことがあると言っていた。

「わかってるわ。私も一度ちゃんと話したいと思ってたの。お兄ちゃんのことでしょ」

美雲が真剣な顔つきでうなずいた。

「そうです。私、華さんのお兄さんと真剣に交際させてもらってます。私たちのことを認めてくださいませんか？」

実はこの話はしないといけないと思っていた。ここはうまく答えないと今後の展開に影響が出てしまうかもしれない。華は気を引き締める。

「その話は私も母から聞いてるわ。兄がお世話になっているようね」

「お世話になってるのは私の方です」

おそらく彼女は知らない。三雲家が泥棒一家であるということを。それを知っていれば渉との結婚など諦めるはずだ。彼女はどこまで知っているのだろうか。そう思って華は探りを入れてみる。

「お兄ちゃんの仕事のことは知ってるの？」

「ええ、知ってます」美雲はやや声のトーンを落として答えた。「人間誰しも過去がありますす。渉さんが過去にハッキングをしていたことは知ってますけど、それさえも含めて私は彼のことが好きなんです」

これは重症だな。華は小さく溜め息をつく。完全に彼女は渉にのぼせてしまっている。さきほどはあれほど大人びて見えた彼女だったが、今は逆に中学生のようだ。

「具体的にお兄ちゃんのどこが好きなの？」

「全部です」

駄目だな、これは。もはや処置のしようがない。でも少し羨ましくも思う。恋に打算や駆け引きはつきものだが、彼女はそういったものとは無縁であり、純粋に渉のことを想う気持ちをパワーにしているのだ。

「この前の日曜日、新幹線の中で華さんのご両親と会いました。二人とも私と渉さんの結婚を許してくれそうにありません。だから考えたんです。まずは渉さんの妹さんである華さんの許可を得た方がいいんじゃないかって」

この子なりにいろいろ考えているということだ。華は言った。

「その気持ちはわからなくもないけど、残念ながら私を味方にしても意味がないわ。それほどうちの両親は頑固ってこと。私の意見には全然耳を貸さないと思う」

「そうですか……」

美雲は肩を落とす。その仕草が可愛い。あの兄が参ってしまうのも無理はないかも。

「美雲ちゃん、まだ若いんだし、そんなに焦らなくてもいいんじゃないかな。別に付き合うだけだったらうちの父も母も反対しないと思うんだよね」

「なぜですか？　なぜ結婚しちゃいけないんですか？　私に問題があるんですか？　言ってくれれば直すのに」

これればかりは直せないのだ。探偵の娘に生まれついてしまったのだから、その事実を覆すことは不可能だ。華は美雲を見ていて昔の自分を思い出していた。和馬は刑事で、自分は泥棒の娘。その事実を知ったときは別れを覚悟したものだし、自分の境遇を嘆いて涙した。彼女には自分と同じ思いをさせたくない。

「美雲ちゃん、今すぐ結婚しなくてもいいじゃない。二人が付き合っているんだから、それでいいと思うけどな」

「駄目なんですよ、華さん。私は結婚したいんです。渉さんもそう言ってるんです」

これは華の想像だが、おそらくこの子は恋愛経験が少ない。ことによると兄が初めて付き合った相手という可能性すらある。恋愛に免疫がない分、付き合うイコール結婚という変な価値観に支配されているのかもしれない。司書をしていた頃、そういう同僚がいたことを思い出した。その子は初めて男性とデートをしたとき、食事をしながら結婚を決意したという。美雲も同じタイプだろう。

「華さん、私、もう一度華さんのご両親と話してみたいです。お互いに肚《はら》を割って話せば妥協点が見つかると思うんですよ」

肚を割ったらいけない。一番やっちゃいけないことだ。それをこの子はわかっていないのだ。

「ご両親はどちらにお住まいですか？　近日中にご挨拶に伺いたいので、お二人が住んでる場所を教えてくれませんか？」

「それは……ちょっと難しいかな」

「どうしてですか？」

答えに窮する。どうにかならないものか。思案していると杏がいる部屋のドアが十センチほど開いていて、杏がそこから顔を覗かせているのが見える。アニメに飽きてしまったのだろう。

「杏、ごめんね。大丈夫だよ、入ってきても」

華がそう声をかけると杏がリビングに入ってきた。彼女は真っ直ぐに美雲のもとに向かい、美雲に寄りかかるようにして言った。

「お姉ちゃん、いいこと教えてあげる」

「何かな？　いいことって」

「ジジとババはね、ドロボーなんだよ」

「こら、杏。お姉ちゃんに変なこと言っちゃ駄目でしょ」

華がそう言うと杏はニヤニヤ笑いながら逃げていく。追いかけていってお尻を軽く叩く振りをする。杏は嬉しそうに笑っているだけだ。この子、意味がわかって言っているのだろうか。だとしたら何とかしなければ……。

「華さん、ジジとババって、華さんのご両親のことですよね」美雲が首を傾げて訊いてくる。「どういうことですか？　泥棒って言ってましたよね、今」

「た、多分アニメの話だと思うよ。あの子、ルパン三世とか名探偵コナンとか大好きだから、いろいろ影響を受けて困っちゃうのよ」

「そうですか……」

「まったく困ったものだわ。あ、そうだ、美雲ちゃん。持ってきてくれたケーキ、せつかくだから食べましょうよ。それとさっきの話は私から父と母にそれとなく打診しておくってことにしましょう。あの二人もああ見えて忙しい人たちだから」

「わかりました。お願いします」

今日のところは何とか抑えることができたが、次はどうなるかわからなかった。付き合うのは問題ない。せめて結婚だけは諦めてほしいのだが、どうやって彼女に結婚を断念させるか、その方法がわからない。

華は立ち上がってリビングに向かい、美雲からもらったケーキの箱を開けた。

※

午後五時過ぎ、美雲は桜庭家のマンションをあとにした。そろそろ和馬と合流した方がいいかもしれない。そう思って駅に向かって歩き始めるとスマートフォンに着信が入っていることに気づいた。メールが一件と着信が一件だ。両方とも助手の猿彦からだった。

メールには画像が添付されていたので、それを確認する。喫茶店、いやどこかのホテルのラウンジだろうか。五十代くらいのサングラスをかけた男が写っている。新幹線でも会ったので忘れるはずがない。彼は三雲尊。渉の父親だ。

美雲が電話をかけるとすぐに通話は繋がった。

「私よ。先輩は渉さんのお父さんと会ってたってわけね」

「そうです、お嬢」

和馬の様子が気になったので猿彦に尾行を命じたのだ。美雲の命を受けた猿彦は彼の自宅マンションに向かった。美雲の読み通り、和馬はいったんマンションに帰宅したという。昨日は警視庁に泊まりだったので、着替えくらいはするだろうと思ったのだ。三十分ほどしてマンションから出た和馬はタクシーに乗り、向かった先は東京駅近くのホテルだった。そのラウンジで和馬は義理の父親と面会したらしい。

「それにしてもお嬢、あの男は何者でしょうか？」

「渉さんのお父さんよ。美術商って言ってたかしら」

「ただ者じゃありませんよ、あれは。私はこう見えても先代の宗真先生、今の宗太郎所長と二代にわたりお仕えしてきた男です。それなりに人を見る目は養ってきたつもりです」

それはそうだろう。昭和から平成にかけて数々の難事件を解き明かしてきた父と祖父。その活躍を間近で見守っていたのは助手である猿彦だ。

「身震いしました。ラウンジであの男の姿を見たときです。これは私の勘ですが、おそらく向こうは私のことに気づいていたような気がするんです。いや、間違いありません。絶対に気づいていましたよ」

「どんな話をしてた？」

「すみません、お嬢。近づくことはできませんでした。録音機器も用意していたんですが……。隙がありそうで隙がないっていうんですかね。捉えどころのない奇妙な男でしたよ、本当に」

猿彦がここまで言うのも珍しい。よほど強烈なインパクトを受けたようだ。先日新幹線の車内で会ったときは突然のことで驚いてしまい、しかも渉の父親という事実だけで圧倒された。あまり冷静に観察する余裕はなかったように思う。

「渉さんのお父さんだけど、住所はわかった？　尾行してくれたんでしょ？」

「失敗しました。彼はスポーツカーに乗って帰っていったんですが、見事に振り切られてしまいました」

猿彦が尾行に失敗するなんてここ数年では珍しい。それほどまでに三雲尊という人物は用心深い男のようだ。

「ありがとう、猿彦。また何かあったら連絡するわ」

「面目ない、お嬢。今回は全然お役に立てませんで」

通話を切った。そもそも和馬の様子がおかしくなったのは、南千住のアパートで発見された遺体が間宮礼子のものであると判明してからだ。そして体調が悪いと言って帰宅して、すぐさま義理の父と面談した。なぜこの段階で彼が義理の父と会うのか、その理由がまったくわからない。何か事件に繋がる情報を三雲尊が握っているとでもいうのだろうか。もしくは事件とは無関係でコーヒーを一緒に飲んだだけなのか。

モリアーティの正体は間宮礼子を名乗る人物である。そう仮定するならば、次なる標的は磯川部長だと考えられた。しかし問題はその動機だ。三十一年前、間宮礼子を名乗る人物が逮捕された事件には、何かが隠されているような気がしてならない。

もう一度スマートフォンで画像を確認する。猿彦が撮った三雲尊の写真だ。父なら何かわかるかもしれない。そう思って美雲は宗太郎に画像を転送した。変わり者の父のことだから、返事を送ってこない可能性もある。それでも何もしないよりはいい。ああ見えても父は裏社会にも精通している。三雲尊がただの美術商でないのなら、彼の正体に繋がるヒントを教えてくれるかもしれない。

画像の転送を終えたタイミングで着信があった。和馬からだったのですぐに電話に出る。

「はい、北条です」

「俺だよ、桜庭だ。迷惑をかけてすまない」

「お体はもう大丈夫ですか？」

「うん、問題ない。それより北条さんはどこにいるんだい？　俺は警視庁に来たんだけど」

「ちょっと外出してます。あと三十分ほどで戻りますのでお待ちください」

美雲は通話を切ってから、通りかかったタクシーに向かって手を挙げた。

※

北条美雲が捜査一課のフロアに姿を現したのは、午後六時少し前のことだった。和馬は自分のデスクに座っていた。美雲がハンドバッグを置きながら隣の席に座る。

「どこに行ってたんだい？」

和馬がそう訊くと、美雲が椅子に座りながら答える。

「先輩のご自宅です。華さんに呼ばれたので」

思わぬ名前が美雲の口から飛び出し、和馬は思わず声を上げた。

「華から？」

「そうです。個人的に相談を受けました」

美雲は事務的な口調で淡々と説明する。それによると昨日和馬の自宅にＤＶＤが届き、そこに記録されていたのは和馬と仲村亜里沙が親しげに話している映像だという。先日、新宿三丁目のバーで飲んだときに撮られたと考えて間違いない。誰が？

何の目的で？　頭の中を疑問が駆け巡った。

「華さんは心配されていたので、事件捜査で会った同級生であることだけは伝えておきました。いろいろと誤解されてる点もあるかと思います。一度じっくり華さんと話した方がいいんじゃないですかね」

「わ、わかった」

「それはそうと先輩」美雲が真面目な顔つきで続ける。「私たちってコンビじゃないですか。少なくとも私はそう思ってました。コンビの間に隠しごとはなしだと思います」

さすがに勘が鋭い。しかしいくらコンビといっても言えることと言えないことがある。三雲家の秘密を彼女に明かすことなどできやしない。

「先輩がいない間、私なりに調べてみました。モリアーティが言っていた高杉竜平という人物についてもわかりました。彼は三十一年前、間宮礼子に殺害された警察官です。磯川部長とともにパトロール中だった警察官です。おそらくモリアーティが次に狙っているのは磯川部長だと思います」

「磯川部長を？」

「五ヵ月前のことを思い出してください。あのときも一度、間宮礼子は岩永に命じて磯川部長を殺害しようとしていたじゃないですか」

そういうことか。モリアーティの正体が三雲玲だと気づき、そのことばかりが頭にあった。美雲の言う通り、次の狙いは磯川部長だと考えてもよさそうな気もした。

「回答期限は明日の正午です。いつまでもモリアーティの自由にさせておくわけにはいきません。一刻も早くモリアーティを、間宮礼子を捕まえなければ本当の意味での解決とは言えないと思います」

それはそうだ。しかし難しいところだった。モリアーティを捕まえるということは、それは即《すなわ》ち三雲玲の正体が世間にバレることに繋がりかねない。

「これを見てください」

美雲がスマートフォンを出してきた。そこにはサングラスをかけた三雲尊の画像があった。さきほどホテルのラウンジで会ったときのものだろう。そういえば尊は鼠がどうとか言っていた。美雲には忠実な助手がいて、その男は情報屋としての腕も一流らしい。その男の仕業なのか。

「このタイミングで義理の父親に会う。私は先輩の行動に疑問を覚えました。事件に関して何らかの情報を得るため、三雲尊氏と面談した。私はそう考えたんです。つまりこういうことです。モリアーティの正体は間宮礼子、いや正確に言えば間宮礼子と名乗っていた元受刑者です。先輩は間宮礼子の正体を探るため、三雲尊氏と会ったんです」

ほとんど正解だ。これほど早く彼女が見抜くとは考えてもいなかった。しかし口が裂けても三雲家の秘密は言えない。

そのとき振動音が聞こえた。デスクの上で美雲のスマートフォンが細かく震えている。メールか何かを受信したらしく、美雲はスマートフォンを手にとった。その画面を見て、美雲が固まった。

「北条さん？」

美雲は硬直したままピクリとも動かない。瞬《まばた》きもせずに画面を見ている。画面を見ているというより、そのまま考え込んでしまったようだ。

和馬は身を乗り出して美雲のスマートフォンを覗き見た。メールの画面が開いている。送り主は北条宗太郎、平成のホームズという異名を持つ名探偵で、美雲の父だ。内容は短く一言、『Kの次』と記されている。

スマートフォンから目を離し、宙の一点を見たまま美雲が話し出す。

「先輩のお義父さんの写真を添付して、さっき父にメールを送りました。返ってきた答えはKの次、つまりLのことです」

Lという一文字から何を連想できるのか。問題はそこだ。和馬は唾をごくりと飲み込んだ。

「五ヵ月前の連続殺人で、間宮礼子に操られていた元刑務官の岩永は、現場に『L』

のアルファベットを残していきました。最終的に礼子の『L』でないかと捜査関係者は判断したようですが、今思うとあれは違う意味だったのかもしれません」

和馬は何も言えなかった。できれば耳を塞いでしまいたいと思った。おそらく彼女は、もう――。

「そしてさきほど先輩の自宅に伺った際、杏ちゃんが私に対して言ったんです。ジジとババは泥棒だよって。華さんは冗談だと笑っていましたが、もしかすると杏ちゃんは本当のことを言っていたのかもしれません」

そこで言葉を区切り、美雲はようやく和馬の方に目を向けた。

「間違っていたら笑ってください。先輩、三雲家というのはLの一族ではありませんか」

※

華はソファに座って文庫本を読んでいる。ピアノ教室の待合室だ。ドアが開いて一組の親子が中に入ってくるのが見えた。木下彰と娘のほのかだ。

「こんばんは」

「三雲さん、こんばんは。ほのか、ご挨拶は？」

「こんばんは」とぺこりと頭を下げ、ほのかは早速絵本を手にとった。木下が隣に座ったので、華は文庫本に栞《しおり》を挟んでバッグの中に入れた。

「あれからどうですか？」やはり聞かずにいられなかった。「あの噂、広まってませんか？　ずっと心配してたんですよ」

木下の兄が刑務所に服役していることがママ友の間で噂になっているという話だった。以前にも同じように噂になり、かなり困ったこともあったらしい。ママ友の口コミの速さが驚くべきものであるのは華も体験上知っている。

「実は昨日、ほのかを迎えにいったら園長先生に呼ばれました。本当かって訊かれたんで、本当ですって答えました」

自嘲気味に笑って木下は言った。声に張りがないように感じるのは気のせいか。

「それで園長先生は何て？」

「困ってました。事前に言ってくれたらよかったのにって言ってました。どういうことでしょうね。事前に打ち明けていればどうにかしてくれたんでしょうか」

木下の言葉には棘《とげ》がある。苛立っているようだ。華も園長先生を知っているが、きちんとした人格者だ。入園を断ることはなかったはずだが、こういうケースへの対応は難しいだろうとは予想できる。

「ほのかちゃんに影響は？」

「ほのかの話によると数人の園児が口を利いてくれないそうです。こうなってしまうと駄目ですね」

「そんな……」

身内に犯罪者がいるという理由だけで、その子と話したらいけないと我が子に言い聞かせている親がいるということだ。華には信じられなかった。

「ちなみにこんなことを聞いていいのかわかりませんが」そう前置きしてから華は木下に訊いた。「お兄さんはいつ頃戻ってこられるんですか？」

木下は絵本を読んでいる娘に目を向けた。ほのかは絵本に夢中になっているようでこちらを気にしている様子はない。それでも木下は声を小さくして言った。

「来年の今頃には出てくると思います。ちゃんと更生してくれるといいんですけどね。独り身だし、うちは両親も亡くなってて俺くらいしか兄貴の面倒をみる人間がいないんです」

奥からピアノの音色が聞こえてくる。杏が弾いているピアノの音だ。始めたばかりの頃は止まってばかりいたが、最近ではまともなメロディーになっていた。

「三雲さんもあまりうちとは関わり合いにならない方がいいかもしれませんね。杏ちゃんにまで影響が出ないとも限りませんから」

「私は……別に……」

言葉に詰まる。何かいい解決策はないだろうか。園長先生の耳に入ったということは何かしらの進展があるかもしれないが、抜本的な解決は難しいように思われた。

「突然ですが三雲さん、平日はお仕事なんですよね」

木下に言われて華は訊き返す。

「ええ。どうしてですか？」

「実は相談に乗っていただきたいことがあります。今回の件についてです。ほかの方の意見も聞いてみたいなと思って。突然ですが、明日なんですけどお時間をとっていただくことは可能ですか？」

「明日ですか……」

「一時間くらいでいいです。朝、保育園に送っていったあとにお茶でもどうでしょうか？」

朝はばたばたしているので時間がない。華は代わりの案を言った。

「それでしたらお昼はどうでしょうか。私、上野の本屋で働いているんですけど、もし近くまで来ていただけるようなら、お昼をご一緒できますよ」

「嬉しいです。是非お願いします」

「明日にならないとはっきりしたことは言えませんけど」

「よかったです。じゃあ連絡お待ちしております」

奥で聞こえていたピアノの音が鳴り止んだ。しばらくして廊下を走ってくる足音が聞こえ、華は少しだけ緊張した。杏がほのかを無視するとか、そういった行動に出たらどうしようと心配したのだ。しかしそれは杞憂《きゆう》に終わる。ほのかを見つけた杏は笑みを浮かべて彼女の方に向かっていった。

本当に良かった。まだ杏は悪い影響を受けていないようだ。華は胸を撫で下ろした。

「三雲さん、お疲れ様でした。杏ちゃん上達してますよ」

奥から先生が歩いてきたので華は腰を上げた。

「ありがとうございます」

「じゃあ次はほのかちゃんね。ほのかちゃん、お稽古始めるわよ」

ほのかが廊下の奥にてくてく歩いていく。杏がそれを名残《なごり》惜しそうに見送ってから、華のもとにやってきた。杏と手を繋ぎ、木下に向かって会釈した。「お先に失礼します」

「お疲れ様でした。杏ちゃん、バイバイ」

木下が笑みを浮かべて手を振ると、杏もそれに応じて手を振った。

※

「え、何？　Lの一族って、それっていったい……」

戸惑う和馬の顔を見て、美雲は自分の推理が当たっていることを確信する。もっと早く気づくべきだったのだ。渉の身内でもあることから、観察眼も鈍ってしまったのかもしれない。

「Lの一族というのは代々盗みを生業とする一家のことです。都市伝説みたいなものだと思っていましたが、実在しているようです。うちの祖父や父とも因縁があるようですから」

和馬はだんまりを決め込むつもりなのか、腕を組んで目を閉じていた。

「しかもよりによって刑事になって最初に組んだ先輩の奥さんがLの一族だったなんて……。私の目は節穴でした。反省してます」

実は最初に三雲華に会ったとき、常人とは違う気配のようなものを感じたのは事実だった。しかし見た感じは普通の可愛らしい奥さんだったし、聞くと茶道を長年やっているという話だったので、そういう雰囲気なのだろうと特に気には留めなかった。おそらく三雲華もそれ相応の盗みの技術を身につけている可能性が高い。

「先輩、いい加減教えてくださいよ。あれ？　こういうとき何て言うんでしたっけ？」

「ネタは上がってる、だろ」

「そうです。ネタは上がってるんですよ。吐いたらどうですか？　吐いてしまえば楽になりますよ。それとも崖に行きますか？」

和馬は下を向き、何も話してくれない。仕方ないので美雲は立ち上がる。

「先輩が教えてくれないならしょうがないですね。私、今から三課に行って情報提供してきます。Ｌの一族の正体が明らかになったって言ってきますよ」

捜査第三課は空き巣などを専門に追う部署のことだ。歩き始めると後ろから手首を摑まれた。和馬が溜め息をつきながら言う。

「いいから座ってくれ。まったくもう……。最初に君と組むって決まったときから悪い予感がしてたんだよ。だって君、探偵の娘だろ。泥棒と探偵、ルパンとホームズ。これほど相性が悪い組み合わせもないよな」

それはそうだ。Ｌの一族のＬは怪盗アルセーヌ・ルパンに由来しているらしい。一方、父や祖父はホームズと呼ばれることもあった。まさに両者は水と油だ。

「北条さん、真剣に聞いてくれ。俺が華と事実婚であることは君も承知の通りだ。籍こそ入れてないけど、俺と華は夫婦だと思ってる。ということは華の家族は俺の家族でもあるんだよ。君が仲良くしてる渉さんだってそうだ」

　渉のことはずっと頭の隅にあった。彼もLの一族なのだ。あれほどのハッキング能力を独学で身につけたと本人は言っていたが、受け継いだ才能によるものも大きいかもしれない。

「華が泥棒一家の娘であると知ったとき、俺は正直結婚は諦めた。でも今はこうして華と一緒になり、娘もいる。俺は自分の家庭を壊すつもりはないし、家族を守るためなら何だってするつもりだ。たとえそれが刑事としての立場と矛盾していてもね」

　彼は彼なりに強い覚悟を持って三雲華と結婚することを決めたのだろう。そうでなければ刑事が泥棒の娘と一緒になるなんて世間一般の常識では考えられないことだ。

「今後も俺と三雲家の関係は変わらない。もし君が三雲家の正体を暴き出したいという立場なら、俺の敵ということになる。コンビも解消だし、当然俺は今すぐ雲隠れすることになるだろう」

　三雲家の秘密が公になれば、当然和馬も刑事を続けるわけにはいかない。刑事を辞める覚悟はいつでもできているということだ。

「いいかい、北条さん。俺たちが追ってるのはモリアーティだ。奴の犯罪計画を阻止するのが俺たちの仕事だろ。君が睨んでいる通り、実はモリアーティの正体には三雲家の秘密が絡んでいる。その秘密を明らかにするのと引き換えに、君は三雲家の秘密を決して口外しないと約束してほしい。君だって渉さんが指名手配されるのは不本意だろう」

「先輩、思った以上に駆け引き上手ですね」

「思った以上に、は余計だ」

今の自分は捜査一課の刑事であり、泥棒を捕まえることは本来の業務ではない。担当する事件を捜査するのが主たる仕事だ。それに純粋に興味があった。Lの一族というのはいったいどんな者たちなのか。これほど興味を掻き立てられる存在もなかなかない。

「わかりました。先輩の取引に応じます」

美雲は覚悟を決めた。犯罪者を野放しにすることは決して許されることではないが、和馬の取引に応じることにしたのには二つの理由がある。まずは渉だ。彼が運命の男性であることは今も信じて疑わない。彼のためを思えば三雲家の秘密を公にすることは得策ではない。

そして二つ目の理由は三雲家の面々だ。渉を筆頭に彼の妹である華。二人の両親である尊と悦子。彼らが本質的に悪い人たちには見えないというのがその理由だ。

「ありがとう。助かったよ」

「それにしても驚きですよ。先輩も随分思い切ったことをしましたね。Lの一族の娘と一緒になるなんて」

「自分でも驚いてるよ。こう見えても俺だって警察一家に育った男だからね。そういう意味では君と近いものがあるかもしれない。早速だけど説明するね。モリアーティというのは実は……」

「先輩、まずは基本的なことから始めてください。やはり渉さんのご両親も泥棒なんですね」

「そこから始めないといけないのか。ていうか、ここではあれだから場所を変えよう」

和馬がそう言って立ち上がった。捜査一課のフロアには数人の捜査員が残っていて、自席で報告書などを作成している姿も見えた。美雲はハンドバッグ片手に和馬の背中を追って歩き出した。

「……尊さんの父親、つまり華や渉さんにとってお祖父さんに当たるのが巌さんだ。彼は伝説的なスリ師なんだよ。彼を知らないのはモグリって言われるほどのスリ師だ。そしてその奥さんのマツさんは鍵師《かぎし》ね。どんな鍵でも開けてしまう鍵の専門家ってわけ」

場所をファミレスに移していた。ボックス席に座り、コーヒーを飲みながら和馬が説明している。

「華だけが唯一、三雲家の中で犯罪に手を染めていないんだけど、実は彼女は巌さんからスリ師としてのあらゆる技術を教えられているんだよ。ああ見えて才能はあるらしい」

漫画のような話だ。祖父はスリ師で祖母は鍵師。父は美術品専門の泥棒で、母は宝飾品泥棒。兄はハッカーで妹はスリ師の技術を持つ書店員。要約するとこういうことになる。

「どうだい？　三雲家は凄いだろ」

「たしかに凄いです。想像をはるかに超えてました。でも華さん、偉いですね。一人だけまともっていうか、メンタルが強いんでしょうか」

「だろうね。でも渉さんも最近はまともな仕事をしてるんじゃないかな」

新幹線の中で彼もそんなことを話していた。今はネットで資産運用をしているようだった。しかしその元手となったのはハッキングによる諜報活動で得た違法な金だ。

「でもね、三雲家には黒歴史ともいえる過去があった。これは俺もずっと知らなかったし、華でさえも聞かされていなかったらしい。実は華には伯母に当たる存在の女性がいたんだ。彼女の名前は三雲玲。お義父さんの姉だ。彼女が間宮礼子なんだよ」

三雲玲という女性が間宮礼子の戸籍を入手し、以来ずっと間宮礼子として生きてきたということか。

「つまりモリアーティの正体は三雲玲、華さんの伯母さんなんですね」

「そういうことになるね。一度だけ華は三雲玲と電話で話したことがあるみたいだ。五ヵ月前に華と杏が岩永に連れ去られたことがあっただろ。あのときだ」

三雲玲は華に会いたいがために岩永に命じて彼女を連れてくる算段をとったらしい。なぜ三雲玲が華に会おうとしていたのか、それは不明だった。

「三雲玲は若い頃に勘当されて、三雲家とは距離を置いていたようだ。勘当された理由はドラッグビジネスに手を出したからだと俺は聞いている。犯罪に関しては天才らしい。お義父さんがそう言うんだから間違いない。基本的にあの人は決して自分以外の人間を認めないからね」

間宮礼子として逮捕されたときも詐欺グループを率いていた。逮捕された当時は三十歳前後だったはずだ。若く、女性であるというのがハンディキャップになるのが裏の社会だ。そこでリーダーとして部下を率いてあれだけの詐欺を働いていたのは彼女が本物である証だろう。

「特に犯罪立案者《プランナー》としての能力に優れ、モリアーティの人物像とも合致する。三雲玲がモリアーティだと考えて間違いない。関わり合いにならない方がいい。それがお義父さんからのアドバイスだよ」

それは無理というものだ。仕掛けているのは向こうなのだし、すでに死人も出ている。このままモリアーティの自由にさせておくわけにはいかない。

「とにかく今は例の問題を解くしかないな。高杉竜平というのは三雲玲に殺害された警察官なんだよね」

「そうです。実は渉さんの力を借りて警視庁のデータベースを調べました。三十一年前の事件ですが、何か裏があるんじゃないでしょうか？」

「調べてみる価値はありそうだな」

「高杉竜平についての個人記録を見たところ、実の弟も警視庁に採用されています。現在は新宿署に勤務していることが判明しました」

「早速当たってみよう」

そう言って和馬はコーヒーを飲み干してから伝票を手に立ち上がった。レジの前で立ち止まり、和馬は美雲に向かって言った。

「北条さん、三雲家の人間にはくれぐれも気をつけた方がいい。おちおちコーヒーも飲めやしないんだからね」

「どういうことでしょう？」

美雲がそう訊いても和馬は答えず、意味ありげな笑みを浮かべるだけだった。

※

午後七時、和馬たちは新宿警察署にいた。都内有数の歓楽街を管轄区域にしているだけのことはあり、この時間になっても署内は人の出入りが激しい。受付で身分を名乗って待つこと十分、一人の男性が現れた。

「高杉課長、初めまして。お仕事中恐れ入ります。警視庁の桜庭と申します。こちらは北条です」

実直そうな風貌だった。角刈りでがっしりとした体つきで、鋭い目つき。いかにも警察官といった感じだ。和馬が出したバッジを一瞥《いちべつ》して高杉は答えた。

「お父上とは上野署で一緒だったことがある。何度も飲みに連れていってもらった。お元気かな」

「ええ、元気にしてます」

高杉竜平の実弟、高杉直也《なおや》がここ新宿署警備課の課長をしていることは警視庁の名簿からも明らかになっていた。

「で、捜一が私に何の用だね。まったく身に覚えがないんだが」

「お兄様のことでお話があります。三十一年前にお亡くなりになったお兄様のお話を聞きたいと思いまして」

「随分古い話だな。例の受刑者の件が関係しているのか」

「その通りです。高杉竜平巡査を殺害した間宮礼子は無期懲役の判決を受けて栃木刑務所に服役していましたが、五ヵ月ほど前に仮釈放となりました」

「解せない話だ。聞いたときは耳を疑ったよ。まさかあの女が仮釈放になるとはな。法務省の判断基準はどうかしてるんじゃないかと思ったくらいだ」

間宮礼子の仮釈放が許可されたのには裏の理由がある。元刑務官、岩永が引き起こしたバスジャック事件だ。人質の中に現法務大臣の娘と孫がいて、二人の命と引き換えに間宮礼子の仮釈放が許可されたのだ。しかしこれは和馬らの推測であり、法務大臣が裏取引に応じたことは表沙汰にはなっていない。

「私たちは現在、行方をくらませた間宮礼子を追っています。その過程で三十一年前に高杉巡査が殺害された事件をもう一度洗ってみようと思った次第です」

「それなら私のところに来るのはお門違いというやつじゃないか。私は事件に無関係だ」

「当時、どちらに配属を？」

「二年目だった。浅草《あさくさ》署の交番にいたよ。事件発生時も交番勤務だった」

「プライベートでお兄様と親交はありましたか？」

「ないね」高杉課長は即答した。「お互い仕事が忙しかったからな。それに交番勤務だったんで、会おうとしてもスケジュールがなかなか合わないんだよ」

高杉兄弟は練馬《ねりま》区出身だった。二人とも都内の私立大学を卒業後、警察官採用試験を受けて合格している。

「兄貴に関して憶えてることはほとんどない。もう終わった事件だ。過去の事件を蒸し返すのはどうかと思うけどな。まだ仕事が残ってるんだ。失礼させてもらうよ」

そう言って高杉課長は背中を向けて歩き出した。ずっと黙っていた美雲が彼に向かって声をかけた。

「課長、お兄様の死には別の真実が隠されているかもしれません。それを知りたくないんですか」

高杉課長は一瞬だけ立ち止まったが、こちらを振り返ることなく歩き出した。彼の姿が角に消えるのを待ってから、和馬は美雲に訊いた。

「どう思う？」

「何か知ってそうな気がします。会おうとしてもスケジュールが合わないとおっしゃってました。ということは会おうとしたことがあるわけですから」

それは和馬も感じたことだ。兄弟揃って警視庁に入るくらいだから、おそらく兄弟仲は悪くない。同じ警察官として情報交換くらいはしてもよさそうだ。

「先輩、どうしましょうか？」

「そうだな……」

あの感じでは答えてくれそうにない。明日の朝、もう一度出直してみるしかないだろう。一晩考えて気が変わってくれることに期待するしかなさそうだ。

「明日また出直そう。俺はこれから警視庁に戻って磯川部長のスケジュールを確認してみる。部長が狙われている可能性が高い以上、警備体制を強化する必要があるだろうしね」

「私も行きます」

「いや、北条さんは帰っていい。昨日も徹夜だったろ。明日の朝一番でまた合流しよう」

「でも先輩……」

「本当にいいんだ。君も一人になって考えたいことがあるんじゃないか」

三雲家がLの一族であったという事実は彼女にとっても衝撃的な知らせだったはずだ。特に彼女は渉と本気で結婚しようと考えていたため、彼の正体を知った今では心も大きく揺れているに違いない。

「駅まで一緒に行こう」

そう言って和馬は歩き始めた。

「本当だな、桜庭。また例の女が部長の命を狙っているんだな」

「ああ。といっても証拠はない。しかしお前の耳には入れておこうと思ってな」

和馬は警視庁に戻り、顔馴染みの刑事である長田《おさだ》に会っていた。長田は刑事部所属の刑事だが、その仕事内容は磯川部長の秘書兼運転手のようなことをやっている。さきほど部長を恵比寿の自宅に送り届け、公用車を運転して戻ってきたところらしい。時刻は午後九時を過ぎている。

「明日の部長の予定はどうなってる？」

和馬が訊くと、長田が手帳をめくって答えた。

「明日はいくつか会議の予定が入っているが、ずっと庁内にいるようだな」

前回、磯川が狙われたのは外出先だった。公用車に爆発物が仕掛けられていたのだ。庁内にいるなら安心だろう。本当にモリアーティの狙いが磯川部長であればの話だが。

「それにしてもなぜ間宮礼子は部長の命を狙ってるんだろうな。逮捕されたとはいえ、もう三十年以上前の話じゃないか」

「根に持つタイプの女なんだろ。長田、このことは一応部長にも伝えておいてくれ」

「了解だ」

長田と別れ、和馬は捜査一課に戻った。この時間になると刑事たちのほとんどは帰宅している。和馬は自分のデスクに座った。

背もたれに体を預けて背中の筋肉を伸ばす。そして華のことを考えた。

仲村亜里沙と会っていた現場を捉えたＤＶＤが自宅に送られてきたという話だ。しかもよりによって華がそのＤＶＤを見てしまったというのだ。

やましいことは何もないが、どこか気まずいものだった。映像の中の自分はどんな顔をして仲村亜里沙と喋っていたか、容易に想像できた。さぞ楽しげな顔をしていたことだろう。ああいう顔を華に見られてしまったということがたまらなく恥ずかしかった。

華と一緒になって五年目だ。五年前に初めて彼女と同居を始めたときのことはよく憶えている。仕事から帰宅したときに彼女が待ってくれているだけで気持ちが癒されると同時に、一家の長として家族を守っていく責任を感じたものだった。

やがて杏が生まれると生活は杏中心になった。比較的杏は大人しい子供だったので助かったが、それでも夜泣きしている杏の声に起こされることもあったし、急に熱を出した我が子を連れて深夜の救急病院に駆け込んだこともある。今となっては懐かしい思い出だ。

最近では杏がどんどん話すようになり、それによって大きな変化が出てきた。どこで覚えてきたのかと不思議に思うほどに難しい言葉を使ってみたり、わざと和馬を困らせるような質問をしてみせたりと、その成長は見ていて楽しい。家に帰るのが楽しみで仕方がなかった。

しかし今日だけは、どうにも帰宅する気になれなかった。華と顔を合わせて何を言ったらいいのかわからないのだ。もちろん仲村亜里沙と二人きりで食事をしたのは軽率だったと反省している。しかし浮気をしたわけではないし、謝るのも変だと思うのだ。

和馬はスマートフォンを出し、メッセージアプリを開く。『今夜は遅くなる。もしかしたら徹夜かも』と入力して送信した。しばらく待っているとメッセージは既読になった。しかしそのまま待っていても華からメッセージが返ってくることはなかった。

夫婦の危機、と言うほどのことではない。しかしこれまで波風一つ立たなかった華との生活に、初めて小さな棘のようなものが刺さったと感じていた。小さな棘だからといって放っておいていいわけがない。

しかも別の問題が一つある。仲村亜里沙と食事をしている場面を何者かに撮影されてしまった。その撮影した何者かはご丁寧にもそのＤＶＤを自宅に送りつけるような真似までしたというのだ。彼女と食事をした晩のことを何度も思い返しているのだが、撮影されていた記憶もないし、不審な人物に心当たりはなかった。こんな悪戯《いたずら》をするのはいったい誰なのか。そしてその目的とは何なのか。華のご機嫌より、こちらの方がよほど深刻な問題だ。

和馬はデスクの足元に置いてある段ボールからカップ麺をとり出した。急な泊まりに備えて常備している食料だ。包装フィルムを剝がしながら和馬は給湯室に向かって歩き出した。

※

「やはりそうでしたか。ただ者ではないと思っておりましたが、まさかLの一族とは……」

電話の向こうで猿彦が唸《うな》った。美雲は寮の自室にいた。三雲家がLの一族だった。その衝撃の事実はじわりじわりと効いてくるボディブローのようだ。自分だけの胸に抱えておくことはできず、猿彦に話してしまったのだ。

「所長はかつてLの一族と対決したことがございます。あれは十年ほど前のことでしたでしょうか」

九州の大分県にある某企業の社長からの依頼だったらしい。収集している美術品が何者かに狙われている節があり、不安なので警備してほしいとの話だった。父、北条宗太郎は依頼を受け、猿彦を連れて大分県に向かった。

「水墨画を中心としたコレクションで、広い邸宅内には展示ルームまでありました。その社長が所長に依頼してきたのは、ここ最近自宅の防犯カメラに見知らぬ車が映っていたからでした。その社長というのが疑心暗鬼な男でしてね、でもそれが幸いしたといえるでしょう」

父はすぐに警備体制を見直し、さらに防犯カメラに映っていた車を特定した。車は盗難車だった。水面下で強奪計画が進行していることを察知した宗太郎は、あえてそれに気づかぬ振りをして強奪犯を一網打尽にする計画を立てた。しかし敵もあっぱれで、宗太郎の仕掛けた罠《わな》には乗ってこなかった。

「そのときの強奪犯がLの一族だった。所長は後日そうおっしゃってました。愉快そうに笑っておいででした」

水面下で激しい心理戦が繰り広げられたのだろう。互いを観察し、調べ上げ、弱点を探る。そうした作業の中で二人がお互いの素性を認識していたとしてもおかしくはない。だから今日、美雲が三雲尊の画像を送った際、父はLの一族を示唆するメールを送ってきたのだ。

Lの一族というのは大物犯罪者だ。その素性をわかっているならなぜ父は警察に通報しないのか。そればかりは父に訊いてみないとわからないが、おそらくただの気紛れだろう。むしろ好敵手を見つけて喜んでいたのかもしれない。そういう人なのだ。

「お嬢、こうなってしまっては渉殿とは……」

「猿彦、それ以上は言わないで」

「失礼しました、お嬢」

障害があれば恋は燃える。ある程度の障害なら乗り越えてみせる自信があるが、恋人の家族が全員泥棒――しかも超一流どころの泥棒ということになると話が違ってくる。しかも私は警視庁捜査一課の刑事で、実家は探偵事務所なのだ。どう転んでも結婚などできるわけがない。

先週渉を実家に連れていった際、父の宗太郎は結婚に反対ではなく、無理だと断言した。思えばあのとき父はすでに渉の正体を見抜いていたのかもしれない。いや、きっとそうだ。

「お嬢、そう気を落とさずに。生きていればいいこともあろうかと……。もしやお嬢、泣いているので……」

「な、泣いてなんかないわよ。何言ってるの、猿彦」

そう言って美雲は涙をぬぐった。電話の向こうで猿彦が恐縮したように言う。

「すみません、お嬢。失言をお許しください」

「もう切るわよ。猿彦、勝手に電話をかけてこないで」

「いや、電話をかけてきたのはお嬢の方で……」

通話を切って美雲はベッドの上に横になる。頭の中に渉の顔が浮かんだ。彼に会いたいと思う反面、これ以上好きになってはいけないという気持ちもある。

京都からの帰りの新幹線の中で起きた出来事を思い出す。突然、渉の両親が現れて美雲は面食らった。そして理由もわからず結婚に反対されたとき、渉が美雲の手を握って立ち上がり、デッキまで連れ去ったのだ。あのときの彼の手の感触、温かさは今も美雲は忘れていない。生涯忘れることはないだろう。

生まれて初めてできた彼氏であり、この人と結婚するんだと出会ったときから思っていた、私の運命の人。しかし彼の素性と彼の家族の正体が明らかになった今、もはや結婚などはるか宇宙の彼方まで遠ざかってしまったように思う。

私は刑事であり、同時に探偵の娘。人並みの幸福を手に入れることは難しいのかもしれない。一生分の恋をしたと割り切り、このまま独りきりで生きていくしかないのだ。

これほど切なく、これほど悲しい夜は初めてだった。美雲は布団に顔をうずめて泣いた。

第四章　大きな愛のメロディ

「おはようございます。今日もよろしくお願いします」

教室の前で杏の手を離すと、彼女は教室の中に飛び込んでいった。通い始めた頃はよく愚図って華を困らせたものだが、今ではそんな様子は微塵も見せずに率先して教室に入っていく。娘の成長が嬉しくもあり、同時に少し淋しくもある。

「おはようございます、三雲さん」

園内を歩いているとママ友の一人に声をかけられた。保育園の行事で何度か話したことがあるママ友だ。ちょうど彼女も娘を送ってきたところのようで、歩きながら自然と会話が始まった。

「来月から杏ちゃんも年中さんね」

「そうです。早いものですよ。あ、由愛《ゆあ》ちゃんは年長さんか」

由愛というのは彼女の娘の名前だ。ママ友は笑って答えた。

「そうなの。来年から小学生よ」

三月は卒業のシーズンだが、杏の場合は年少から年中に上がるだけなのでそれほど準備は要らない。しかしこれが小学校入学となると準備がいろいろ大変になるという話はよく耳にする。華は別に考えていないが、小学校受験という未知の世界もあるのだ。ただし杏が通っているフラワー保育園の園児たちはほぼ全員が地元の公立小学校に進学するようだ。

「そういえば由愛ちゃん、ピアノ教室は通わないんですか？」

先月のことだった。節分の豆まき大会が保育園の行事としておこなわれ、そのときにそんな話になったのだ。杏がピアノ教室に通い始めたことを話したところ、うちの由愛にもピアノを習わせたいと話していたのだ。

「……うん、ピアノはちょっとね」

どうにも歯切れが悪い。華は重ねて言った。

「杏も通ってますけど、凄く楽しそうですよ。先生も優しいし、ピアノもどんどん上達していくし。お薦めですよ」

「私も由愛にはピアノを習わせたいの」ママ友は複雑な顔つきで言った。「杏ちゃんが通ってる教室、評判もいいし、私も是非通わせたいって考えてたわ。でも……ほら、あの子が通ってるじゃない」

あの子。それがいったい誰のことをさしているのかわからなかったが、しばらく考えてようやく思い至った。まさか、ほのかちゃんのことか——。

「最近、結構噂になってるじゃない、木下さんのこと。別にご本人に何の責任もないのはわかっているけど、ちょっとね」

木下彰の兄が刑務所に服役しているという話だ。兄が犯罪者であるという事実が木下父子にも重くのしかかっているのだった。本人は詳しく語らないが、以前も同じような理由で引っ越したことがあるらしい。

「私だってほのかちゃんのことをどうこう言うつもりはないのよ。でも今はちょっと静観したいっていうか……」

要するに関わり合いになりたくないということだ。その気持ちは華にも理解できる部分がある。このまま木下父子へのバッシングが過熱して、それが杏の身にまで及ぶと考えたら少し怖い。

「だから当分の間はピアノ教室は見合わせようと思ってるの。ほら、うちの子は来年から小学校だからほかの習い事、たとえば英会話なんかいいかもしれないと思ってるのよ」

自分の体温が少し下がったような錯覚がした。華は抑揚のない声で言う。

「英会話もいいですね」

「でしょう？　小学校でも英語教育が始まったじゃない。ああいうのは早めに習わせておいた方がいいって聞いたから」

「そうみたいですね。杏にも英語習わせた方がいいのかな」

「絶対その方がいいわよ。あ、三雲さん、お仕事よね？」

交差点に差しかかっていた。駅に向かう華は直進で、ママ友は角を曲がって帰宅するのだ。「じゃあまた」と挨拶を交わし、ママ友と別れて横断歩道を渡る。

木下父子のことを考える。彼らの置かれた状況はあまり芳しいものではない。そもそも身内の起こした不祥事がもとになり、厄介な状況に追い込まれていた。さきほどのママ友が言う通り、今は静観——あまり関わり合いにならない方がいいことは華にもわかっていた。

しかしだ。華は二人のことを他人事のようには思えなかった。身内に犯罪者がいるという点では、華もまったく同じなのだ。いや、犯罪の度合いという意味では私たち三雲家はレベルが違う。三雲家の方がはるかに重罪だろう。

だから木下父子を見捨てておけないのだ。明日は我が身ではないが、彼らの姿に自分をダブらせてしまうのだった。身内に犯罪者がいるという理由だけで、保育園でも孤立している木下彰と娘のほのか。いつ自分と杏がああなっても不思議ではない。

今日の昼、木下彰と会うことになっていた。相談があると言っていたが、おそらく彼らが置かれた状況に関する相談だろう。自分にできる範囲で木下父子には協力してあげたいという思いもあった。

赤信号で足を停める。ハンドバッグからスマートフォンを出すと、一件のメッセージを受信していた。送り主は木下彰で、待ち合わせはどこにしましょうかという内容だった。華は自分が勤める書店の名前を入力して送信した。

青信号に変わったので、華はスマートフォンをバッグにしまって歩き出した。

※

朝の九時。和馬は新宿警察署の前にいた。もちろん美雲も一緒だ。彼女がやや元気がないのが気になったが、三雲家の秘密を知ったショックを引き摺っているのだろうと思い、和馬は特に声をかけなかった。五年前、和馬も今の美雲と同じようにショックを受けた。そう、華が泥棒一家の娘だと知った、あのときだ。こればかりは自分で乗り切るしか方法はない。

モリアーティが提示した回答期限まであと三時間を切っている。要求は次の標的の特定と、その動機だ。モリアーティ＝三雲玲が狙っているのは三十一年前に彼女を逮捕した磯川部長（当時は巡査）だと予想できたが、問題はその動機だった。彼女の逮捕劇の詳細を知っていそうな人物の一人が、殉職した高杉竜平巡査の弟、高杉直也だ。

昨日話してみた感触では彼は何か知っていそうな感じがしたが、それを話してくれる気配はなかった。どう接触しようかと考えていたところ、さきほど警視庁の捜査一課に彼から電話が入り、新宿署の正面玄関前で九時に待っていると言われたのだ。

九時を五分ほど回ったところで高杉課長が正面玄関から出てきた。「遅れてすまない」と短く言ってから、高杉は通りを歩き出した。新宿警察署は西新宿にあり、周囲はオフィス街だった。出勤中のビジネスマンたちが行き交っている。

高杉が向かったのは近くにあるビジネスホテルだった。その一階に喫茶店があり、一番奥のテーブル席に座った。三人ともコーヒーを注文した。頼んだコーヒーが運ばれてくるのを待ってから和馬は口を開いた。

「どういうご用件でしょうか？」

「すまないね、呼び出してしまって」そう詫びを入れてから高杉が話し出す。「昨日、別れ際にそちらのお嬢さんに言われた台詞が引っかかっていた。別の真実を知りたくないかってやつだよ。昨晩は布団の中であれこれ考えた」

「知っていることを話していただけるわけですね」

「ああ。覚悟を決めたよ」

高杉は大きくうなずいてから、兄について語り出した。

「私は兄貴の二歳年下だ。幼い頃から兄弟仲はよかった方だと思う。兄貴が警察官になったのに憧れて、私も警察官になる道を選んだ。自慢の兄貴だった。腕っぷしは強かったが、それを決してひけらかすことはなく、弱きを助け強きをくじくというタイプの男だった」

弟の直也が警察官になってからも兄弟の交流は続いた。非番ともなれば互いの寮を行き来し、酒を酌み交わしながら情報を交換した。

「ある日のことだった。私がいつもみたいに兄貴の部屋——その当時、兄貴は寮を出て一人暮らしを始めたばかりだったんだが、部屋をノックしても兄貴がなかなか出てこないんだ。しばらくしてやっと顔を出したんだが、酷《ひど》く狼狽《ろうばい》してた。おそらく中に女がいたんだよ。そのくらいは私だって気づくさ」

それから一ヵ月くらいたってからだ。飯を食おうと兄に誘われて待ち合わせの原宿《はらじゅく》の喫茶店に向かうと、そこに兄と一緒に一人の女性の姿があった。

「彼女は素敵な女性だった。知的な感じというのかな。割と物静かな感じの人だったよ。兄貴があんな風にして笑うのは初めて見た」

兄の竜平とその恋人が一緒にいるのを見たのは最初に喫茶店で紹介されたときだけだったが、いずれ二人は結婚するんだろうという予感もあり、直也自身もそういう日が訪れるのを楽しみにしていた。その矢先の出来事だった。

「あれは三十一年前、ちょうど季節はこのくらいだった。私は当時、浅草署管内の交番に勤務していたんだが、その日は非番だったんだ。寮にかかってきた電話で叩き起こされた。同じ交番に勤めていた先輩の警察官が言ったんだ。お兄さんが撃たれた、とな」

今までの人生であれほど慌てふためいたことはない。気がつくと品川区内の病院にいた。兄の高杉竜平は拳銃で胸を一発撃たれて即死だった。兄の上司である警察官、捜査一課の捜査員たちが周囲にいたが、弟の直也はまだ配属二年目の新人であり、呆然と兄の遺体の前に座り込んでいることしかできなかった。

「やがて練馬の実家から両親も駆けつけて、特に母は人目もはばからずに泣きじゃくっていた。母さん、俺の分も泣いてくれてるんだなって思ってたよ」

夕方にはニュースとなっていたようだが、病院にいたので世間が騒いでいることには気づかなかった。いったん病院から引き揚げることになり、弟の直也は両親と別れて警視庁に向かった。そこで兄の死に関する詳しい話を聞くことになる。

兄の竜平はパトロール中、緊急手配されていた詐欺グループのリーダー格の女性と遭遇したという話だった。一緒にいた磯川巡査――当時は鈴木という姓だった――とともに彼女を追跡したところ、追いつめられた彼女が発砲。高杉竜平は凶弾に倒れることになった。

「すでに兄貴を撃った犯人は逮捕され、取り調べを受けていた。捜査員の計らいで私は犯人の顔をマジックミラー越しに拝むことができた。言葉を失ったよ。取り調べを受けていた女性は私も知っている顔だった。そうだ。兄貴が付き合っていた女性、原宿の喫茶店で兄貴から紹介された彼女こそ、詐欺グループのリーダーだったんだ」

どういうことだろうか。つまり間宮礼子、いや三雲玲と高杉竜平が恋人同士だったという意味だろうか。和馬は確認する。

「要するに二人は付き合っていたんですね」

「そうだ」と高杉は首を縦に振った。「兄貴は間宮礼子と交際していた。少なくとも私の認識ではそうだった」

「三十一年前、あなたはどうしてそれを黙っていたんですか？」

和馬がそう訊くと、高杉はやや苛立ったような顔つきで言った。

「もちろん言ったよ。でも信じてもらえなかった。現職の警察官と詐欺グループの女リーダーが付き合っていた。馬鹿なことを言うなと笑い飛ばされた」

最初のうちは信じてくれなかったが、そのうち捜査員たちも高杉の言葉に真実味を嗅ぎとったようだった。しかしそうなると空気が微妙なものに変わっていくのを当時の高杉は感じていた。

「不都合な真実ってやつだ。私の証言が事実であると、厄介《やっかい》な問題が持ち上がってしまうんだよ。つまり兄貴は詐欺グループに肩入れしていたんじゃないかという疑いだ。兄貴と間宮礼子は共犯関係にあったというわけだ。馬鹿言っちゃいけない。そんな話があるわけないだろ」

おぼろげながら当時の捜査本部の思惑が見えてくる。もしも殉職した高杉竜平と詐欺グループのリーダー、間宮礼子が繋がっているとしたら、事件の構図はまったく違うものになってくる。単純に逃走を阻止しようとした警察官が撃たれただけの事件ではなくなるのだ。

「本当に間違いないのか。本当に二人は付き合っていたのか。お前の見間違いじゃないのか。そう何度も確認されたよ。取り調べを受ける容疑者の気持ちが初めて理解できた。何度も訊かれているうちにわからなくなってしまうんだ。本当に自分の記憶が正しいものだったのか、とね」

捜査本部、いや警視庁としては現職警察官が詐欺グループに関わっていたというのは不祥事ともいえる事実だった。できれば間違いであってほしいというのが上層部の本音だろう。

「事件から三日後、いや四日後だったかな。ちょうど司法解剖が終わって兄貴の遺体が練馬の実家に戻ってきた日のことだ。私が実家から浅草の寮に戻ると、一人の男が寮の前で待っていた」

男は兄の同僚だった。男は高杉の部屋に上がり込み、お悔やみの言葉を述べた。それから生前の兄の話を始めた。高杉竜平がどんなに有望な警察官だったか。高杉竜平がどれほど仲間に愛されていたか。兄の優れた資質や人望について、男は滔々《とうとう》と語った。

「いつしか私は涙を流していた。相手の男もだ。男は私に言った。『お前のお兄さんを悪者にはしたくない。詐欺グループと繫がっていたなんて嘘に決まってる。犯罪者ではなく、警察官としてお兄さんを葬ってやろう』とな」

高杉竜平が詐欺グループの女リーダーと付き合っていたのが事実であれば、警察官の不祥事が露見し、当然警視庁はそれを公表しなければならない。すべては弟の直也の証言にかかっていた。

「私はうなずいた。了承するしかなかったんだ。翌日、私は警視庁に対してこれまでの発言を撤回する意思を表明した」

すぐに告別式も開かれた。犯罪者の逃走を阻止しようとした、正義感溢れる警察官。高杉竜平に世間一般はそういう印象を抱いた。実際、マスコミにも大きく報道された。生前の彼に道案内をしてもらった老人がインタビューに応じる映像がワイドショーで流れ、それを見た視聴者は悲しみに胸を痛めた。

「これでよかったんだ。私は自分にそう言い聞かせた。兄貴の名誉を守ったんだと自分に言い訳しながら生きてきた。でもね、たまに思い出すんだよ。原宿の喫茶店で間宮礼子と並んで楽しそうに笑っている兄貴の顔を。活《い》き活《い》きとした笑顔だった。あんなに楽しそうに笑う顔を見たことがなかった。いったい二人の間に何があったのか。その謎に蓋をしてしまったことを後悔しているのも事実だった。あれから三十年以上のときが流れ、その謎が解かれることはないだろう。そう思っていたときだ。君たち二人が現れたんだよ」

高杉は言葉を区切り、コーヒーを飲んだ。すっかり肩の荷が下りたような穏やかな顔をしている。和馬は訊いた。

「課長の寮を訪れ、事実を隠蔽することを仄《ほの》めかした警察官は誰だったんですか？」

コーヒーカップを置き、高杉は答えた。

「磯川さんだよ。事件発生時、兄貴と一緒にいた警察官だ」

午前十一時過ぎ、和馬のデスクの内線電話が鳴った。受話器を耳に当てると男の声が聞こえてくる。磯川部長の秘書をやっている長田からだった。

「終わったぞ」

「悪いな」

受話器を置いて和馬は立ち上がる。隣に座っていた美雲も立ち上がり、二人で刑事部長室に向かった。磯川部長は会議に出席していると長田から聞いていて、終わったら連絡をくれるように頼んでいたのだ。

刑事部長室の前で立ち止まり、ノックしてからドアを開ける。中央にある重厚なデスクに磯川は座っていた。こちらに顔を向けて磯川が言った。

「長田から聞いてる。また例の女が動き出したようだな。警備部に警護の強化を依頼したところだ」

磯川部長はノンキャリアながら部長まで昇りつめた男だった。三十一年前に間宮礼子を現行犯逮捕したのを機に本庁の捜査一課に抜擢されたと聞いている。長年刑事畑にいただけのことはあり、庁内にも心酔している者が数多くいるらしい。

「実はそれに関連してお話があって参りました」

和馬がそう言うと書類に目を落としながら磯川が言った。

「何だ？」

「三十一年前、高杉竜平巡査が撃たれた事件についてです。彼は恋人の手により殺害されたのではないでしょうか？」

磯川が顔を上げた。鋭い視線を向けてくる。

「どういう意味だ？」

「そのままの意味です。当時、高杉竜平巡査と詐欺グループのリーダー、間宮礼子は交際していた。そういう話を耳にしました」

「弟の直也か。あの男から聞いたんだな」そう言って磯川が小さな笑みを浮かべた。

「俺は悪いことをしたとは思っちゃいない。むしろ逆だ。警察の名誉を守ったとさえ思っている。高杉が間宮礼子とデキていたことは俺も当時は知らなかった」

「あの日、何が起きたんですか？　どうして高杉巡査は命を落とさなければならなかったんでしょうか？」

残された資料や新聞報道などによると、あの日二人はパトロール中に間宮礼子と遭遇し、そのまま追跡したという話だった。しかし高杉巡査と間宮礼子の関係性が明らかになった今、二人が偶然遭遇したとは考えにくかった。

「あの日、勤務中だった奴のもとに電話がかかってきた。女の声だった。たまたま受話器をとったのが俺だったから奴に繋いだんだ。電話で話しながら奴の顔色がはっきりと変わるのがわかった。それからしばらくして奴がパトロールに行くと言って外に出ていった。これは何かあるなと思ったよ」

磯川はこっそりと高杉を尾行した。磯川が尾行していることに気づかぬくらい、高杉は焦っている様子だった。やがて高杉は高輪《たかなわ》のビジネスホテルに隣接した立体駐車場の中に入っていった。

「そこで奴が女と会っているのを見たんだ。その女の風貌が手配中の詐欺グループの主犯格の女と似ていると思った。二人がどういう関係なのか。当時の俺はそこまで考えている余裕もなく、ただ女の身柄を確保することだけを考えた。俺は拳銃を持って近づいていった。しかし向こうも俺の存在に気づいてな。高杉が俺のもとにやってきた」

お願いだ。説明させてくれ。そんなことを高杉は必死に言っていたという。かなり取り乱していた。そのとき不意に銃声が聞こえ、高杉がばたりと倒れた。拳銃片手に立ち尽くしている女の姿が見えた。

「俺はその隙を見逃さなかった。女の手から拳銃を叩き落とし、その場で手錠をかけた。すぐに無線で応援を呼んだ」

そこまで話した磯川は大きく息を吐いた。嘘をついているようには見えなかった。ただし高杉竜平巡査と間宮礼子、いや三雲玲がどうして人目を忍んで会っていたか、その理由についてはわからなかった。

「部長、捕まった間宮礼子ですが、高杉巡査についてはどのような供述を？」

「だんまりだった。そこの部分はな。それ以外は大筋で容疑を認めた。詐欺グループについても、高杉を撃ったことに関してもだ。警視庁としては高杉が詐欺グループの運営に関与していたというシナリオだけは絶対に避けたい。そこで俺が高杉の弟の説得に当たったわけだ。どうせもう高杉の弟から話は聞いてるんだろ」

かくして真実は覆い隠されることになった。なぜ間宮礼子——三雲玲が磯川部長の命を狙っているか。明確な動機は定かではないが、交際していた二人の密会を邪魔されたというのが正解だろう。もし磯川が現れなければ二人は手をとり合って逃亡していたのか、それとも別の展開が待っていたのか、今となっては何もわからない。一つだけはっきりしていることは三雲玲が恋人であった高杉巡査を射殺したということだけだ。

「少しよろしいでしょうか」

隣でずっと黙っていた美雲が口を開いた。和馬は彼女に訊く。

「何かつけ加えたいことが？」

「いえ、そうではありません」美雲は声の調子を整えるかのように咳払いをして、それからやや声を大きくして言った。「どこかでこの会話をお聞きになっているんじゃないですか、モリアーティさん。そろそろ何かおっしゃりたいことがあるんじゃないでしょうか」

「北条さん、君はいったい何を……」

「先輩、もうお忘れですか。河北社長の一件です。あのときと同じようにモリアーティはこの会話を聞いてるような気がするんですよ」

「お前、何を言ってるんだ」

磯川が怪訝《けげん》そうな顔でそう言ったときだった。突然、磯川のデスクの上で電話機が鳴り出した。にこにこ笑いながら美雲が勝手に電話機を操作し、スピーカー機能にしてから受話器をとる。美雲が言った。

「モリアーティさん、これが私たちが辿り着いた答えです。いかがでしょうか」

すると例の声が聞こえてきた。ボイスチェンジャーを通した声だ。

「悪くありませんね、北条巡査。そして初めまして、磯川部長。いや、お久し振りといった方がいいでしょうか」

※

やはりこの部屋のどこかに盗聴器が仕掛けられている。美雲は自分の読みが当たったことに満足していたが、喜んでいるわけにもいかなかった。

磯川が顔を強張《こわば》らせたまま電話機を見ていた。今の状況をわかっていないのだろう。美雲はそれを察して説明する。

「部長、この人物はモリアーティと名乗る犯罪者です。おそらくこの部屋のどこかに盗聴器が仕掛けられています」

「盗聴器だと？　だったら早くそれを……」

「モリアーティの正体は」そこでいったん言葉を区切って隣に立つ和馬の顔を見た。まだ彼女の本当の名前を出すタイミングではない。和馬に向かってうなずいてから美雲は続けた。「モリアーティの正体は間宮礼子です。部長が三十一年前に逮捕した女性であり、五ヵ月前に仮釈放になった元受刑者です」

「間宮……礼子……」

磯川はそう言ったきり口を閉ざした。電話機から声が聞こえてくる。

「桜庭巡査長、それから北条巡査。お疲れ様でした。あなた方の読み通り、私の次の狙いは磯川武治で間違いありません。私に手錠をかけたこの男をずっと殺してやりたいと思ってました」

とりあえずモリアーティの標的は当てることができたらしい。美雲は胸を撫で下ろした。しかしモリアーティは続けて言った。

「動機についてはあと一歩といったところでしょうか。しかしこれは当事者しか知らない事実もあるので、なかなかすべてを明らかにすることは難しいですからね。八十点といったところでしょうか」

おそらく彼女が指摘しているのは高杉巡査と間宮礼子との間にあったやりとりだ。二人の間に何があったのか。その詳細についてはいまだに謎に包まれている。わかっていることは二人は交際していて、間宮礼子が高杉巡査を射殺した。それだけだ。

磯川がペンをとり、手元にあったメモに何やら書いた。それをこちらに見せてくる。『何とかしろ』と殴り書きされている。美雲は肩をすくめた。もっと具体的な指示を出してくれたら動きようもあるのだが、これでは何をすればいいのかわからない。電話機からモリアーティの声が聞こえてくる。

「命だけは助けてあげることにします。磯川部長、若い部下の活躍に感謝した方がいいでしょうね」

何とか犯行を未然に防ぐことはできたようだ。美雲はそう思ったが、まだ予断は許さなかった。これで終わるとは思えない。案の定、モリアーティは続けて言った。

「命は奪いませんが、社会的に死んでいただくことにしましょう。磯川部長は年に一、二度、タイのバンコクに行かれますね。そこで十代の少女とお過ごしになることがあるようですが、間違いありませんか？」

磯川は答えなかった。しかしその顔は引きつっている。

「お答えいただけないなら結構です。磯川部長はバンコクで買った少女との一部始終を録画して、ご自分でコレクションしていますね。その動画の一部を新聞社に送りました」

少女買春のためにバンコクを訪れているということか。美雲は吐き気がした。もしそれが本当であるなら刑事部長、いや警察官として失格だ。しかもそれがマスコミに流されたとなると致命的なダメージとなる。警察官としての地位も失うだろう。社会的な死という表現をモリアーティは使ったが、それは決して大袈裟《おおげさ》なものではない。

「ま、待ってくれ」磯川は悲痛な顔で声を搾り出す。「それだけはやめてくれ。おい、聞いてるのか。頼む。お願いだから……」

通話が切れた。虚しい不通音が聞こえてくる。美雲は手を伸ばして受話器をもとの場所に戻した。

磯川が立ち上がり、ふらふらと歩いて来客用のソファにどすんと座った。自業自得とはいえ、その姿は見るに忍びない。一気に十歳近く年をとってしまったようにも感じられる。彼が犯した最大のミスは、間宮礼子の本質を見抜けなかったことだ。彼女の正体は三雲玲。Lの一族出身の天才犯罪者なのだ。

袖を引っ張られるのを感じた。隣に立つ和馬がこちらに目配せを送ってから、磯川の背中に声をかけた。

「部長、我々はこれで失礼します」

そう言って刑事部長室をあとにしようとした。ドアから廊下に出る手前で磯川のドスの利いた低い声が聞こえてくる。

「桜庭、あの女を絶対に捕まえろ。いいか、絶対だ」

和馬は何も答えなかった。無言のまま廊下に出る。前を歩く和馬に訊いた。

「先輩、次はどんな問題ですかね？」

モリアーティとのゲームのことだ。全部で三問だと聞いている。一問目は南千住のアパートで発見された女性の遺体だ。その遺体の正体が本物の間宮礼子であり、過去に自らの戸籍を売っていたと推測された。そして二問目では三十一年前、高杉巡査を殺害したのが間宮礼子――三雲玲であり、当時二人が交際していたことが判明した。モリアーティの真意とは何か。まだ美雲自身も摑めていない。

「どうだろうね。とにかくモリアーティに繋がる痕跡を探そう。無駄足になるかもしれないが、今さっき部長室にかかってきた番号を調べよう。それから盗聴器も見つけないとね」

「わかりました」

用意周到なモリアーティのことだ。そう簡単に痕跡を残すような真似はしないはずだが、捜査を推し進めるよりほかになかった。美雲は和馬と並んで廊下を足早に歩いた。

※

「制服姿の三雲さんも新鮮ですね」

木下彰がコーヒーカップ片手に言った。華は少し気恥ずかしくなり、笑みを浮かべて答えた。

「そうですか。地味な制服じゃないですか」

「地味だからこそいいんですよ。素材のよさっていうんですか。そういうのが出るんですよ」

「私、素材ですか？」

「すみません、失言でした」

そう言って木下が笑ったので、華もつられて笑った。上野の大手チェーン系のイタリアンレストランだ。正午に華が勤める書店の前で待ち合わせをして、それからこのレストランに入ったのだ。すでにランチを食べ終え、今は食後のコーヒーを飲んでいる。食事を食べている間は子供たちの話題を楽しんだ。木下の娘、ほのかは最近トマトを好きでよく食べるようになり、将来はトマトになりたいと言っているらしい。

こうして男性と二人で会っていることに罪悪感がないといえば嘘になる。しかし華自身は木下に対して恋愛感情など微塵も抱いていないし、あくまでも子供が同じ保育園に通う保護者仲間として木下と接しているつもりだ。あのＤＶＤを見て以来、和馬とはほとんど話していない。昨日は捜査で一晩帰ってこなかった。

「ところで相談って何ですか？」

華はそう切り出した。時刻は十二時三十分を回っている。昼の休憩は一時までだ。木下はコーヒーカップを置いてから答えた。

「実は引っ越そうかと考えてます」

「えっ」

そう言ったきり言葉が続かなかった。木下は特に表情を変えずに淡々と話し始める。

「本気で言ってます。実は房総半島の南端で友人がペンションを経営してるんですよ。そこでしばらく厄介になろうかなと思ってるんです」

「お仕事は？　お仕事はどうされるんですか？」

「パソコンがあればどこでもできるのが僕の仕事の強みでもありますしね。ペンションの仕事を手伝うのもいい気分転換になるかもしれません。その友人もほのかと同じ年の子供がいるんです。田舎だから保育園に通ってる子も少ないみたいです」

気持ちはわかる。いろいろと噂されて疲れてしまったのだろう。しかしどこに行っても同じような気がする。バレてしまえばそれで終わり。同じことの繰り返しだ。華の思いを汲《く》みとったように木下がつけ加えた。

「僕も学習したんで、今度は最初からカミングアウトしようかと考えてます。兄が罪を犯して刑務所で反省していることを、最初に説明するのが筋じゃないかと。隠そうとしていたから、いざバレたときに後ろめたい気持ちになってしまったんです」

それはわかるような気がした。初めに打ち明けておけばくよくよと考え込む必要はない。フラワー保育園でもそうだ。事前に園長先生あたりから知らされていたら、今のような状況にはなっていなかったかもしれない。

「今はちょうど三月だし、時期的にもいいかなと思ったんです。ほのかは杏ちゃんと仲良くさせてもらってて、二人を引き離すのは忍びないですが、今しかないと思ってます」

「そうですか……」

悔しいことに引き留めることはできなかった。今後、木下父子の置かれた現状が好転するような解決策もなく、この三月から四月への年度替わりの時期に引っ越すのは最適な方法に思えたからだ。

「誰にも言わずにこっそりと引っ越すつもりでしたけど、三雲さんにはお世話になったし、事前に言っておこうと思った次第です。まあ向こうに行っても仕事で東京に来ることは結構あると思いますしね。本当に急ですみません。これじゃ相談というより、一方的な宣言ですよね」

そう言って木下は笑ったが、その笑みはやや空虚なものに見えた。彼は家族に犯罪者がいるという理由だけで、娘とともに東京から去る決断を下したのだ。身内に犯罪者がいる。たったそれだけの理由であらぬ噂を立てられ、引っ越しを余儀なくされる。他人事だと割り切ることはできない。

「実は決断したのはつい最近のことで、引っ越しに向けた準備はこれからです。もうしばらくはほのかも杏ちゃんと遊べると思うので、よろしくお願いします」

「こちらこそ。手伝えることがあったら何でもおっしゃってください」

「その言葉だけでも嬉しいです。そうだ、三雲さん。そのペンションを経営してる友人が野菜を送ってきてくれたんです。よかったらもらってくれませんか。食べ切れないほどの量を送ってきてくれたんですよ」

「でも……」

「もらってください。車の中に入れてあるんで」

そう言って木下は伝票を摑んで立ち上がった。木下が払うと言ってくれたが、ここは割り勘にしようと華は強引に自分の分を払った。店から出て木下は歩き始める。彼が近くのコインパーキングに入っていくので華もあとに続いた。木下は一台のＳＵＶのドアロックを解除し、トランクを開けた。

「三雲さん、こちらです。お好きなものを選んでください」

そう言って木下が手招きしたので、華は車の後部に向かった。トランクの中を覗き込んだが、そこには何も入っていない。

「木下さん、これって……」

不審に思って振り向いた。すると次の瞬間、火花のようなものが見えた。肩のあたりに激しいショックを感じ、華の意識はそこで途絶えた。

※

「ごく普通の盗聴器でした。秋葉原《あきはばら》に行けば簡単に手に入る代物です。指紋もついていないとのことでした」

鑑識から戻った美雲がそう言うと、隣に座る和馬が小さく笑った。

「だろうね。そう簡単にボロを出すような相手じゃないってことだよ」

刑事部長室のデスクの下から盗聴器が発見されていた。いつ仕掛けられたか不明だが、おそらくここ数週間以内ではないかというのが鑑識の見立てだった。敵ながらその手際は鮮やかだ。警視庁に侵入して盗聴器を仕掛ける。渉の父、三雲尊は自分の姉を天才と称したらしいが、それもうなずけるほどの自在性だ。

和馬が携帯電話を出すのが見えた。モリアーティから預かっている携帯電話だ。着信が入っているようだ。

「先輩、こっちへ」

美雲はそう言って立ち上がった。ここでは周囲の目もあり会話を聞くことができない。美雲は和馬の手を引っ張って階段脇にある倉庫に飛び込んだ。和馬が携帯電話を操作してから耳に当てた。旧式なのでハンズフリー設定はないようだが、音量を最大限まで上げてくれたようだ。美雲は携帯電話に耳を近づけた。

「もしもし」

「さきほどは失礼しました。では次の問題に移ります」

例の声だ。和馬は苛立ったように言った。

「待て。いつまでこんなことを続ける気だ」

「ご心配なく。これが最後です」

美雲は息を殺した。次はどんな難題が出されるというのだろうか。

「次の問題です。問題というより、これはミッションですね。今から四時間後の午後五時、桜庭巡査長にとって大切な方が二人、亡くなります。それを助けることがあなた方に課せられたミッションです」

和馬が息を呑む気配が伝わってくる。和馬にとって大切な人とはいったい——。

「ちょっと待て。何を言ってるんだ」

「そのままの意味ですよ。二人の標的を捜し出し、自分たちの保護下に置く。それができたらあなた方の勝ちです。それができないようならあなた方の負けということですね。それがこのゲームの勝敗です」

午後五時までに標的を特定し、保護下に置く。一見して簡単そうに思われるが、実は意外に難しいと美雲は感じた。もし間違った人を特定してしまったら、別の犠牲者が出てしまうのだ。

「ただしこれでは難しいので、一つ救済措置を差し上げます」電話の向こうでモリアーティが続けた。「標的が明らかになったが、どうしても保護できなかった場合、その標的の名前をこの電話で伝えてください。もしその名前が正解であれば、私はその者を即座に解放します。ただし一人だけです」

もし午後五時までに一人も保護できずに時間だけが過ぎ去ったとする。その場合、標的と思われる人物の名前をモリアーティに告げる。その答えが合っていれば一人は救えるということだ。

「先輩、ちょっといいですか」

そう言って美雲は手を出した。美雲の意図を察したらしく、和馬が携帯電話を渡してくれた。それを耳に当てて美雲は言った。

「標的の条件をもっと詳しく教えてください」

「それは無理ですね。桜庭巡査長にとって大切な人。それだけです」

「タイムリミットより前に二人の標的を保護下に置いた場合はどうなるんですか？」

「それは有り得ません。午後五時にならないと答えがわからないからです。あなた方が正解だと思っていても、実は不正解かもしれませんから。その場合、午後五時にどこかで誰かが命を落とすことになるでしょう」

要するに午後五時までに考えられる者すべてを洗い出し、安全な場所に誘導すること。それがこのゲームの進め方だ。

「もうゲームは始まっています。健闘を祈ります」

通話は切れてしまった。美雲は腕時計に目を落とした。時刻は午後一時十分だった。和馬はスマートフォンを出している。彼が何をしようとしているか、美雲にも察しがついた。

「私、杏ちゃんの保育園に電話してみます」

「頼む。俺は華に連絡をとってみる」

和馬にとって大切な人。真っ先に頭に浮かぶのが妻の華と娘の杏だ。美雲はスマートフォンで杏が通っている保育園を検索して、すぐに電話をかけた。保育士らしき女性に言う。

「そちらの保育園に三雲杏ちゃんという女の子が通っているはずですが、今日は杏ちゃんはそちらにいらっしゃいますか？」

「すみません、どういうことでしょうか？」

やはり電話だと教えてくれないらしい。仕方ないので美雲は身分を名乗る。

「私は警視庁捜査一課の北条と申します。三雲杏ちゃんのご両親と親しくさせていただいている者です。杏ちゃんがそちらにいるかどうか、それを確認させていただきたいのです」

「ああ、あのときの刑事さんですね」

今から五ヵ月前、杏の通う保育園のバスが乗っとられる事件があり、美雲は人質としてそのバスに乗り込んだ。あのときのことを憶えていてくれたようだ。

「そうです。北条です。杏ちゃんの安否だけ確認させてください」

「わかりました。少々お待ちください」

隣を見ると和馬は真剣な顔つきでスマートフォンを耳に当てている。やがて電話の向こうで保育士が言った。

「杏ちゃん、いますよ。今はお昼寝の時間なので、みんなと一緒に寝てますね」

「わかりました。事情は説明できませんが、杏ちゃんから目を離さないでいただきたいんです」

「了解しました。刑事さんがそうおっしゃるなら」

「よろしくお願いします」

美雲が通話を切ると、ちょうど和馬も話し終えたところだった。その顔つきが気になった。

「杏ちゃんは無事です。目を離さないように保育士さんに頼みました。華さんはどうでした？」

美雲がそう訊くと、和馬が首を横に振りながら答えた。

「昼休憩が終わっても職場に戻ってきていないようだ。こんなことは初めてらしい」

もしかしてすでに拘束されてしまったのか。一人目の標的が華であることは確実だろう。美雲は立ち上がった。

「とにかく華さんの職場に行きましょう。あと、先輩のほかのご家族の安否確認をしないといけません」

「そ、そうだな」

美雲はドアを開けて倉庫から出た。時刻は午後一時十五分だった。タイムリミットの午後五時まであと三時間四十五分。

※

和馬は覆面パトカーを運転している。ハンズフリー設定にして、さきほどから電話をかけまくっていた。

「だから母さん、家から一歩も出ないでくれ。お祖父ちゃんとお祖母《ばあ》ちゃんもだ。二人とも家にいるんだろ」

「でも和馬、夕飯の買い物に行かないといけないし、お祖母ちゃんはドンの散歩に行くと思うけどね」

「買い物も散歩も駄目だ。わかってくれ、母さん。非常事態なんだよ」

どうにも状況を説明しづらい。この緊迫感が伝わらないのがもどかしかった。

「とにかく絶対に単独で行動しないでくれ。頼んだよ」

通話を切った。赤信号なので車を停止させた。通話をしながらなので敢えてサイレンは鳴らしていない。スマートフォンに着信があった。父の典和からだった。さきほど電話をしたが繋がらず、留守電にメッセージを吹き込んでいた。

「おい、和馬。華ちゃんが拉致されたってのは本当なのか？」

「今、華の職場に向かってるところだ。モリアーティと名乗る犯罪者が俺の身の回りの人を二人、午後五時に殺害するって言ってるんだ。一人は華で間違いないと思う。問題はもう一人だ」

杏だと思ったが、杏は保育園で無事にしているらしい。あと一人は誰なのか。可能性が高いのは家族の誰かだろう。

「モリアーティっていうのは聞いたことがある」電話の向こうで典和が言った。父も警視庁の幹部のため、そういう情報が耳に入る立場にある。「犯罪をネットで販売してるんだろ。でもなぜそいつがお前個人を狙ってくるんだ？」

実はモリアーティの正体は三雲玲といい、華の伯母に当たる女性である。それをこの場で説明するのは面倒なので、今は黙っていることにした。

「それはわからない。とにかくこうなってしまったんだよ。父さん、頼みがある。家族全員の無事を確保したいんだ」

「わかった。何とかしよう」

「頼む。あと杏を保育園に迎えに行ってほしい」

「了解だ。香《かおり》にも連絡をとってみよう。和馬、何かあったらすぐに連絡を寄越せ。あと俺からもお前の上司に状況を伝えておく」

「そうしてくれると助かる。それに父さんや香だって可能性がないわけじゃない。それを決して忘れないでほしい」

「わかった。お前も気をつけるんだぞ」

前の信号が青に変わったので和馬はアクセルを踏んで車を発進させた。日当ての書店はもうすぐだ。五百メートルほど走ってから車を路肩に寄せた。すぐに車から降りる。三階建てのビルで一階から三階まですべて本屋だ。和馬は店内に入ってレジに向かった。手が空いている店員に向かって言う。

「責任者の方はいらっしゃいますか？　私はここで働いている三雲華の夫です」

「お待ちしてました」背後から声をかけられる。振り返ると眼鏡をかけた男性が立っていた。「私が店長です。三雲さんのご主人ですね」

「そうです。華は――妻はまだ？」

「ええ、戻ってきておりません。こちらへどうぞ」

店の奥に案内される。従業員専用のドアから事務室に入ると、そこには本の在庫がそこかしこに積まれていた。店長が説明する。

「三雲さんの今日の昼休憩は正午から一時間でした。一時になっても姿を見せないので気にしていたところ、そちらから電話がかかってきたというわけです」

「妻は普段、どこで昼食をとるんですか？」

「この奥にスタッフ専用の休憩室があるんですが、そこで食べてることが多かったですね。たまに同僚と外に食べに出ることもあったみたいですけど」

「今日はどうだったんでしょうか？」

「さきほどスタッフに確認したところ、外に出ていく姿を見かけた者がいるようです。一人だったと証言してます」

「そうですか」

一人で外に食事に出かけたか、もしくはコンビニあたりに昼食を購入しに行ったのか。杏の保育園は給食付きのため、華は普段から弁当を作る習慣はない。いつか話していたときにパンを買って食べることが多いと耳にしたことがある。

いずれにしても華の行方を追わなければならない。周辺の聞き込みをして華の足どりを探るのだ。店長の男に礼を言ってから和馬は事務室を出た。隣にいる美雲に言った。

「北条さん、華の足どりを追おう。写真があればいいんだけど」

そう言って和馬はスマートフォンを操作した。アルバムの中に以前遊園地に行ったときに家族三人で撮った写真が残っていたため、それを美雲のアドレスに向けて送信した。

「時間がないから手分けして進めよう。北条さん、華の行方を追ってくれ」

「わかりました」

と言っても時間がなく、ここでずっと華を探しているわけにはいかない。時刻は午後一時五十分になろうとしていた。和馬は言った。

「二十五分後、午後二時十五分になったらここに戻ってきてくれ」

「了解です」

書店から出た。美雲が左の方に進んでいったので、和馬は右側に向かって歩き始めた。華、どこにいるんだよ。和馬は心の中でそう問いかけた。

「この女性に心当たりはありませんか？　今日の昼くらいにこのお店に来ているかもしれません」

和馬はコンビニの店員にスマートフォンの画面を見せた。家族三人で撮った画像を加工して華の顔だけアップにしてある。粒子が粗くなってしまっているが、顔は判別できる程度のものだ。

「さあ、記憶にないですね」

「お願いします。もう一度よくご覧になってください」

店員が画面を見てから首を捻った。学生風の若者だった。

「わからないっすね。昼どきって混み合うからいちいちお客さんの顔まで覚えてないんですよ」

「そうですか。ご協力ありがとうございました」

和馬はコンビニから出た。コンビニやパン屋、飲食店を中心に聞き込みをおこなっているのだが、現在までに華を目撃したという証言は得られていない。書店の近くから聞き込みをスタートしたので、すでにかなり離れてしまっている。このあたりまで昼飯を買いにくることはないかもしれない。時刻は午後二時十分になろうとしているので、和馬はいったん書店まで戻ることにした。

　さきほどから何度も華に電話をかけているのだが、繋がらない状態が続いている。不安は募る一方だった。タイムリミットまであと三時間しかない。もしそれまでに華の居場所がわからなかったら――。

「先輩」書店の前に戻ると美雲が近づいてきた。「駄目でした。華さんを見かけたという証言はありませんでした」

「こっちも同じだ。書店の同僚から話を聞こうと思ってる。華が普段、どういう店で昼食を買ったり食べたりしているか。そういう具体的な話を聞き出すんだ」

「賛成です」

　書店に入ろうとしたときスマートフォンに着信があった。驚いたことにかけてきた相手は華の父、三雲尊だ。和馬はスマートフォンを耳に当てた。

「もしもし、和馬です」

「俺だ。華が大変なことになってるみたいだな」

「どうしてそれを？」

「さっきお前の親父さんから電話があった。華は俺の娘だぞ。真っ先に俺に知らせてくるのが筋ってものだろうが」

「すみません……」

「まあいい。おそらく姉貴の仕業なんじゃないか。なぜ姉貴がこうも華に執着するのかわからんがな。姪《めい》っ子が可愛いだけならいいんだが」

すでに尊は華の失踪に三雲玲が関わっていることを見抜いているようだ。さすが三雲家の当主だけのことはある。尊なら華の居場所を探し出すことができるかもしれない。一縷の望みを見つけたような気がした。

「お義父さん、もし華の居所に心当たりがあるようなら教えてください。場合によっては今から捜索に加わっていただけると大変心強いです」

「悪い、ゴルフのラウンド中なんだ」

ずっこけそうになる。娘の一大事よりゴルフを優先させるとは、やはり三雲家の人間はぶっ飛んでいる。

「悦子も一緒だ。来月東京で美術品のオークションが開催されるんだが、その関係者とラウンドしてるんだ。そのオークションに俺が長年狙っている古伊万里《こいまり》が出品されるんでな。おっと、いかんいかん。現役の刑事にこんなことを言っては駄目だな。聞かなかったことにしてくれ」

そのオークション会場から古伊万里の焼き物を盗む計画なのだろう。和馬は溜め息をついて言った。

「わかりました。もし華の居所に心当たりがあるようなら……」

「俺と悦子は無理だし、親父とお袋も伊豆に旅行中だ。だが渉なら協力するぞ」

「渉さんが？」

「そうだ。ああ見えてあいつは頼りになるぞ。あの小娘も一緒なんだろ。小娘を渉のマンションに向かわせろ。必ず役に立つはずだ」

尊が言う小娘というのは美雲のことだろう。美雲は渉の両親と顔を合わせたことがあるらしい。

「渉のマンションを教えてなかったな。住所を言うぞ、ええとな……」

言われた住所を暗記する。月島にあるマンションのようだ。電話の向こうで尊が言った。

「じゃあな、和馬君。華を頼んだぞ」

通話が切れた。無責任な親だが、こうしてわざわざ電話をかけてくるだけでもマシなのかもしれない。すでに美雲の姿はない。書店内で聞き込みを始めているのだろう。

和馬は書店に入った。美雲を捜して店内を歩いていると、文庫本のコーナーで書店員に聞き込みをしている美雲の姿を見つけた。彼女のもとに駆け寄って声をかける。

「北条さん、ちょっといいか？」

「何ですか、先輩」

「今、華のお父さんから電話があってね、君を渉さんのマンションに向かわせるように指示があった。渉さんなら何かわかるかもしれないって彼は言ってるんだ」

渉が住んでいると教えられた住所とマンション名を告げ、和馬は言った。

「ここは俺に任せてくれ。めぼしい情報がなかったら俺もすぐにそっちに向かう。君は先にタクシーで向かってくれ」

「わかりました」

そう言って美雲がフロアを去っていった。彼女の姿を見送ってから、和馬は気をとり直して近くにいる書店員に聞き込みを開始した。

※

目が覚めた。椅子にロープで縛りつけられていることに華は気づいた。いくら体を動かしても解けそうにない。後ろに回された手首には手錠がかかっている。

薄暗い部屋だ。古いオフィスのようで、テニスコートほどの広さだった。椅子が数台置かれているだけだ。微《かす》かに黴《かび》の匂いがしており、ブラインドの隙間からわずかに日の光が差し込んでいる。

木下はどこに行ったのか。コインパーキングに停車していた彼の車に近づいたことは憶えている。野菜をくれるというので彼についていったのだ。木下がトランクを開け、中を見ると野菜らしきものはなかった。その直後、電流のようなものを押し当てられ、そこで意識が途絶えた。あれはスタンガンだろうか。後ろから襲われたので顔は見ていないが、状況的に木下の仕業と考えるのが自然だ。でも彼がどうして私を――。

ドアが開く音が聞こえた。顔を向けると人影が見えた。木下だった。彼がにこりと笑って言う。

「気がついたようですね。よかったです。あ、叫んでも無駄ですよ。ここは取り壊しが決まってるビルです。いくら叫んでも誰も来ませんから」

「ど、どうしてこんな真似を……」

木下は答えなかった。手にしていたビニール袋からペットボトルの水を出し、キャップを開けてからストローを差し込んだ。それを華の足元に置きながら言った。

「喉が渇いたらいつでも言ってくださいね」

意味がわからない。私を監禁してどうしようというのだろうか。この状況に恐怖心を感じる。木下の様子は普段とあまり変わらないが、そこがかえって不気味だった。

「嘘をついたんですね。私を誘拐するのが目的だったんですか？」

「いえ、嘘はついてませんよ。さきほど三雲さんに語ったのは本当のことです」

千葉県でペンションを経営している友人がいて、そこに身を寄せるという話だ。その話をするために華は呼び出されたのだ。

「教えてください。なぜこんな真似をするんですか？　何が目的なんですか？」

そう訊いても木下は答えなかった。私は女で、彼は男だ。やはりそういう目的なのだろうか。本当に取り壊しが予定されている廃ビルであるなら、いくら叫んだところで助けはこない。

華は椅子の後ろで固定された手首を動かした。ジャラジャラと手錠の鎖がこすれ合う音がした。華は床を見て、何か落ちていないか探した。細い爪楊枝《つまようじ》一本あればいい。手錠の外し方は祖母のマツから伝授されている。しかし生憎手錠を外すのに使えそうなものは落ちていなかった。今日は残念ながらヘアピンをつけていない。

木下は椅子に座り、スマートフォンをいじり始めた。その様子は落ち着いていて、犯罪行為に手を染めている感じではない。時間を潰しているだけのようにも見えた。

おそらく勤務先の書店では華の不在に気づいているはずだ。警察に通報してくれればいいが、それればかりはわからなかった。警察に通報したとしても、自分と木下の繋がりまでは気づかない可能性も高い。今日彼と昼食をとることは誰にも話していないからだ。

木下はママ友たちからも敬遠されているという理由から、彼と親しくしていることを華自身もあまり人には話していない。当然、和馬も知らない。そういう意味では迂《う》闊《かつ》だった。せめて和馬にだけは話しておくべきだったかもしれない。

　木下が立ち上がり、そのままドアから出ていった。ぽつんと一人で残される。試しに体を揺らしてみるが、胸からお腹のあたりを幾重にもロープで巻かれていて、緩む気配はまったくなかった。ただし足は自由になっているので、うまくいけば窓のあたりまで行けるだろう。

　華は椅子を引き摺るように移動した。数センチずつ、じりじりと。窓まで行けば外を見ることもできそうだし、どうにかして窓を叩き割れば、場合によっては外を歩く誰かがその音に気づいてくれるかもしれない。

　窓まであと二メートルまで近づいたときだった。バランスを崩して横に倒れてしまった。椅子に縛りつけられていたことが幸いしたのか、どこにも痛みはなかったが、起き上がることさえ難しくなってしまった。

　頬が床に直接当たってひんやりと冷たかった。必死に体を動かしたが、そこから移動することはできそうもない。

　そのときドアが開く音が聞こえた。木下が戻ってきてしまったようだ。角度的に木下の姿は見えない。足音が近づいてきて、華のすぐ近くで止まった。椅子ごと引き起こされて元の体勢に戻される。

木下ではなかった。華の目の前にいたのは木下ではなく、女性だった。年齢は五十代だろうか。髪は肩のあたりまで伸びていて、目がぱっちりとした女性だ。美人とも言える顔立ちだが、その面立ちには見憶えがあるような気がした。喪服にも見える黒い服に身を包んでいる。

「尊には似てないのね。どちらかというと悦子の血が出てるのかしら」

そう言って女性は手を伸ばしてきて、華の右頰についた砂埃《すなぼこり》を払ってくれる。ようやく気がついた。祖母のマツの面影があるのだ。もしかしてこの女性は——。

「大きくなったわね、華」

目の前の女性、三雲玲はそう言ってにっこりと笑った。

※

「お客さん、着きましたよ」

運転手の声で美雲は我に返る。月島のタワーマンションの前だった。ここに来るまで心の整理をしていたのだ。私は渉と結婚できない。そう思って布団を涙で濡《ぬ》らしたのは昨夜のことだ。それがまさか渉のマンションに行くことになるとは想像もしていなかった。

料金を払ってタクシーから降りる。高級なホテルを思わせる豪華なエントランスだ。聞いていた部屋番号を入力すると、スピーカーから渉の声が聞こえてきた。

「どうぞ」

自動ドアが開いたので中に入る。彼は五十二階に住んでいるらしい。これだけ高層のマンションに入るのは初めてだった。五十二階で降り、廊下を歩いて目当ての部屋に向かう。すでにドアの前で渉が待っていた。ジーンズにシャツという軽装だ。

「どうもこんにちは」

「いらっしゃい。入って」

「お邪魔します」

部屋の中に入る。靴を脱いで廊下を進むと、そこは広いリビングだった。こんなに広いリビングは見たことがない。大型のテレビが壁に据えつけられている。かなり巨大な画面のはずだが、部屋が広いのでその大きさが目立っていない。

「実はこの部屋、ずっと家族みんなで住んでたマンションなんだよね」渉がそう説明する。「五年前にごたごたがあって引っ越したんだけど、僕はここが気に入っていたから最近また住み始めた。お母さんも月の半分くらいは一緒に住んでるかな」

渉はリビングを通り過ぎて、廊下を奥に進んだ。ほかにも部屋はたくさんあるようだ。四人家族が住んでも十分なほどの広さと間取りだ。

「ここが僕の部屋。どうぞ」

そう言って渉が一枚のドアを開けた。中を見ると本や雑誌が本棚から溢れんばかりになっている。多少散らかっているが、さほど気にならない程度だった。奥にあるL字型のデスクには二台のデスクトップパソコンが置かれていた。

「さっきお父さんから電話があった。華の居場所を知りたいんだよね」

「そうです。お昼休みの前までは勤務先の書店にいたことは確認されてます。でも午後一時になっても戻ってこなくて、そのまま行方がわかりません」

「ふーん、そうなんだ」

渉はパソコンの前に座り、キーボードとマウスを操り始めた。後ろから画面を見ていたが、渉が何をやっているのか全然理解できなかった。三分ほどしてから渉が言った。

「これ、華が働いてる本屋さんの防犯カメラの映像。時刻は正午ちょっと過ぎ」

もう一台のパソコンに画像が出た。店の入り口に設置されたカメラのようだ。制服姿の華が店から出てくるところだった。店の前には一人の男性が立っており、華と並んで歩き始めた。すぐに画面から消えていく。

「誰だろうね、この人」

そう言って渉が映像を巻き戻して男の姿を拡大させた。茶色いジャケットに黒いパンツという服装で、一見して勤め人には見えない格好だ。年齢はおそらく三十代だろう。まさか華に限って浮気ということはないと思う。どういう関係なのだろうか。

「あ、レストランに入っていったね」

今度はレストランに入っていく二人の姿が画面に映った。さきほど美雲自身が聞き込みをした店舗だった。昼どきは忙しくて人の顔まで覚えていないとマネージャーと思われる男に追い返されたのだ。

それにしてもハッキングというのは恐ろしいものだと美雲は実感する。父の宗太郎が無邪気に喜んでいた気持ちがわかるような気がした。ここに来てまだ十分も経過していないというのに、華が昼に入った店を特定してしまったのだ。

「二人が頼んだのは日替わりランチセットAのドリンク付き。今日のランチャセットAは鶏のトマトソース煮だって。美味しそうだね」

「そんなことまでわかるんですか」

「うん。お店のデータをハッキングしたからね。ちなみに二人ともドリンクはコーヒーを頼んでるよ」

同時に渉は店の防犯カメラを見ているようだが、二人が映っているものは見つからないという。次に渉が見つけた映像は二人が店から出てくるところだった。時刻は午後十二時四十七分を示している。

「渉さん、このファミレスから書店までの距離はどれくらいですか？」

「二百メートルくらいかな」

しかし華は二百メートル先の書店に戻ることなく姿を消してしまったのだ。美雲は華のことをそれほどよく知っているわけではないが、簡単に午後の仕事をすっぽかすような人ではないだろう。彼女はいったいどこに行ってしまったのか。

最初に頭に浮かんだのはタクシーだ。通りかかったタクシーを停め、華を押し込んで強引に走り去るのだ。しかしこれには無理がある。華は午後から仕事のため、タクシーへの乗車は拒むはずだ。だとしたら――。

「渉さん、近くにコインパーキングってありますか？」

「あるよ」

「防犯カメラの映像を調べてください」

「了解」

コインパーキングというのは大抵防犯カメラがついている。設備を壊されたり料金を払わずに出ていくなどの被害を防ぐためだ。精算機に赤外線カメラが設置されている場合もある。

「見つけたよ。さっきの男と華が一緒にいるね」

画面に映像が映し出された。男と華が画面の手前を横切ってコインパーキングの奥に入っていった。しばらくして黒いSUVが走り去っていくのが見えた。

「車のナンバーわかったら教えてください。問い合わせてみるので」

「所有者は割り出せるよ。少し時間がかかるけどね」

そう言って渉がキーボードを操作した。検索に時間がかかるらしく、渉はパソコンから目を離した。

「コーヒーでも飲む？」

「いえ、結構です。渉さん、実はお話があるんですけど……」

結婚の話だ。やはり、Lの一族である三雲渉とは結婚できないと美雲は半《なか》ば諦めていた。探偵一家の一人娘と泥棒一家の長男。両者は決して交わり合うことのない平行線だ。

「あ、やっぱり今度でいいです」今は捜査中なのでプライベートの話をしている場合ではない。美雲は自分にそう言い聞かせた。「近いうちにゆっくりお話しさせてください」

「うん、いいよ。もし美雲ちゃんがよかったらでいいんだけど、ここに引っ越してきたらどうかな？」

「ここに？　私がですか？」

「そう」当たり前だと言わんばかりに渉はうなずく。「さっきも言ったけど広くて持て余しちゃってるんだよね。もったいないなと思って。美雲ちゃんが引っ越してきたら僕も楽しいし、二部屋くらい使ってもらって構わないから」

頭がクラクラした。いきなりの同棲《どうせい》オファーだ。やはりLの一族というのはただ者ではないらしい。悔しいけれどこういう強引なところも素敵だ。

しっかりしろ、と美雲は自分を叱咤《しった》する。私の心は完全にこの人に盗まれてしまっている。

※

華はまじまじと目の前にいる女性の顔を見た。華にとって伯母に当たる人だ。長年その存在さえも知らなかったが、こうして対面するとやはり他人とは思えない不思議な感覚があった。祖母のマツの面影があるせいかもしれなかった。

「華、私のことは知ってるの？」

玲がそう訊いてくる。華は答えた。

「去年初めて知りました。伯母がいるなんてずっと知らされていませんでした」

「でしょうね。私は三雲家の恥だからね。隠し通したい気持ちもわかるわ」

華の父、尊を凌駕《りょうが》する才能の持ち主だったが若くしてドラッグビジネスに手を染め、巌から勘当されたと聞いている。そして三十一年前に詐欺事件で警察に目をつけられ、警察官を射殺して現行犯逮捕されたらしい。

「母さんは何度も刑務所に面会に来たけど、そのたびに私は拒否した。私は親子の縁を切ったつもりだったから」

巌とマツの気持ちを考えると切なくなってくる。長女が道を踏み外し、悪質な犯罪に手を染めるようになってしまったのだ。断腸の思いで勘当したのだろう。

「私の存在が秘密だったのは理解できるわ。警官殺しなんて不細工な犯罪で捕まった哀れな犯罪者なんだから」

口調も穏やかだ。父や母はともすればエキセントリックな言動が目立つのに対し、彼女は非常にまともな感じがする。しかしその裏側には何か深い闇が潜んでいるような気もしないでもない。

「あなたが悦子のお腹の中にいる頃、私は逮捕された。産まれてくるあなたを見るのが楽しみだった。だから逮捕されたときはそれだけが心残りだった。姪っ子の顔を見られないことがね。渉のことは散々陰から見ていたから」

私が幼い頃の話だろう。その頃すでに勘当されていたはずだから、三雲家との繋がりは途絶えていたはず。しかし何らかの方法で家族の動向を観察していたということだ。

「どうして私なんですか？」華は疑問を口にした。「私を人質にとってどうするつもりなんですか？　去年もそうだった。バスで私を連れ去ろうとしましたよね」

五ヵ月前のことだ。保育園の帰りにバスの運転手に自宅まで送ってもらうはずだったが、実はそのバスの運転手こそが元刑務官の岩永で、玲に服従していた男だった。幸いにも父と母に助けられたが、あのとき携帯電話で伯母の声だけは聞いていた。

「私は三十年も刑務所の中で過ごしていた。居心地がいいわけないけど、慣れっていうのは怖いものね。でも私の場合、いろいろと融通してもらっていたからさほど不便なことはなかったわね」

刑務官を意のままに操り、外部から差し入れを届けさせることもあった。快適とは言えないものの、ほかの服役囚に比べて待遇ははるかに上だった。

「私の部下は岩永だけじゃない。かつて率いていた詐欺グループの中にもいまだに私に心酔する部下が何名かいる。そういう者たちに命じて三雲家のことを探らせていた。特に姪であるあなたがどういう風に成長していくか、とても興味があった。私の独房にはあなたの写真が飾ってあったほどなのよ、華。刑務所というのは狭い世界でしょ。そのくらいしか楽しみがなかったの。姪がどんな風に成長していくか。それを想像するのが私の趣味だったわ」

刑務官を操れるとはいえ、さすがに無期懲役の受刑者が脱走できるほど刑務所の警備は甘くない。死ぬまで刑務所の中にいるんだろう。そう思っていた。ところが五年ほど前、玲はある情報を入手した。

「聞いたときは笑ってしまったわ。あなたが結婚、しかも相手の男は刑事って聞いてね。図書館の司書なんて随分地味な仕事を選んだものだと思っていたのに、刑事と結婚したいと言い出すなんて、さすがは私の姪っ子だなって感心したのよ」

「そんなにおかしいですか？」ずっと黙っていた華は口を挟んだ。「たしかに私の家族はみんな泥棒です。でも私はきちんと仕事をしてたし、警察官と結婚したっていいじゃないですか」

「違うのよ、華。私は何も駄目だと言ってないわ。血は争えないと思っただけ。私が思った通りだった。あなたには私と同じ血が流れているの。三十一年前、私も警察官と付き合ってた」

玲は遠くを見るような目をしていた。口元には笑みが浮かんでいる。

「私はその男を撃ったの。最愛の男を殺したのよ」

三雲玲には多くの罪状があったが、その最大の罪は警察官を射殺した殺人罪だと父から聞いていた。つまり彼女はその警察官と付き合っていたということなのか。

「出会いは平凡だった。駅で彼が財布を拾ってくれたの。笑っちゃうわよね、泥棒の私が財布を落とすなんて。それでお礼にコーヒーでもどうですかって私から誘ったの。もしかして第一印象から惹かれていたのかもしれない」

初めて会った日はコーヒーを飲んだだけで別れた。向こうは会社員だと名乗り、玲は不動産関係の事務員だと偽った。相性が合ったのか、すぐに交際に発展した。そして当然、玲は気づく。彼が警察官であることに。

「まさか自分が警察官と付き合うことになろうとは想像もしていなかったけど、少し楽しく思っている自分がいるのも事実だった。だって警察官よ。絶対に有り得ないじゃない」

彼——高杉竜平は裏表のない気さくな人物で、まさに好青年といったタイプだった。なぜ自分がこんな人と付き合っているのか、たまに疑問に思うほど感じのいい男性だった。

当時、玲は詐欺グループのリーダーだった。金持ちを相手に別荘を販売すると話を持ちかけ、金を奪いとっていた。三年ほどかけて作り上げた組織は役割分担もきちんとなされ、マニュアルも完璧だった。当初は玲も現場で働いていたが——玲の笑顔は相手に安心感を与え、どんなに警戒心の強い者でもころりと騙された——その頃には彼女なしでも現場はオートマチックに動き、年間で億単位の金を稼いでいた。

「彼との交際は順調だったわ。まあ私は自分の素性を隠していたんだけどね。彼の弟さんを紹介されたこともあった。私は知らなかったんだけど、突然紹介されてびっくりよ」

ちょうどその頃、予期せぬ出来事が起こった。玲が妊娠してしまったのだ。彼女は恋人の高杉竜平に相談することなく、堕胎する道を選んだ。ところが子供を堕《お》ろした直後、それが竜平にバレてしまったのだ。

「彼は烈火のごとく怒ったわ。生まれて初めて、頬を平手で張られた。こんなにも私を愛してくれているんだって実感したのよ」

そして竜平から正式にプロポーズされた。警察官となんて結婚できるわけがない。そう思って玲は答えを保留した。しかし日増しに彼への想いが高まっていった。

何とかなるのではないか。玲はそう考えるようになった。当時の彼女は間宮礼子という偽名を名乗っており、戸籍ごと買っているので問題なかった。間宮礼子は天涯孤独の身の上だったので、特に竜平を家族に紹介する必要もない。このまま一緒になってしまえばいいだけだ。

最大の懸念は自身が率いている詐欺グループだが、これもどうにかなりそうな目途がついていた。玲が抜けても組織は問題なく動いていくほどまでに完成していた。数人の幹部には脱退の意思を伝え、そのための引き継ぎも入念におこなった。

「油断があったのかもしれないわね。組織を抜けて彼と一緒になる。そのことばかりに頭が行っていたのは認める。警察の捜査がすぐそこまで近づいていることを見抜けなかったのは私の完全なミス」

その日は玲の誕生日だった。といっても彼女は間宮礼子と名乗っているので、実際に誕生日を祝うこともないのだが、敢えて玲は自分の誕生日を選んだ。その日の午後、玲は品川にある組織のアジトの高層マンションに向かった。そこに集まっている幹部全員の前で最後の引き継ぎをおこない、完全に組織とは縁を切る予定だった。

「夜には竜平と会うつもりだったわ。そしてプロポーズの返事を伝えることにしていたの」

しかし運命は皮肉なものだった。その日、警視庁の特別チームが品川にある詐欺グループの摘発に乗り出したのだ。やや遅れてマンションに到着したのが幸いした。捜査員に見つかったが、玲は即座にマンションの前から逃走した。

「常に非常時を想定せよ。それが三雲家に伝わる教えだったから、私も常日頃から準備を怠らなかった。都内に三ヵ所、緊急避難できる場所を用意しておいた。そこで状況を見守ってから、偽造パスポートで出国する。行く先は香港《ホンコン》。現地の銀行に口座を開設していたから」

隠れ家に緊急避難し、翌日に出国。誰にも見破られることなく、明日の夜には香港の五ツ星ホテルで優雅にワインを飲んでいるはずだった。しかし玲は迷った末にある決断をする。最後に竜平に会いたい。そう思ってしまったのだ。

　彼が勤務している交番に連絡して、これから会いたいと告げた。玲の声色からただならぬ気配を感じとったのか、勤務中にも拘《かか》わらず彼は玲の頼みを聞き入れた。交番の近くにあるビジネスホテル横の立体駐車場で待ち合わせた。そこには玲の避難用の盗難車を置いてあったからだ。

「立体駐車場で彼と落ち合った。私は手短に事情を説明した。私は実は犯罪者で、これから逃亡するってことをね。彼は最初は驚いて声も出ない様子だったけど、徐々に状況を呑《の》み込んだ様子だったわ」

　彼も警察官だけのことはあり、恋人が何かを隠していることに薄々気づいていたようだったが、まさか犯罪者であるとまでは想像していなかったらしい。

「私は別れを告げた。今生《こんじょう》の別れってやつね。でも彼は認めようとしなかった。自首を勧めてきたの。俺も一緒に罪を償う。場合によっては警官を辞めてもいい。さよなら。待ってくれ。私を止めないで。いや待ってくれ。そんな不毛なやりとりが続いたわ」

　そのときだった。物音が聞こえ、振り向くと柱の陰に一人の警察官が立っていた。竜平の同僚のようだった。その警察官は拳銃を持っていた。竜平は慌てた様子で警官のもとに向かい、しばらく静観してくれと懇願していた。

「私はそれを見ながら、懐に隠していた拳銃を引き抜いた。護身用のオートマチック拳銃よ。射撃の腕には自信があった。拳銃を持った警察官だけ始末しようと思ったの」

警官に向けて拳銃を構える。二人は議論していたが、先に玲の持つ拳銃に気づいたのは、竜平の同僚の警察官だった。彼の目の色が変わった。それに気づいたのか、竜平もこちらを振り向いた。

竜平の同僚の胸に狙いをつける。彼女が引き金を引いた瞬間、同僚の男が竜平を盾にするかのように前に押し出した。

「竜平の胸に鮮血が飛び散った。こうして私は、生まれて初めて愛した男をこの手で殺害してしまったの」

※

渉が住んでいるマンションは月島にあった。このあたりは華がかつて住んでいたエリアであり、和馬も何度か足を運んだことがある。ひと際高いタワーマンションに入ろうとしているとスマートフォンに着信があった。妹の香からだ。

「兄貴、私よ。保育園に着いたところ」

父の典和に命じられ、杏を迎えにきたらしい。香自身は非番でジムにいたところに典和から電話があったようだ。香が非番でよかったと思う。

「悪いな、香。杏を実家に連れて帰ってくれ」

「そうするように父さんからも言われてるんだけど、杏ちゃん、私の言うことに従ってくれないんだよ」

思わず苦笑する。そういうことか。迎えに行くのは和馬か華と決まっているので、それ以外の者が行っても従わないということだろう。

「それに今はお遊戯会の練習らしくて、楽しそうにみんなと踊ってるんだよ。強引に連れて帰るのも可哀想だろ」

「わかった。どうせあと少しで終わるだろうし、そうしたらお前の言うことにも従うんじゃないか」

「了解。じゃあ私はしばらくここで待機してるよ」

「一応目を光らせておいてくれ。危険が潜んでいる可能性もある」

和馬は通話を切ってエントランスから中に入った。オートロックの番号を押すと自動ドアが開いた。渉が住んでいるのは五十二階だった。よくこんな物件に住めるものだなと、和馬は三雲家のダイナミックさを改めて痛感した。

「先輩、お疲れ様です」

インターホンを押すとドアを開けてくれたのは美雲だった。彼女に案内されて中に入る。部屋の広さと天井の高さに圧倒されてしまう。

「こっちは駄目だ。華の同僚から何も聞き出せなかった。そっちは？」

和馬が訊くと廊下を奥に進みながら美雲が答える。

「いろいろとわかったことがありました。ここです」

その部屋は渉の仕事部屋のようだった。中央にあるデスクに渉が座っている。和馬は義理の兄に向かって頭を下げる。

「渉さん、ご面倒をおかけしてすみません」

「構わないよ。それに華は僕の妹だからね」

「先輩、早速ですが」そう言って美雲はパソコンの画面を指でさした。そこには一組の男女が映っている。一人は制服姿の華で、もう一人は見知らぬ男だ。場所は勤務先の書店の前だった。「今日の昼、書店前の防犯カメラの映像です。華さんはこの男性と行動をともにしている可能性が高いです」

「それで、こいつは何者なんだ？」

和馬自身は見たことがない顔だ。最初に浮かんだのは書店の同僚という線だが、書店員にしては服装がラフだった。

「彼は木下彰、三十六歳のＷＥＢデザイナーです。娘のほのかが先輩の娘さんと同じ保育園に通っています。自宅も先輩のマンションから直線距離で一キロも離れていません」

「彼がどうして華と……」

「華さんが勤める書店近くのコインパーキングで、彼の車が出ていく映像が残っていました。ナンバーから所有者を割り出し、彼の身許が確認できたんです。今、彼の車の行方を追っています。あ、私は何もしてませんよ。全部渉さんがやってくれたことです」

　胸にざらりとしたしこりのようなものを感じる。この男と華はどういう関係なのだろうか。まさか華に限って――。

「木下はブログをやってまして、華さんもそのサイトを閲覧している模様です。子供が同じ保育園に通う親同士、仲良くしていたのかもしれませんね。木下に関して一つ気になることがあります。彼の兄は二年前に強盗致傷の容疑で逮捕されて実刑判決を受けています」

　実兄が刑務所にいるということか。この木下という男とモリアーティ――三雲玲とはどういう接点があるのだろうか。

「北条さん、華はこの男と一緒なんだろ。彼が所有している車の動きはどうなってる？」

「渉さんがNシステムで調べているんですが、特定できていません」

　Nシステムというのは各所に設置された車のナンバーを読みとる装置を利用し、手配車両を追跡するシステムのことだ。本来であれば警察関係者しか使えないものだが、渉は自宅にいながらそれを使っている。まあ三雲家のことだから何も言うまい。渉がパソコンの画面を見たまま言う。

「僕はこのまま車の行方を追ってみるよ。ここに三人でいても仕方ないし、和馬君たちは別の方向から捜査を進めた方がいいんじゃないかな」

「私もそう思ってました」美雲がそう言って和馬に目を向けてきた。「先輩、ちょっといいですか」

　廊下に出た。リビングのソファに座る。かなり大きなテレビが壁にかかっている。美雲が言った。

「先輩、モリアーティの言っていた救済措置を覚えていますか？」

「ああ。最悪の場合、一人だけ助けてくれるってやつだろ」

　正解すればという条件つきだが、助けたい者の名前を告げればその者の命は助けてくれるというものだ。

「おそらく標的の一人は華さんで確定です。もしも華さんの居場所がわからなくても、救済措置を使えば華さんを救うことは可能ですよね。今はもう一人の標的を見つけることに専念すべきかと思うんです。時間もあまりないことですし」

和馬の家族については華以外の全員が安否確認ができており、それぞれの居場所も把握している。あと一人の標的は誰か。和馬はなかなか思いつかなかった。

「先輩にとって大切な人です。誰かいませんか？　大事な友達とか恩人とか」

「俺も考えているんだけど、あまり思い浮かばないんだよ」

古い友人や親戚まで候補に入れるとなると、どこまで範囲を広げていいのかわからない。さらに警察官になってから世話になった上司や同僚もいる。

「大切な人。何かヒントがあると思うんですよ」美雲がそう言ってあごに手をやった。「先輩にとって大切な人です。華さんは奥さんだから当然ですよね。杏ちゃんは無事だから、そうだな」そこで間を置いてから美雲は続けた。「最近、先輩の周りで何か変わったことは起きていませんか？　些細な変化でも結構です」

些細な変化。そう言われると思い当たる節がある。美雲も同じことを考えたようで、和馬に向かって言った。

「あのＤＶＤの送り主、モリアーティかもしれませんね」

差出人の名前のない封筒だったらしい。それを華が開けて映像を見てしまったのだ。

「仲村亜里沙か。彼女はただの同級生だぜ。誤解のないように言っておくけど」

「ただの同級生と二人きりでお酒を飲みますか？」

「北条さん、この状況で意地の悪いことを言わないでくれよ」

和馬はそう言いながらスマートフォンを出し、仲村亜里沙に電話をかけた。いくら待っても繋がらなかった。仕事中だから電話に出られない。そういう理由ならいいのだが。

彼女の勤務先は知っていた。以前、捜査の関係で訪れたことがあったからだ。和馬はネットで勤務先を検索し、そこの代表番号に直接かけてみる。受付らしき女性が出たので聞いてみた。

「そちらにお勤めの仲村亜里沙さんはいらっしゃいますか？」

「……仲村は本日はお休みをいただいております」

やや言葉が詰まったのが気になった。和馬は身分を名乗ることにした。

「私は警視庁捜査一課の桜庭と申します。仲村亜里沙さんとは捜査の関係でお話をさせていただいたことがあります。彼女は本当に休んでいるんですか？」

「少々お待ちください」

保留の音楽が流れ始める。上司に相談しているのかもしれない。二分ほど待っていると男の声が聞こえてきた。

「仲村は本日出社してきていません。無断欠勤で我々も困っていたところなんです」

本当に彼女が二番目の標的なのか。和馬は腕時計に目を落とした。時刻は午後三時三十分になろうとしていた。タイムリミットまであと一時間三十分だった。

※

「警察は私と竜平の関係を公にしようとはしなかった。意図的にそうしている感じだったわね。詐欺グループのリーダーと現職警察官が付き合っていたなんて警察にとっては不都合な真実だったのよ」

三雲玲の話はまだ続いている。華は椅子に座って彼女の話に耳を傾けていた。私にとって伯母に当たる女性だ。しかも泥棒一家の娘という立場ながら、警察官と恋に落ちた女性。彼女の身の上話には私と共通するものがある。

「刑務所は退屈だったけど、暇潰しがないわけでもなかったわ。ほら、私の場合、刑務官を操れるからね」

でも彼女は刑務所から脱走した。正確に言えば仮釈放されたらしい。無期懲役の受刑者でも条件が整えば仮釈放されることを華は最近になって初めて知った。最低でも三十年以上は服役していて、身元引受人がいるなどの細かい条件をクリアし、厳正な審査を経てのことらしい。しかし彼女の場合は裏取引があっての仮釈放だと聞いている。

「私が出所しようと考えたのはあなたがきっかけなのよ、華。あなたが警察官と結婚するって聞いたとき、まさか自分の姪が私と同じ道を辿るなんてと驚いたの。そして見てみたいと思った。あなたが今後どのような家庭を築いていくのか。それを近くで見たかったの」

この五ヵ月間、ずっとどこからか見られていたのだ。まったくその兆候は感じなかった。華も祖父からスリ師としての技術を一応叩き込まれているので、何者かの視線を察知する力には長けている。そんな私が気づかないということは、やはりこの三雲玲という女性はただ者ではないのだろう。

「笑ってしまったわ。あなた、刑事の妻をごく当たり前に演じているんだもの。それに昼間は普通に本屋で働いている。どこにでもいそうな家族そのものなんだから」

平凡な家庭だと思っている。私が泥棒の娘であるということ以外、何の変哲もない普通の家庭だ。

「放っておいてください」華はようやく口を開いた。喉が渇いていて口の中がカラカラだ。「私のことなんて放っておいてください。私は父や母みたいに違法なことはしてません。ずっと真っ当な道を歩いてきたつもりです。早く解放してください」

「可愛い姪だし、そうしてやろうと思っていたんだけどね、状況が変わったの。あなたに問題はないわ。問題はあなたの旦那よ」

「どういうことですか？」

「二度も私の邪魔をしたの。偶然かもしれないけど、仕事の邪魔をされるのは癪《しゃく》に障《さわ》るわ。今、彼にはゲームをやってもらってるのよ」

遊びのゲームではないだろう。どこか不吉な予感がする。

「午後五時、あと一時間三十分後にあなたともう一人の可哀想な犠牲者が死ぬことになる」

思わず体が硬直した。私が死ぬ。この人は今、そう言ったのか。

「華、そんなに心配しないで。あなたが死ぬのは彼らがゲームに負けた場合だけだから」

どんなゲームなのだろう。それがわからないのが怖かった。和馬は今、私の命を救うために三雲玲の言いなりになっているということだ。それともう一人とは誰なのか。真っ先に頭に浮かんだのは娘の杏だ。

「やめて。杏には絶対に手を出さないで」

華がそう言っても玲は答えない。

「杏がどうにかなったら私は絶対にあなたを許さない。私だけじゃないわよ。和君もそうだし、お父さんやお母さんやお祖父ちゃんやお祖母ちゃんだってあなたを許さないわよ、きっと」

「あら、怖いわ」そう言って玲は口に手を当てる。「どうしましょう。三雲家を敵に回したらいくら私でも勝てるわけないわ。それに警察一家も一緒なんでしょう。怖い家族だこと」

その言葉と裏腹に彼女の表情には余裕の色が浮かんでいる。決して自分は捕まらない。そういう自信があるのだろう。

玲は壁の方に歩いていった。そして床に置かれていたアタッシュケースを手に戻ってきた。それを華の足元に置きながら玲が言う。

「この中には爆弾が入っているわ。午後五時になったらタイマーが作動して爆発する。この部屋くらいは吹っ飛ぶように調整されてる」

足元のアタッシュケースを見る。銀色のどこにでもありそうなものだ。この中に爆弾が入っている。冗談を言っているようには見えなかった。

「あなたの旦那、このゲームに勝つことができるのかしら」

そう言って玲は口元に笑みを浮かべ、細長い煙草《たばこ》に火をつけた。

※

和馬が四谷にある仲村亜里沙のマンションに到着したのは午後四時ちょうどだった。亜里沙のマンションは以前捜査の関係で訪れたことがあった。手帳に書き記していた彼女の部屋番号は三〇一号室だった。一階のエントランスでインターホンを押しても反応はない。無断欠勤は過去に一度もないという話だった。

管理人は常駐していないようだったので、不動産会社に連絡しようとスマートフォンを出したとき、マンションの住人らしき若い男がエントランスに入ってきた。和馬はその若者に警察手帳を出して事情を説明した。彼とともに中に入り、階段を使って三階に急いだ。

部屋のインターホンを押してもやはり反応はない。試しにドアのノブを回してみるとロックはかかっていなかった。嫌な予感がした。和馬はスマートフォンを出し、美雲に電話をかけた。通話はすぐに繋がった。

「俺だ。今、仲村亜里沙の部屋に着いた」

状況を説明する。応援を呼んでその到着を待っている時間などない。和馬はイヤホンマイクを耳に装着した。これで常に美雲と会話できる。通話状態のまま部屋に入れば、何かあったときにも伝わるだろう。

「じゃあ中に入る」

「気をつけてください」

拳銃はもちろん、警棒も持っていない。完全に素手だ。本来であればここまでの無茶はしないのだが、今回に限っては華の命がかかっている。和馬は高鳴る鼓動を感じながらノブを回した。

「仲村、いるのか？」

そう声をかけてみるが中から反応はない。和馬は靴を脱いで部屋の中に上がった。上がってすぐのところにキッチンがある。その向かい側には洗面室、それからユニットバスのドアが見えた。間取りは1Kのようだ。

ドアを開けて奥に進む。ベッドの上に仲村亜里沙が横たわっているのが見えた。口にはガムテープが貼られていて、両手両足をロープで拘束されていた。

「仲村、大丈夫か」

和馬が声をかけると、彼女が和馬を見上げて何度かうなずいた。その表情は怯え切っている。和馬は室内に視線を走らせる。何者かが潜んでいる可能性もあるからだ。いったんキッチンに戻り、トイレとユニットバスの中を確認、そして再び亜里沙のベッドが置いてある部屋に行き、クローゼットと外のベランダを確認した。どこにも異状はなかった。

「先輩、状況はどうですか？」

イヤホンから美雲の声が聞こえたので和馬は答えた。

「彼女が拘束されていた。でも無事だ。今から彼女の話を聞いてみる」

そう言って和馬は膝をつき、彼女の口からガムテープを外した。和馬は「仲村、もう大丈夫だぞ」と声をかけ、それから彼女の両手両足を縛っていたロープを解いてやる。ロープの一端はベッドの脚に繋がれていて、そこから身動きできない状態にされていた。

「仲村、何があった？」

和馬がそう訊くと、彼女が震えた声で答える。

「朝、会社に行こうと部屋から出たとき、いきなり襲われたの」

「どんな奴だった？　襲ってきた奴の顔は見たんだろ」

「見てない。鍵を閉めようとしてたとき、背後から鼻と口を覆われたの。それで意識がなくなっちゃって……気づくとベッドの上にいた」

フローリングの上に銀色のアタッシュケースが置いてあるのが見えた。ぽつんと置かれているので目立つのだ。亜里沙に訊くと見憶えがないと言う。いったん落ち着いた鼓動がまた高鳴る。

「北条さん、聞こえてるか？　アタッシュケースを発見した。犯人が残していったもののらしい」

「危険ですね。爆弾かもしれません。三雲玲は去年の事件でも爆弾を使用してます。

その製造に長けているのかもしれません」

「わかった。五時まで時間はあるが、すぐに退避する」

「警視庁にも応援要請を出しました。間もなく所轄の捜査員がそちらに到着するはずです」

「これで標的の一方は確保した。モリアーティに電話をして華を解放するように伝えてみるよ」

通話を切ってから亜里沙に言った。

「今すぐここを出る。急いで」

彼女を抱き起こし、部屋から出た。一階まで降りてエントランス脇にある植栽近くに彼女を座らせる。和馬は携帯電話――モリアーティから連絡用として渡されたもの――を出し、発信履歴からリダイヤルした。しばらくしてモリアーティの声が聞こえた。

「あと一時間を切りました。状況はどうですか?」

「標的の一人を確保した。もう一人の標的を解放してほしい」

「解放したい者の名前は?」

「三雲華だ」

電話の向こうでモリアーティは沈黙した。まさか外れってことはないだろうな。和馬はごくんと唾を呑み込み、言葉を待った。やがて声が聞こえてくる。

「わかりました。三雲華を解放します」

「これでゲームは終わりだ。俺たちの勝ちってことだ。おい、聞いているのか」

呼びかけ虚しく通話は一方的に切られてしまった。でもこれで安心だ。華の無事を確保できたのだ。とにかく今は一刻も早く華に会いたかった。解放されれば連絡してくるだろう。監禁されていたとはいえ、三雲玲は華の伯母だ。手荒に扱うとは思えなかった。

どっと疲れが出た。和馬は座っている仲村亜里沙のもとまで行き、その隣に腰を下ろした。さきほどまでは軽いショック状態にあった亜里沙も徐々に回復してきたようだ。彼女が訊いてきた。

「桜庭君、いったいどうして……どうして私がこんな目に……」

そこまで話したところで急に彼女は泣き出した。その瞳からぽろぽろと涙が溢れてくる。落ち着いたと思ったら再び恐怖が甦《よみがえ》ってしまったらしい。

「大丈夫だ。もう助かったんだから」

和馬はそう言って着ていたスーツの上着を脱ぎ、彼女の背中にかけた。亜里沙がハンドバッグからフェイスタオルを出した。それで涙を拭こうとしたところ、一枚の紙切れが舞って和馬の足元に落ちた。手帳を切りとったような紙切れだった。そこに書かれている言葉を見て、和馬は言葉を失った。

『I　am　Fake』

そこにはこう書かれていた。直訳すると私は偽者。隣から覗き込むように紙片を見て、亜里沙は首を傾げている。彼女には見憶えがないようだ。となると犯人がこっそり忍ばせたものかもしれない。

思わず和馬は唸っていた。彼女は偽者。つまり仲村亜里沙は標的ではないということなのか。

※

「わかりました。三雲華を解放します」

彼女はそう言って携帯電話を耳から離した。華は固唾《かたず》を呑んで伯母である三雲玲の動きを見守っていた。彼女は真っ直ぐこちらに向かって歩いてきて、華の前に立った。

「華、よかったわね。あなたは助かったわ」

「もう一人は？　もう一人も助かったんですよね？」

「それはどうかしら。いずれにしてもあと少しでわかることよ」

時間がわからない。腕時計は奪われていないようだが、手首は後ろで手錠をかけられてしまっている。ただ、ブラインド越しに差し込む陽射《ひざ》しの色合いからして、夕方であることは想像がついた。

「これからどうするんですか？」華は彼女に訊いた。「今後もずっと逃げ続けるんですか？　一生逃げ回ることなんてできませんよ。自首してください。お願いします」

たった一人の伯母だ。まともに話すのは初めてだが、やはり彼女からはダークな匂い——父や母とは違った猟奇的な犯罪者の匂いが感じられる。しかし彼女が三雲家の人間であるのは明白であり、どこか親近感を覚えるのも事実だった。

「私のことより、あなたはどうなの？　華。刑事との結婚生活を続けていくつもりなのかしら？　私には茶番にしか見えないんだけど」

「茶番なんかじゃありません。彼も、そして娘も私にとっては大事な家族です」

「そう？　はたから見ていると茶番にしか見えないわよ」

泥棒一家の娘が刑事と一緒になる。伯母から見れば茶番かもしれない。しかしそれは彼女自身が思い描いていた未来でもある。彼女は三十一年前、ある警察官と恋に落ち、一度は彼と一緒になる覚悟を決めたのだ。しかしそれは実現できず、その警察官を我が手で殺《あや》めることになってしまった。想像を絶するほどの悲しみと喪失感に包まれたことだろう。

　時がたち、彼女は外の世界に出た。そして刑事と一緒になって一児をもうけた姪の姿を遠くから観察する。その目に三人の家族はどう映ったのか。彼女は茶番と評したが、決してそれだけではないはずだ。

「わかりました」華はうなずきながら言う。「たしかに茶番かもしれませんね。でもこんな茶番こそが、あなたが歩きたかった道なんじゃありませんか？　私だって、こう見えても人には言えない苦労があるんです。そうです、私は泥棒の娘。それは決して変えることのできない現実。でもそれを家族三人で乗り切っていくのが、私の人生なんです」

　今は和馬だけではなく、杏もいる。彼女の人生を実り多いものにするのが自分に課せられた使命だと華は思っている。そのためには家族三人、力を合わせていく必要がある。茶番なんかではなく、現実だ。

　パサリと音がした。華の体に巻かれていたロープが解けて床に落ちたのだ。椅子に縛りつけられていた上半身が自由になり、華は立ち上がる。まだ両手は後ろで手錠を嵌められたままだ。

「あなた、縄抜けを……」

　初めて玲が驚いた顔をした。それを見て華は言う。

「私だって三雲家の人間です。縄抜けくらいできますよ」

縄抜けとは三雲家に伝わる古来の技法だ。戦国時代に捕虜となった忍者が使っていた技術だとも言われている。縄から抜け出すために肩の関節をみずから外すという荒技であり、三雲家では男子にしか教えないとされていたが、華は小学生のときに祖父の厳からこの技を伝授されていた。理由は簡単、兄の渉ができなかったからだ。

「さすがね、華。見直したわ」

「あなたに褒められても嬉しくない」

背の高さも同じくらいだ。私が年を重ねたらきっとこういう感じの女性になるかもしれない。そう思われるほどに似通った顔立ちをしていた。華は伯母の目を見つめて言った。

「自首してください。それが一番です」

「するわけないじゃない。それにどうせ日本の警察は私を捕まえることなどできないわ」

だろうな、と華は内心思う。たとえ無一文で海外の路上に放り出されても、その技術を利用して生き抜いていく力が三雲家の人間には備わっている。父曰《いわ》く天才である彼女なら、警察の追跡など恐れるものではないはずだ。

「よかったら華、私と一緒に来ない？　楽しいわよ、きっと」

「絶対に行きません」

「そう。残念ね」

玲が近づいてきた。息が吹きかかるほどの距離まで接近した。華は身動きをとることができなかった。虎の目に射すくめられてしまった兎《うさぎ》のようだ。玲がハグをするように両手を回してきた。手錠を嵌められた右手に何かが渡される。細い針のようなもの。ヘアピンだろうか。

「じゃあね、華。もう二度と会うことはないと思うけど」

そう言って玲は踵《きびす》を返して立ち去っていく。華は金縛りにあったようにその場に固まっていた。玲の姿が完全に見えなくなると、ようやく体が自由になった。玲に渡されたヘアピンを使って手錠を外す。少し痛む手首を気にしながら、室内を観察する。部屋の隅に点滅する光が見えた。華のスマートフォンだった。駆け寄ってそれを拾い上げると、和馬からの着信やメールが何件も入っている。すぐさま和馬に電話をかけた。

「……華？　おい、華なのか？」

「うん、私。今、解放された」

「無事でよかった。何よりだ。どこにいる？　すぐに向かうから場所を言ってくれ」

「廃ビルみたいなところ。ちょっと待って」

華はスマートフォンの地図アプリを起動させ、自分の位置情報を確認した。地図上に自分のいる場所が表示される。ＪＲ神田《かんだ》駅の近くだった。

「神田だな。今すぐ警視庁に連絡を入れる。ビルから出て待っててくれ」

「うん、わかった。それより和君」そこで華はいったん言葉を区切ってから言う。「私、和君のこと信じていいんだよね」

例のＤＶＤのことだ。あの映像に映っていた女性のことがずっと頭の隅に引っかかっていた。電話の向こうで和馬は答える。

「当たり前だろ。俺を信じてくれ。それより華だって……。あ、いや、今はやめよう。まだ事件は解決したわけじゃない」

もしかして木下のことか。彼が三雲玲に操られていたと考えて間違いない。

「木下さんはただの友達。ていうか伯母に操られていただけだと思うわ。私を誘拐するためにね」

「やはりそういうことだったか」

電話の向こうで和馬は納得したように言った。

「ねえ、和君。事件が解決してないってどういうこと？」

「実は……」

和馬の説明を聞いた。モリアーティと名乗った三雲玲は和馬に対して問題を出したという。和馬にとって大切な人を午後五時に二人殺害するというのだった。一人目の華は助かったが、まだもう一人は助かっておらず、それが誰なのかも明らかになっていないらしい。時刻は今、四時二十分。あと四十分だ。

「杏は？　杏は無事なのね」

「無事だ。今、香に確認した。香がずっと一緒に付き添ってるから問題ないと思う」

いったい誰なんだろうか。和馬にとって大切な人。家族は全員が無事らしい。となるとほかに考えられるのは……。

「ねえ、和君。もしかして……」

華はある人物の名前を口にした。

※

美雲は渉のマンションにいた。さきほど和馬から電話があり、仲村亜里沙がフェイクであることが判明した。あと一人、別の標的がいるということだ。

「渉さん、どう思いますか？」

今、美雲は渉と並んでリビングのソファに座っている。さきほどまで渉はパソコンを使って華の行方を追っていたのだが、彼女が解放されたのでここに場所を移した。今はもう一人の標的を探すことが先決だ。

美雲は唇を噛んだ。この事態を招いたのは自分のミスだと思っていた。第二の標的が誰かと考えていたとき、仲村亜里沙の存在がクローズアップされたのは自分の発言がきっかけだった。和馬が性急に動いた感も否定できないが、結果的にはまんまと敵の罠に嵌まってしまったと言ってもいい。

モリアーティの策略を見抜くことができなかったのは私の責任だ。思えば三雲家に送られたＤＶＤでさえ、巧妙に張り巡らされた罠の一つだったのだ。和馬と華に精神的な揺さぶりをかけるだけではなく、あれは第二の標的を見誤らせるための小道具だったのかもしれない。そもそも仲村亜里沙と和馬が再会したことも、ことによるとモリアーティの仕組んだ罠の一つだった可能性もある。

「渉さん、三雲玲って知ってますか？」

「会ったことはない。でも知ってるよ。この前お父さんから教えてもらったんだ」

彼にとっては伯母に当たる人だ。渉が話し始める。

「昔、デパートで迷子になったことがあったんだ。あれは多分、四歳くらいじゃなかったかな。お父さんとお母さんと一緒だった。華がまだ生まれる前だったと思う」

銀座のデパートだった。当時から父と母はかなり変わっていたので、デパートで一人息子とはぐれてしまってもさほど慌てることはなく、そのうち戻ってくるだろうと呑気《のんき》に構えているような人たちだった。しかし息子にとってはたまったものではない。父と母を探し、泣きながら店内を徘徊《はいかい》した。

「急に右手を摑まれた。顔を上げると一人の女性が立っていた。顔を黒いベールで覆っていたけど、口元には笑みが浮かんでいたよ。その人が僕の手を引いて、お母さんたちがいる貴金属店の前まで連れていってくれた。別れ際、その人は僕の頭を撫でて言ったんだよ。『元気でね、渉』って」

「その人が三雲玲だったんですか？」

「わからない」そう言って渉は首を横に振った。「黙って去っていってしまったんだ。でもお父さんから伯母がいるって話を聞かされたとき、僕が思い出したのはあのときの体験だった。黒いベールの向こうの微笑みが忘れられないんだよ」

当時はまだ三雲玲は逮捕されておらず、可能性はゼロではない。渉は彼女にとって甥っ子なのだから、顔を知っていても不思議ではなかった。

やはり家族という結びつきがもっとも強固だと美雲は感じた。同時に第二の標的もやはり和馬の家族ではないかという思いが高まった。仮に今は安全が確認されているといっても、午後五時になったらいきなり襲ってくるとは考えられないか。

和馬が華と同様に愛しているのが一人娘の杏だ。まさか四歳の子供を襲うとは思えないし、和馬の話では杏には和馬の妹である桜庭香——美雲は会ったことはないが、彼女は現役の警察官、しかも機動捜査隊の隊員だという——が護衛に当たっている。

しかし油断は禁物だ。

「やっぱり家族かもしれませんね」美雲は自分の考えを口にした。「杏ちゃんの周辺で息を殺して潜んでいる可能性もあります。いくら警護しているとはいえ、モリアーティは爆発物の扱いにも長けてます。爆弾を使われたらひとたまりもありません」

「なるほど。そうかもしれないね」

「私、保育園に行きます」

美雲は立ち上がり、ハンドバッグを肩にかけた。タクシーを飛ばせば五時前に東向島に到着するはずだ。和馬にはタクシーの車内から伝えればいい。

「美雲ちゃん、気をつけて」

「渉さん、ご協力ありがとうございました」

美雲は渉を見た。言いたいことはたくさんある。私たちの結婚はどうなってしまうのか。それについて話し合いたいが、今はそれをしている場合ではない。後ろ髪を引かれる思いで美雲はドアから外に出た。絨毯の敷かれた廊下を歩き、エレベーターに乗って地上に降りた。エントランスから外に出る。タクシーが捕まればいいのだけど。

通りに出た。割と交通量が多く、車が行き交っている。この分だと早くタクシーが捕まりそうだ。通りを走っている車に目を向けていると、不意に背後に人の気配を感じた。

振り返ったが遅かった。首筋に強烈な痛みを感じ、美雲は意識を失った。

※

「北条さんが狙われてる。華はそう言いたいのか？」

和馬がそう訊くと電話の向こうで華が答える。

「だって美雲ちゃん、和君の大事なパートナーでしょう。大切な人ってことになるんじゃないかな」

考えてもいなかった。自分と美雲はモリアーティの出した問題を解く側の人間なので、自分たちが標的にされるという発想自体がなかったのだ。たしかに言われてみれば北条美雲は和馬にとって大切な部下だ。いや、この五ヵ月間行動をともにし、今では部下というより友人に近い親近感を彼女に対して抱いている。

「なるほど。そういうことも考えられるのか」

「今、美雲ちゃんも一緒なの？」

「今は別行動なんだ。彼女は渉さんのマンションにいる」

「早く連絡とった方がいいと思う」

「わかった。華、ありがとな」

礼を言ってから和馬は通話を切った。すぐさま彼女に電話をかけてみたが繋がらなかった。着信は入っているはずだが、呼び出し音が続いている。嫌な予感がした。まさか華の言っていることが当たってしまったのか――。

続けて渉に電話をかけた。こっちはすぐに繋がった。渉の声が聞こえてくる。

「和馬君、よかったね。華が無事だったみたいじゃないか」

「お陰様で。ご協力ありがとうございます。それより渉さん、北条さんはそちらにいますか？」

「さっき出ていった。五分くらい前かな。東向島の保育園に行くって言ってたよ。やっぱり杏ちゃんのことが心配らしいね」

杏なら香が警護しているので大丈夫だ。それにもう帰途に就き、今頃は和馬の実家に到着している頃かもしれない。

「北条さんと連絡がとれません。渉さん、彼女のことが心配です。マンション周辺を捜してもらえると有り難いです。俺もすぐに向かいますので」

「わかった。捜してみるよ」

もうすぐ午後四時三十分になろうとしている。仲村亜里沙を第二の標的だと見誤ってしまったのが痛恨のミスだった。拘束されている彼女を発見し、勇み足で華の解放を要求してしまったのだ。

遠くでパトカーのサイレンが聞こえた。サイレンは徐々に近づいてくる。おそらくここを目指しているのだろう。できれば応援の到着を待って状況を説明したいところだったが、それをしている余裕などなかった。

和馬はエントランスの脇に座り込んでいる仲村亜里沙のもとに向かった。ぐったりとした様子だったが、今の状況は理解しているはずだった。和馬は亜里沙に向かって言う。

「俺は別の現場に向かう。もうすぐ警察が到着するはずだ。自分がどんな目に遭ったのか。仲村の口から彼らに説明するんだ。できるね？」

彼女がうなずくのを見て、和馬は立ち上がって走り出した。路肩に停めてある覆面パトカーに駆け寄った。サイレンを出してそれを屋根の上に置く。イヤホンマイクを装着し、いつでも電話に出られる状態にした。運転席に乗り、エンジンをかけた。

北条さん、どうか無事でいてくれ。

祈るような思いとともに、和馬はアクセルを踏んで覆面パトカーを発進させた。

※

美雲ちゃんは将来何になりたいですか？

あれは小学校低学年のときだったと思う。授業中、担任の先生が将来の夢を児童たちに順番に質問していったことがあった。男子はJリーガーや野球選手といったスポーツ選手が圧倒的人気を誇っており、一方の女子はケーキ屋や保育士、中には動物のお医者さんと答える子もいた。

美雲ちゃんは将来何になりたいですか？

タンテイです。

美雲がそう答えたときの微妙な空気は今でも忘れない。小学校低学年では探偵という職業はそれほど——いや、まったく認知されていないので当然ともいえる結果だった。さきほどまではクラスメイトの回答に「またケーキ屋さんかよ」とか「俺の真似するな」と茶々を入れていたうるさい男子たちも、美雲の回答にはどういう反応をしていいのかわからないといった感じだった。

そんな微妙な空気を感じとった担任教師が続けて言った。

そっか。美雲ちゃんのお父さん、立派な探偵さんだものね。美雲ちゃんも立派な探偵になれるといいね。

担任のフォロー虚しく、教室の空気はさほど変わらなかった。美雲は椅子に座って下を向いた。もう誰にも将来の夢など語るまい。胸にそう誓った。不言実行。それが私のやり方だ。

なぜかそのときの夢を見ていたようだった。目を覚ました美雲が最初に感じた違和感は口だった。口にガムテープを貼られていることに気がついた。場所は車の中だ。助手席に座らされている。

体も拘束されていた。腕ごとシートにロープで縛りつけられていた。足にも同様にロープが巻かれている。まったく身動きがとれない状態だ。これでは助けを呼ぼうにも声も出せないし、車から降りることさえ難しいだろう。

窓から外を見た。住宅街の中のようだが、それほど人通りはない。時間はわからなかったが、さきほどからあまり経過していないように思われた。日没までまだ時間がありそうだ。

運転席には銀色のアタッシュケースが置かれている。アタッシュケースの隙間からコードが伸びていて、それが運転席の下の方に繋がっていた。おそらくこれは爆弾ではないだろうか。いや、そうに違いない。第二の標的は私だったのだ。

予想もしていなかった。完全に裏をかかれたのだ。これまで見てきたどんな犯罪者より、モリアーティは狡猾《こうかつ》だ。まさか回答者が標的にされるなんてまったくの盲点だった。

しかし嘆いていても何も始まらない。この状況から抜け出さなくてはならないのだから。

体を揺さぶる。かなり強い力でロープが巻きつけられているようで、まったく緩むことがない。足をばたつかせたが同様に動かない。

そのとき視界に自転車が映った。ちょうど向こう側から自転車に乗った女子高生がやってきた。助けを呼ぼうと声を上げたが、ガムテープに塞がれた口から出るのは唸り声だけだった。女子高生を乗せた自転車は走り去ってしまう。

足元で振動音が聞こえた。見るとフロアマットの上にスマートフォンが置かれていた。足でスマートフォンを動かして、視界に入る位置まで動かした。表向きになっているので画面の表示も見られるようになっていた。ちょうど和馬からの着信が入っている。

どうにもできない。足も縛られているし、手を動かすこともできない。おそらくそれを意図してここに置かれているのではないかと思った。まるでモリアーティが嘲笑っているかのようだ。

三十秒ほどで着信は途切れた。しかし画面の表示から今は四時四十五分であることはわかった。残された時間はあと十五分だ。

必死に体を揺さぶる。縛られたロープは緩まない。足を動かし、スマートフォンを動かした。片方のパンプスを脱ぎ、足の指で何とかスマートフォンを操作できないかと試してみるが、どうにもうまくいかなかった。暗証番号をうまく押せないのだ。

額に汗が滲《にじ》んでいるのが自分でもわかる。こんなところで死にたくない。まだやりたいことがたくさんある。

刑事になって早五ヵ月。捜査本部はどんなところだろうという不安もあったが、和馬をはじめとする先輩たちに助けられ、想像以上にうまくやっている自信があった。捜査一課に北条美雲あり。そんな噂も流れていることも知っていた。

正直天狗《てんぐ》になっていたのかもしれない。そんじょそこらの犯罪者に自分は負けるはずがない。そんな風に自分の実力を過信していたのではないか。その結果、モリアーティに追い込まれてしまったのではなかろうか。

超一流の刑事になる。それが警察官として美雲が立てた目標だ。しかし超一流の刑事はみすみす拘束されて爆弾と一緒に車の中に閉じ込められたりしないはずだ。本当に情けなくなってくる。

時間は刻一刻と過ぎていく。美雲は足元のスマートフォンを見た。せめてもう一度かけてきてくれないだろうか。通話に出る分には暗証番号も必要ない設定にしてあるので、足の指だけで通話状態に持っていける。しかしどれだけ待ってもスマートフォンに着信が入ることはなかった。

ほかに手立てはなく、美雲は必死に体を揺さぶることしかできなかった。

※

和馬はブレーキを踏んで覆面パトカーを停車させた。すぐさま運転席から降りる。渉が住む月島のマンションの前だ。時刻は午後四時四十七分。まだ美雲の居所は判明していない。

和馬は携帯電話──モリアーティから渡された連絡用のもの──をとり出して、そこに登録された番号に向けて電話をかけた。許しを乞うてでも美雲の命を助けてもらうためだ。しかし通じなかった。

美雲が姿を消したのはこのマンションを出た直後だ。この付近にいるのではないか。そんな一縷の望みを抱いてやってきたのだが、彼女の居所に繋がるものは何一つ見つかっていない。

渉に連絡しようか。そう思ったとき、ちょうど彼から着信が入った。和馬はスマートフォンを耳に当てる。

「和馬君、今どこ？」

「ちょうど着きました。渉さんのマンションの真下です。渉さんは今どこに？」

「自分の部屋だ。実は美雲ちゃんのスマホのＧＰＳが反応した。位置情報が特定できたよ。僕のマンションから一キロくらいの路上だ。今、和馬君のスマホにも送ったよ。見てほしい」

「ありがとうございます。確認します」

和馬は覆面パトカーに引き返しながらスマートフォンを見た。受信したメールには地図が添付されていて、二つの点を結ぶ経路が示されている。位置だけではなく、そこに行くための道順まで示してくれているようだ。渉も仕事が細かい。

覆面パトカーに乗った。サイレンを鳴らして発進する。絶対に助ける。彼女を死なせるようなことがあっては決してならない。

前を走る乗用車を追い越した。渉の示した道順を信じて覆面パトカーを走らせる。ごく普通の住宅街の中だった。前方に一台の黒いＳＵＶが停車しているのが見えた。あれだ――。

車を停車させ、運転席から降りた。ＳＵＶに駆け寄って窓から中を覗き込むと、助手席に美雲の姿が見えた。口にはガムテープが貼られていて、体はロープでシートに縛りつけられている。足も同じように縛られているらしい。

「北条さん、大丈夫か」

和馬がそう言いながら運転席側のドアに手をかけようとすると、車の中から美雲の唸るような声が聞こえた。見ると助手席の美雲が何かを訴えかけるようにこちらを見て首を振っている。

和馬はドアから手を離した。運転席に銀色のアタッシュケースが置いてあるのが見えた。アタッシュケースの隙間から何本ものコードが伸びていて、運転席の真下へと続いている。まさか爆弾か。

背中に冷たい汗が流れるのを感じた。ドアを開けたら爆発する仕組みになっているのか。和馬は腕時計に目を走らせた。時刻は午後四時五十三分。五時に爆発するのであれば、残された時間はあと七分しかない。

唇を噛む。絶体絶命とはこのことだ。仮に警視庁の爆発物処理班の出動を要請したとしても、桜田門《さくらだもん》からここまで七分以内に到着できるわけがない。

美雲を見る。彼女は必死になって体を揺すっている。どうにかしてロープから逃れようとしているのだ。

俺はどうしたらいい？　和馬は自問した。たとえばフロントガラスを叩き割るっていうのはどうだろうか。だがその衝撃で爆弾が爆発してしまうという危険性もある。

どうしたらいい？　どうすりゃいいんだよ。

和馬は拳を強く握った。爪を手の平に食い込ませる。考えろ。俺に何ができる？

俺は何をするべきなのか？

美雲と視線が合う。彼女の目が何かを伝えようとしているのがわかった。その目を見て、和馬は察する。先輩は警察官としての職務をまっとうしてください。そう言われているような気がした。

膝の力が抜けそうだった。そうなのか。俺は君を見捨てるしかないってことなのか。

仮に運転席のアタッシュケースに本物の爆弾が入っていたとしたら、その爆発による影響を考える必要がある。どれほどの範囲に被害が及ぶのか。それが予測できない以上、絶対に通行人をここに近寄らせてはならない。この地点を封鎖し、被害を最小限に抑えること。それが警察官として自分がなすべき仕事なのだ。今すぐここを離れ、近づこうとする通行人、車を他所《よそ》に誘導する。それが今なすべきことだ。

頭ではわかる。しかし――。

美雲を見捨てることなんてできなかった。どうにかして彼女を助けてあげたかった。彼女を見殺しにするという選択肢だけはどうしても受け入れることができない。

腕時計を見る。あと四分だ。もう駄目なのか。俺はここで何もできずに指をくわえて見ていることしかできないのか。そう思って和馬はその場に膝をついた。アスファルトに額をつけ、髪の毛をかきむしる。

そのときだった。背後からバイオリンの音色が聴こえてきた。

場違いなほどに明るい音色だった。和馬が振り向くと、通りの向こう側から二人の男が歩いてくる。一人はスーツを着たボサボサ頭の男で、彼はバイオリンを弾きながら優雅な足どりで歩いていた。バイオリンを弾く男の斜め後ろを、背が低い初老の男がボストンバッグを担いで追従している。

バイオリンの男は和馬の前までやってきた。演奏をやめてから男が言った。

「君が桜庭君だな。娘がお世話になっているようだね」

バイオリンの男の顔には見憶えがあった。彼は北条宗太郎。平成のホームズと言われる名探偵だ。

あれは和馬が小学校高学年の頃だった。当時、ＵＦＯや心霊写真に代表される超常現象の真偽を検証するテレビの特番が流行していた。ＵＦＯや心霊写真の研究家が、それを否定する学者たちと討論する番組だ。そこにゲストとして招かれたのが新進気鋭の探偵、北条宗太郎その人だった。もちろん和馬もその番組を見た。

ボサボサ頭にスーツといういでたちで颯爽《さっそう》と登場した北条宗太郎だったが、生放送のおよそ二時間、ずっと居眠りをしているという暴挙をやってのけたのだ。視聴者も拍子抜けだったと思われるが、和馬はひそかに感心したものだった。やはり名探偵というのはやることなすこと人とは違うのだ、と。

「まったく出来の悪い娘を持つと苦労する。猿彦、頼む」

「はい、所長」

猿彦と呼ばれた初老の男が前に出る。男は肩に担いでいたボストンバッグを置き、中からAEDのような機器を出した。運転席のドアに貼りつけ、ボタンを押す。弾けるような音とともに、火花が散った。

「所長、どうぞ」

猿彦がそう言うと、今度は北条宗太郎が前に出た。宗太郎は運転席のドアに手をかけ、何の躊躇《ためら》いもなくドアを開けた。思わず和馬は目を瞑っていたが、爆発は起こらなかった。おそらく猿彦という男は電気か何かで一時的に回路をショートさせたのかもしれないが、その仕組みは和馬には到底理解できなかった。

宗太郎は運転席に置かれたアタッシュケースを開けた。やはり中には爆弾が入っているようで、中央のデジタル時計の周辺には色とりどりの配線が張り巡らされている。和馬はデジタル時計を見た。時刻は午後四時五十八分。あと二分で爆発だ。

固唾を呑んで宗太郎の手元を見つめる。彼は軽やかな手つきで配線を触り、その回路を調べているようだった。いつの間にか猿彦が車の後部座席に乗り込んでいて、後ろからロープを切り、美雲の口に貼られたガムテープを剝がしていた。

「ありがと、猿彦。お父さん、助かったわ」

「礼は要らんよ。爆弾の解除なんてこの国ではなかなかできないからね。貴重な体験をさせてもらって有り難い。ほら、これだ」

そう言って宗太郎は一本のコードを指でつまみ、猿彦の方に手を向けた。猿彦から手渡されたハサミで宗太郎はコードを切断する。するとアタッシュケースの中で動いていたデジタル時計がぴたりと止まった。時刻は午後四時五十九分三十秒だった。

「ば、爆弾は……大丈夫なんですか？」

和馬が訊くと、宗太郎はハサミを猿彦に返しながら答える。

「もちのろんだ。それより君、この爆弾だがもらっていって構わんかな。こういうハンドメイドの爆弾はそうそう手に入る代物じゃない」

「そ、それは……」

無理に決まっている。しかし命の恩人を前にして無下に断るのも悪いような気がした。和馬が返答に窮《きゆう》していると猿彦という男が助け船を出してくれた。

「所長、それは無理かと思われます。これは警察にとっては大事な証拠品。所長のコレクションに加えることはできません」

「それは残念だ。まったく警察というのは融通が利かなくて困る」そう言って宗太郎は助手席から降りてきた美雲に向かって言った。「おい、美雲。まだまだ精進が足りないようだな。僕がいなかったら死んでたんだぞ」

さすがの美雲も父親の前だとしおらしい態度で大人しくしている。宗太郎は続けて言った。

「さて、東京見物を再開するとしよう。次はどこだったかな、猿彦」

「はい、次は明治大学博物館ですね」

「おお、拷問具を集めた博物館だな。楽しみにしてたんだ。じゃあな、桜庭君。不肖の娘をよろしく頼むよ」

宗太郎は和馬の肩をポンポンと二度叩いてからバイオリンを肩に載せ、再び演奏をしながら歩き出した。その後ろを猿彦がついていく。和馬はぽかんと口を開けて去っていく名探偵の後ろ姿を見送った。娘を窮地から救い出して、何事もなかったかのように去っていく。三雲家の面々をはじめとして強烈なキャラクターには免疫があると思っていたが、北条宗太郎もある意味でぶっ飛んでいた。

「先輩、申し訳ありませんでした」

気がつくと隣に美雲が立っていた。かなり落ち込んでいるようで、目元には光るものが見えた。

「でもよかったじゃないか」急に助かったという実感が湧いてきて、和馬は思わずアスファルトの上に座り込んだ。「本当に一時はどうなることかと思った。君を助けられないんじゃないかと思ったよ。お父さんが来てくれて助かった、本当に」

美雲もぺたりと座り込んだ。そして大きく息を吐いて言う。

「私も無理かと思いました。でも先輩、モリアーティにいいようにやられてしまいましたね」

和馬は携帯電話を出した。モリアーティから渡されたものだ。おそらく三雲玲は自分に繋がる痕跡など一切残していないだろう。今回の一件も彼女が企画したゲームに強制参加させられたようなものだ。

「先輩、いつか捕まえましょう」

「そうだな。必ず捕まえよう。俺たちの手で」

遠くからパトカーのサイレンが近づいてきた。和馬は膝に手を置いて立ち上がり、座っている美雲に向かって右手を差し出した。

※

「お待ち合わせのお部屋は二階の桔梗《ききょう》の間でございます。すでにお連れの方もお見えになっているようです」

「ありがとうございます」

美雲は受付の女性に礼を言い、二階へ続く階段を上った。やはり和服は歩きにくい。高校の頃に母から着物の着付けは教わっているが、今日は納得のいく仕上がりになるまで二時間近くかかってしまった。

　華やかな人たちが廊下を行き来している、ここは都内でも有数の和風のラウンジだ。結納などの行事のために使用されることが多いらしい。旧華族の邸宅を改装した内部の造りは、さながら明治時代に迷い込んだようでもある。外には広い庭園があり、池には立派な鯉《こい》が泳いでいた。三月も下旬になり、庭園内の桜も色づき始めている。

　桔梗の間に辿り着いた。ドアの前に一人の男性が立っている。その姿を見て美雲は首を捻った。どうして先輩がここに……。

「おお、来たね、北条さん。ていうか着物なんて着ちゃって見違えたよ」

　そう言って和馬が目を細めた。三日ほど前に渉から連絡があり、ここに来るように言われたのだ。デートをするのだろうと思ったが、美雲はある決意を胸にここに足を運んでいた。

「さあ入って。中でみんな待ってるよ」

　和馬に背中を押されるように室内に入る。中央に大きなテーブルがあり、その周囲に椅子が並べられていた。大きな窓から外の庭園を一望できるようだった。三雲渉と、その妹の華が椅子から立ち上がった。

「美雲ちゃん、こんにちは。素敵な着物ね。凄く似合ってるわよ。自分で着つけたの？」

「ええ、何とか」

「私も母に習ったことがあるけど、もう一人じゃ無理だな」

美雲は渉の方を見た。渉もこちらを見ていたので視線が合う。美雲が会釈をすると、彼も小さく頭を下げた。

「それで渉さん、俺たちに用って何ですか？」

部屋に入ってきた和馬が渉に訊いた。要するに渉がこの場所に全員を呼び出したというわけだろう。和馬と華がいるのが想定外だが、言ってみればこの二人も関係者だ。こうなったら二人にも話しておくべきだ。

実は今日、美雲は渉に別れを伝えるつもりだった。熟考を重ねた結果だ。やはり私は探偵の娘であり、同時に警視庁捜査一課の刑事。Lの一族の息子とは一緒になれるわけがない。ここは潔く身を引こう。そう決意したのだった。

「いや、実はね、これには訳があって……」

渉がそう言って口ごもる。よし、と美雲は気合いを入れる。最初に宣言してしまった方がいい。こういうのはあとになればなるほど切り出すのが難しくなってしまうものだ。

「あの、三人ともちょっといいですか。実は私、北条美雲は……」

「すまんな、皆の者」

ドアが開き、ずかずかと中に入ってきたのは渉の父、三雲尊だ。その後ろには妻の悦子の姿も見える。悦子は濃い紫色の留袖を着ており、美雲に比べると圧倒的な大人の魅力を四方八方に振り撒《ま》いている。

「座ってくれ。おい、華。杏ちゃんはどうした？」

「桜庭の実家に預けてきたわよ。それよりお父さん、いったい何の話があるの？　こんなところに私たちを呼び出して」

そういうことか。ここに全員を呼び出したのは渉の父、三雲尊なのだ。彼が何を企んでいるのか、美雲はまったく想像できなかった。以前、京都に渉を連れていったときの帰りの車中、渉との交際を反対された。会うのはあのとき以来だった。

「お前たちに集まってもらったのはほかでもない」尊が胸を反らして話し出した。「実はな、今日は重大な発表がある。この天下の大泥棒、三雲尊の長男である三雲渉は今日をもって三雲家を抜けることになった」

「ちょ、ちょっと待ってお父さん。どういうこと？　お兄ちゃんが三雲家を抜ける？　意味がわからないわ」

「そうですよ。お義父さん。ちゃんと説明してください。そもそも三雲家ってそう簡単に入ったり抜けたりできるもんなんですか？　それじゃ草野球のチームみたいじゃないですか」

華と和馬が尊に向かって反論する。それを制したのは悦子だった。

「二人とも興奮するんじゃありません。あなた、もっときちんと説明しないと駄目じゃないの」

「すまん。簡単に言うとだな、渉は婿に出すことにした。行き先はそこのお嬢さん、あんたのところだ。渉、お前は今日から北条渉と名乗るがよい」

頭を殴られたような衝撃だった。どういうこと？　渉さんがうちに婿に来る？　それってつまり、私と結婚するということではないか。

「ま、待ってください」ようやく美雲は言葉を発した。運動したわけでもないのに息が上がってしまっている。「私との結婚にあんなに反対されていたじゃないですか。それにこういうのは両家の問題であって、うちの父の許可も得ないといけません」

「お嬢さんの親父さんの許可はとった。そうだろ、渉」

尊に話を振られ、渉が答えた。

「うん。この前電話してお願いしたら、『いいよ』って言ってた」

軽い。しかしその軽さがいかにも父らしい。尊が続けて言った。

「何ともめでたいことだ。北条宗太郎は俺の最大の敵となる男だった。そんな男と戦わずして親戚になれたんだぞ。こんなにめでたいことはほかにはない」

これが三雲尊の本音だろう。でも本当にいいのだろうか。探偵一家に泥棒一家の長男が婿としてやってくる。まったく想像もしていなかった展開だ。

「あとは若い者同士、好きにやってくれ。あまり俺たちが邪魔しちゃあれだろうしな。華、お前たちも少しは気を利かせてあげなさい」

尊たちが立ち上がり、ぞろぞろと部屋から出ていく。最後に華が「美雲ちゃん、頑張って」と言い残して廊下に出ていった。残されたのは美雲と渉だけだった。

沈黙が流れる。ちょうどテーブルの対角線上に渉は座っていて、二人の間には距離があった。美雲は何を言ったらいいのかわからなかった。先に沈黙を破ったのは渉の方だった。

「ごめん、美雲ちゃん。勝手に話を進めたのは謝る。でもこうするよりほかに方法はなかった。美雲ちゃんが僕と別れようとしていたことには薄々気づいていた。たしかに僕たちが結婚するのは難しいよね。君は刑事だし、僕はハッカーで家族はあんな人たちばかりだ。でもね、美雲ちゃん。初めて君に会ったとき、僕は思ったんだ。こんな子と結婚できたら僕は幸せだろうなって」

私だけじゃなかったのだ。渉も同じように最初の出会いで予感めいたものを感じていたのだ。それを知っただけで嬉しさが込み上げる。

「美雲ちゃん、一緒になろう。これからいろいろ大変なことがあるかもしれないけど、僕たち二人なら乗り越えられると思う。二人で幸せになろう」

気づくと涙が流れていた。渉が立ち上がってこちらに向かって歩いてきた。美雲も立ち上がり、やってきた渉に向かって頭を下げる。

「これからも……これからもよろしくお願いします」

肩に手を置かれた。顔を上げると渉の顔が見える。その顔がだんだんと近づいてきたので、美雲は目を閉じた。そのときドアが開く音が聞こえた。和馬の声が聞こえてくる。

「北条さん、班長から電話があった。事件らしい。ここからすぐ近くだ」

「は、はい、先輩。でもこんな格好でいいんでしょうか？」

「仕方ないだろ。行くぞ」

そう言って和馬は廊下を走っていった。渉がこちらを見て笑っていた。やれやれといった感じだった。

「すみません、渉さん」

「いいんだよ。仕事なんだからしょうがない。行っておいで」

「ありがとうございます。すぐに解決して戻ってきますね」

美雲はそう言って部屋から出た。それから廊下を走り出す。やはり着物では走りづらい。こんなことになるなら着物なんて着てくるんじゃなかった。でも本当に私、結婚しちゃうんだな。そう思っただけでもニヤけてしまう。

気持ちを切り替えろ。私は刑事。事件を解決に導くのが仕事なのだ。美雲は自分にそう言い聞かせながら階段を駆け下りた。

本書は文庫書下ろし作品です。

|著者|横関 大　1975年、静岡県生まれ。武蔵大学人文学部卒業。2010年『再会』で第56回江戸川乱歩賞を受賞しデビュー。著作として、フジテレビ系連続ドラマ「ルパンの娘」原作の『ルパンの娘』『ルパンの帰還』『ルパンの星』、TBS系連続ドラマ「キワドい2人」原作の『K2 池袋署刑事課　神崎・黒木』をはじめ、『グッバイ・ヒーロー』『チェインギャングは忘れない』『沈黙のエール』『スマイルメイカー』（以上、講談社文庫）、『炎上チャンピオン』『ピエロがいる街』『仮面の君に告ぐ』『誘拐屋のエチケット』『帰ってきたK2　池袋署刑事課　神崎・黒木』（以上、講談社）、『偽りのシスター』（幻冬舎文庫）、『マシュマロ・ナイン』（角川文庫）、『いのちの人形』（KADOKAWA）、『彼女たちの犯罪』（幻冬舎）、『アカツキのGメン』（双葉文庫）がある。

ホームズの娘《むすめ》

横関《よこぜき》 大《だい》

2019年9月13日第1刷発行
2020年9月29日第4刷発行

発行者――渡瀬昌彦
発行所――株式会社 講談社
東京都文京区音羽2-12-21　〒112-8001
電話 出版 (03) 5395-3510
　　 販売 (03) 5395-5817
　　 業務 (03) 5395-3615

Printed in Japan

講談社文庫

定価はカバーに表示してあります

デザイン―菊地信義
本文データ制作―講談社デジタル製作
印刷―――凸版印刷株式会社
製本―――株式会社国宝社

ISBN978-4-06-517062-5

講談社文庫刊行の辞

二十一世紀の到来を目睫に望みながら、われわれはいま、人類史上かつて例を見ない巨大な転換期をむかえようとしている。

世界も、日本も、激動の予兆に対する期待とおののきを内に蔵して、未知の時代に歩み入ろうとしている。このときにあたり、創業の人野間清治の「ナショナル・エデュケイター」への志を現代に甦らせようと意図して、われわれはここに古今の文芸作品はいうまでもなく、ひろく人文・社会・自然の諸科学から東西の名著を網羅する、新しい綜合文庫の発刊を決意した。

激動の転換期はまた断絶の時代である。われわれは戦後二十五年間の出版文化のありかたへの深い反省をこめて、この断絶の時代にあえて人間的な持続を求めようとする。いたずらに浮薄な商業主義のあだ花を追い求めることなく、長期にわたって良書に生命をあたえようとつとめるところにしか、今後の出版文化の真の繁栄はあり得ないと信じるからである。

同時にわれわれはこの綜合文庫の刊行を通じて、人文・社会・自然の諸科学が、結局人間の学にほかならないことを立証しようと願っている。かつて知識とは、「汝自身を知る」ことにつきていた。現代社会の瑣末な情報の氾濫のなかから、力強い知識の源泉を掘り起し、技術文明のただなかに、生きた人間の姿を復活させること。それこそわれわれの切なる希求である。

われわれは権威に盲従せず、俗流に媚びることなく、渾然一体となって日本の「草の根」をかたちづくる若く新しい世代の人々に、心をこめてこの新しい綜合文庫をおくり届けたい。それは知識の泉であるとともに感受性のふるさとであり、もっとも有機的に組織され、社会に開かれた万人のための大学をめざしている。大方の支援と協力を衷心より切望してやまない。

一九七一年七月

野間省一

宮本　輝　新装版 朝の歓び (上)(下)
宮城谷昌光　侠　骨　記
宮城谷昌光　夏姫春秋 (上)(下)
宮城谷昌光　花の歳月
宮城谷昌光　重《ちょう》耳《じ》 (全三冊)
宮城谷昌光　介《かい》子《し》推《すい》
宮城谷昌光　孟嘗君 全五冊
宮城谷昌光　春秋の名君
宮城谷昌光　子　産 (上)(下)
宮城谷昌光　湖底の城〈呉越春秋〉一
宮城谷昌光　湖底の城〈呉越春秋〉二
宮城谷昌光　湖底の城〈呉越春秋〉三
宮城谷昌光　湖底の城〈呉越春秋〉四
宮城谷昌光　湖底の城〈呉越春秋〉五
宮城谷昌光　湖底の城〈呉越春秋〉六
宮城谷昌光　湖底の城〈呉越春秋〉七
宮城谷昌光　湖底の城〈呉越春秋〉八
宮城谷昌光　湖底の城〈呉越春秋〉九
水木しげる　コミック昭和史1〈関東大震災～満州事変〉

水木しげる　コミック昭和史2〈満州事変～日中全面戦争〉
水木しげる　コミック昭和史3〈日中全面戦争～太平洋戦争開始〉
水木しげる　コミック昭和史4〈太平洋戦争前半〉
水木しげる　コミック昭和史5〈太平洋戦争後半〉
水木しげる　コミック昭和史6〈終戦から朝鮮戦争〉
水木しげる　コミック昭和史7〈講和から復興〉
水木しげる　コミック昭和史8〈高度成長以降〉
水木しげる　総員玉砕せよ！
水木しげる　敗　走　記
水木しげる　白　い　旗
水木しげる　姑《クー》娘《ニャン》
水木しげる　決定版 日本妖怪大全〈妖怪・あの世・神様〉
水木しげる　ほんまにオレはアホやろか
宮部みゆき　ステップファザー・ステップ
宮部みゆき　新装版 震える岩〈霊験お初捕物控〉
宮部みゆき　新装版 天　狗　風〈霊験お初捕物控〉
宮部みゆき　ICO《イコ》―霧の城― (上)(下)
宮部みゆき　ぼんくら (上)(下)
宮部みゆき　新装版 日暮らし (上)(下)

宮部みゆき　おまえさん (上)(下)
宮部みゆき　小暮写眞館 (上)(下)
宮子あずさ　看護婦が見つめた人間が死ぬということ
宮子あずさ　看護婦が見つめた人間が病むということ
宮子あずさ　ナースコール
宮本昌孝　家康、死す (上)(下)
三津田信三　忌《い》館《かん》〈ホラー作家の棲む家〉
三津田信三　作者不詳〈ミステリ作家の読む本〉(上)(下)
三津田信三　蛇《じゃ》棺《かん》葬《そう》
三津田信三　百《ひゃく》蛇《じゃ》堂《どう》〈怪談作家の語る話〉
三津田信三　厭魅《まじもの》の如き憑くもの
三津田信三　凶鳥《まがとり》の如き忌むもの
三津田信三　首無《くびなし》の如き祟るもの
三津田信三　山魔《やまんま》の如き嗤《わら》うもの
三津田信三　水魑《みづち》の如き沈むもの
三津田信三　密室《ひめむろ》の如き籠《こも》るもの
三津田信三　生霊《いきだま》の如き重《だぶ》るもの
三津田信三　幽女《ゆうじょ》の如き怨むもの
三津田信三　シェルター 終末の殺人

講談社文庫　目録

村田沙耶香　マ ウ ス
村田沙耶香　星が吸う水
村田沙耶香　殺 人 出 産
村瀬秀信　気がつけばチェーン店ばかりでメシを食べている
村瀬秀信　それでも気がつけばチェーン店ばかりでメシを食べている
室積　光　ツボ押しの達人
室積　光　ツボ押しの達人 下山編
森村誠一　悪　　道
森村誠一　悪道 西国謀反
森村誠一　悪道 御三家の刺客
森村誠一　悪道 五右衛門の復讐
森村誠一　悪道 最後の密命
森村誠一　棟居刑事の復讐
森村誠一　日 蝕 の 断 層
森村誠一　ね こ の 証 明
毛利恒之　月 光 の 夏
森　博嗣　すべてがFになる〈THE PERFECT INSIDER〉
森　博嗣　冷たい密室と博士たち〈DOCTORS IN ISOLATED ROOM〉
森　博嗣　笑わない数学者〈MATHEMATICAL GOODBYE〉

森　博嗣　詩的私的ジャック〈JACK THE POETICAL PRIVATE〉
森　博嗣　封 印 再 度〈WHO INSIDE〉
森　博嗣　幻惑の死と使途〈ILLUSION ACTS LIKE MAGIC〉
森　博嗣　夏のレプリカ〈REPLACEABLE SUMMER〉
森　博嗣　今はもうない〈SWITCH BACK〉
森　博嗣　数奇にして模型〈NUMERICAL MODELS〉
森　博嗣　有限と微小のパン〈THE PERFECT OUTSIDER〉
森　博嗣　黒 猫 の 三 角〈Delta in the Darkness〉
森　博嗣　人形式モナリザ〈Shape of Things Human〉
森　博嗣　月は幽咽のデバイス〈The Sound Walks When the Moon Talks〉
森　博嗣　夢・出逢い・魔性〈You May Die in My Show〉
森　博嗣　魔 剣 天 翔〈Cockpit on knife Edge〉
森　博嗣　恋恋蓮歩の演習〈A Sea of Deceits〉
森　博嗣　六人の超音波科学者〈Six Supersonic Scientists〉
森　博嗣　捩れ屋敷の利鈍〈The Riddle in Torsional Nest〉
森　博嗣　朽ちる散る落ちる〈Rot off and Drop away〉
森　博嗣　赤 緑 黒 白〈Red Green Black and White〉
森　博嗣　四季 春～冬
森　博嗣　φ《ファイ》は壊れたね〈PATH CONNECTED φ BROKE〉

森　博嗣　θ《シータ》は遊んでくれたよ〈ANOTHER PLAYMATE θ〉
森　博嗣　τ《タウ》になるまで待って〈PLEASE STAY UNTIL τ〉
森　博嗣　ε《イプシロン》に誓って〈SWEARING ON SOLEMN ε〉
森　博嗣　λ《ラムダ》に歯がない〈λ HAS NO TEETH〉
森　博嗣　η《イータ》なのに夢のよう〈DREAMILY IN SPITE OF η〉
森　博嗣　目薬α《アルファ》で殺菌します〈DISINFECTANT α FOR THE EYES〉
森　博嗣　ジグβ《ベータ》は神ですか〈JIG β KNOWS HEAVEN〉
森　博嗣　キウイγ《ガンマ》は時計仕掛け〈KIWI γ IN CLOCKWORK〉
森　博嗣　χ《カイ》の悲劇〈THE TRAGEDY OF χ〉
森　博嗣　イナイ×イナイ〈PEEKABOO〉
森　博嗣　キラレ×キラレ〈CUTTHROAT〉
森　博嗣　タカイ×タカイ〈CRUCIFIXION〉
森　博嗣　ムカシ×ムカシ〈REMINISCENCE〉
森　博嗣　サイタ×サイタ〈EXPLOSIVE〉
森　博嗣　ダマシ×ダマシ〈SWINDLER〉
森　博嗣　女王の百年密室〈GOD SAVE THE QUEEN〉
森　博嗣　迷宮百年の睡魔〈LABYRINTH IN ARM OF MORPHEUS〉
森　博嗣　赤目姫の潮解〈LADY SCARLET EYES AND HER DELIQUESCENCE〉
森　博嗣　まどろみ消去〈MISSING UNDER THE MISTLETOE〉

柳家小三治　ま・く・ら
柳家小三治　もひとつ　ま・く・ら
柳家小三治　バ・イ・ク
山口雅也　垂里冴子のお見合いと推理
山本一力　深川黄表紙掛取り帖
山本一力　牡　丹　酒〈深川黄表紙掛取り帖(二)〉
山本一力　ジョン・マン1 波濤編
山本一力　ジョン・マン2 大洋編
山本一力　ジョン・マン3 望郷編
山本一力　ジョン・マン4 青雲編
山本一力　ジョン・マン5 立志編
椰月美智子　十　二　歳
椰月美智子　しずかな日々
椰月美智子　ガミガミ女とスーダラ男
椰月美智子　恋　愛　小　説
椰月美智子　メイクアップ　デイズ
柳　広司　キング&クイーン
柳　広司　怪　談
柳　広司　ナイト&シャドウ
柳　広司　幻　影　城　市
薬丸　岳　天使のナイフ
薬丸　岳　闇　の　底
薬丸　岳　虚　夢
薬丸　岳　刑事のまなざし
薬丸　岳　逃　走
薬丸　岳　ハードラック
薬丸　岳　その鏡は嘘をつく
薬丸　岳　刑　事　の　約　束
薬丸　岳　Aではない君と
薬丸　岳　ガーディアン
薬丸　岳　刑　事　の　怒　り
矢野龍王　箱の中の天国と地獄
山崎ナオコーラ　論理と感性は相反しない
山崎ナオコーラ　可愛い世の中
山田芳裕　へうげもの　一服
山田芳裕　へうげもの　二服
山田芳裕　へうげもの　三服
山田芳裕　へうげもの　四服
山田芳裕　へうげもの　五服
山田芳裕　へうげもの　六服
山田芳裕　へうげもの　七服
山田芳裕　へうげもの　八服
山田芳裕　へうげもの　九服
山田芳裕　へうげもの　十服
山田芳裕　へうげもの　十一服
山田芳裕　へうげもの　十二服
矢月秀作　ACT《アクト》〈警視庁特別潜入捜査班〉
矢月秀作　ACT《アクト》2 告発者〈警視庁特別潜入捜査班〉
矢月秀作　ACT《アクト》3 掠奪〈警視庁特別潜入捜査班〉
矢野　隆　清正を破った男
矢野　隆　我が名は秀秋
矢野　隆　戦《いくさ》　始　末
矢野　隆　乱
山本　弘　僕の光輝く世界
山内マリコ　かわいい結婚
山本周五郎　さ　ぶ〈山本周五郎コレクション〉
山本周五郎　白石城死守〈山本周五郎コレクション〉

講談社文庫 目録

2020年9月15日現在